本书由教育部人文社会科学研究一般项目资助（项目批准号：11YJA751008）
德州学院学术著作出版基金资助

中国古代小说史研究的反思与重构

党月异　侯桂运◎著

中国社会科学出版社

图书在版编目（CIP）数据

中国古代小说史研究的反思与重构／党月异，侯桂运著．—北京：
中国社会科学出版社，2015.11
ISBN 978－7－5161－7031－1

Ⅰ.①中…　Ⅱ.①党…　②侯…　Ⅲ.①小说史—研究—中国—古代
Ⅳ.①I207.409

中国版本图书馆 CIP 数据核字（2015）第 262478 号

出 版 人　赵剑英
责任编辑　李炳青
责任校对　董晓月
责任印制　李寡寡

出　　版　中国社会科学出版社
社　　址　北京鼓楼西大街甲 158 号
邮　　编　100720
网　　址　http://www.csspw.cn
发 行 部　010－84083685
门 市 部　010－84029450
经　　销　新华书店及其他书店

印刷装订　三河市君旺印务有限公司
版　　次　2015 年 11 月第 1 版
印　　次　2015 年 11 月第 1 次印刷

开　　本　710×1000　1/16
印　　张　15.5
插　　页　2
字　　数　265 千字
定　　价　49.00 元

代　序

宁宗一

当前的中国古代小说史研究难度越来越大，在这种情况下，必须注意汲取、借鉴新观念、新方法，随时代之前进而不断更新和拓展。从一定意义上说，每一部古代小说史研究论著都是一个过渡性的文本。黑格尔老人在回忆自己走过的学术道路后在与友人书中说：

> 我们必须把青年时代的理想转变为反思的形式。①

所以，回顾与前瞻古代小说史研究，反思规范与挑战规范，从而建构古代小说史研究的新格局新范式就成了我们这个研究领域的学人不可推卸的文化使命。

令我感到高兴和幸运的是，正值我思考这类问题时，党月异和侯桂运两位教授送给我他们合著的书稿：《中国古代小说史研究的反思与重构》。我应当用“喜出望外”四个字形容我的心情。作为精神同道，他们的新成果理应为之庆贺，但更重要的是他们的学术思考恰好与我的思考相遇！坦诚地说，我从事古典文学教学六十余年，必然对中国文学史的知识系统的建构给予极大的关注，当然也关注“重写小说史”的各种设想与实验。而党、侯二位的这部教育部基金项目，深感它的积极追求新知识的品格和反思之力度。初读之下，即感到有几点值得注意的特色：

一、以实证为先行，联系文本的外在因素（时代、环境、影响、作家生平等），同时保留对文本本身的艺术敏感和直觉。这是一种新实证性

---

① 苗立田译：《黑格尔通信百封》，“1800－11－02 致谢林”，上海人民出版社 1981 年版，第 58 页。

的小说史研究建构的策略。

二、力求在求真求实的基础上，不玩五花八门的“流行色”，而是致力于把传统的重意会与现代的阐释学重言传结合起来进行观照。

三、决然排斥凝固的理论模式，反对先验地框住鲜活的艺术生命，而是将自己关注的对象置于广阔的文化背景上，进行明晰有序的历史透视和细微的观照，努力从本学科与相关学科互补中，阐释古代小说史发展衍化过程的诸多问题，以及反思研究中可以再斟酌的问题。

四、关注反思和重构，不做居高临下的裁决，而是将重心置于建设上，以立为中心。在与小说本体与小说史研究进行对话和潜对话时，处于互动、交流中，同时又适当保持理性的距离，以自如之姿态面对小说史这一独立文体，为读者建立一条心灵通道，即：小说史研究对象——小说史家的话语——读者的感知。

为此，我认为《中国古代小说史研究的反思与重构》这部书稿，确实有一种力求知识广博而又在表述上力求简括且不断探求新的小说史研究建构的风度。它又是一部极平实地将小说文体的、历史的、审美的诸多因素融合，从而可以激活当代读者新鲜智性、启发人们创造性思考的小说史研究反思与重构的书稿。

党、侯二位精神同道在书稿中达到的默契还表现在书写方式和方法上。他们努力把理论和考据二者纳入历史和方法的体系中加以审视，从而体现了考据和理论的互补相生的学术个性。在反思的起点上，力求突破长期以来小说史研究领域中的固有模式，试着楔入新的感悟和理解。其中通达与新颖得到了较好的平衡和调适，显示出两位教授书写中的学术积淀之厚和书写策略之新。

近年来，随着我们民族文化生活的历史进程和学术思维的更新与发展，至少古代小说史研究者已开始感到一种力不从心的困窘，逐渐发现我们原先所熟悉的那一套研究或评论模式，有的已不够用，有的不再适用了，其中就有包括党、侯两位中青年新锐较早地自觉意识到了自己过去接受的理论体系和思想方法的某些局限性了，十分注意新的思想艺术资料的吸纳、消化和再审视，以更新自己的知识结构和研究方法。比如党、侯对新概念的兴趣，对陈旧的小说概念的质疑，是有其理论价值的。事实是，概念的贫困和概念内涵的重复是与理论思维的贫困、思想的贫困有着密切的联系。我们很少看到一部小说史研究论著能提出全然是属于自己的鲜活概念，并使用这概念来发表新鲜独到的见解。而常识却说明，概念、术语乃是研究者进行思维特别是逻辑思维的基础材料，又是一切科学理论最基本的知识单元。所以任何言之成理的新概念、新观念都会引发我们多向度的思考。

米兰·昆德拉最喜欢引用奥地利小说家赫尔曼·布洛赫的一句至理名言：

小说唯一的存在理由就是去发现唯有小说才能发现的东西。[①]

我们过去何尝没发现只有小说才能发现的历史社会和人生图景，特别是，人的心灵脉动呢？但是，在传统文化中，文、史、哲常常被倡言“不分家”，这使得中国人文科学中，文史哲著作中确实有很多包含小说意味的“因素”。党、侯两位教授看重《尚书》《论语》诸作品，就是因为他们从中看到了“文学”看到了小说。但，窃以为它们或“初祖”或“萌芽”或“滥觞”，又似非我头脑中的小说质素，而是广义的小说概念。已故领导人曾径情直遂地把公认的史书《史记》的作者司马迁称为“文学家”。但是，《史记》再有多少民间传说和个人的相像和推演，它还是史书！所以，这里只能说它们普遍存在“小说意味”。（我习惯强调“小说意味”，虽然这表述有些“暧昧”，但与严格的“小说因素”有所不同。）

当然，小说概念的界定是与小说观念、小说审美意识密不可分的。由于我的阅读视野过分狭窄，对此问题知之甚少。我想在这里借着几十年前编写小说史和小说学的经验和教训和朋友交流一下小说观、小说审美意识的看法，以供参考。

关于小说观念的确定期，传统看法大多是集中到唐代乃是“始有意为小说”，从而判断小说创作的自觉时代，而我们编写《中国小说史简编》[②] 和后来编写的《中国小说学通论》[③] 时则认为小说观念之觉醒实始自魏晋。我们当时提出这一判断有两个关键点：第一，是否出现了自觉的

① 艾晓明编译：《小说的智慧》，时代文艺出版社 1992 年版，第 13 页。

② 南开大学中文系编：《中国小说史简编》，人民文学出版社 1979 年版。

③ 宁宗一：《中国小说学通论》，安徽教育出版社 1995 年版。

小说艺术虚构意识；第二，小说创作目的和受众是否有明晰的娱乐功能的问题。对前者，我们对习见之资料做出了不同解释。如明代胡应麟的“多是传录舛讹，未必尽幻设语”[①] 一语，我们认为胡氏在强调“传录舛讹”者多、虚构者少的同时恰恰向我们表明了魏晋已有自觉的艺术虚构意识，而非相反。

至于后者，我们从“建安七子”之一的徐幹所著《中论·务本》中发现了一则尚未被研究者十分注意的关于小说娱乐功能的论述，现不妨录之于下：

> 详于小事而察于近物者，谓耳听乎丝竹歌谣之和，目视乎雕琢采色之章，口给乎辩慧切对之辞，心通乎短言小说之文，手习乎射御书数之巧，体骛乎俯仰折旋之容。凡此数者，观之足以尽人之心，学之足以动人之志。

徐幹把听歌看舞、欣赏小说皆视之为玩物丧志之事，为有志君子所不为。引起我们注意的恰恰是，徐幹把小说与歌舞华章放在一起论述，说明他看到了这几种文艺形式的一个共同特征，也就是它们的娱乐审美功能。可见，徐幹虽对小说的娱乐功能持否定态度，但其实人们已经认知到小说的这一功能是无疑义的了。

在此，我无意混淆小说概念和小说观念的内涵。我只是认为，从方法论角度来说，这种“反观”和“逆向考察”有助于我们对小说概念之内涵给予更准确的界定，更能体现小说文体的审美特征。

任何小说发展史的考察都不可能抛开历史的发展观，即任何事物、任何意识形态，总是沿着从低级到高级、从简单到复杂衍化。问题是小说的发展衍化和各个历史时期的“人群”即受众的变化，以及人性的演进一样复杂。法国的先哲帕斯卡尔就说：

> 人性并不是永远前进的，它是有进有退的。……
> 一个世纪又一个世纪的人们的创作也是一样。[②]

---

① 胡应麟：《少室山房笔丛》，中华书局1958年版，第486页。

② 帕斯卡尔：《思想录》，商务印书馆1985年版，第160页。

这就启示我们：小说艺术的演进、更新就像一切艺术发展过程一样，一般都是迂回的、或快或慢的，有时甚至出现了巨大的反复和异化。

党、侯两位教授的《中国古代小说史研究的反思与重构》是我迄今看到的小说史研究整体性的考察的有分量的论著。无论概念、观念、方法乃至范畴，既有其自身统一、连贯、不可分割的整体性观照，也有表述上的客观性和理论性。这说明他们知识储备的丰富，证明他们的反思与重构之理念，其“营养”不仅来自文学艺术之内，而且往往来自小说文化之外，从而显示出他们探索中的史识、今识和诗识，自成一个古代小说史研究的世界。

中国古代小说史研究学科的建设需要交流、互动和宽容，还表现在小说史研究的变易性乃至可错性。小说史研究的反思是对小说文本、小说流派、小说思潮、小说方法、小说类型等一系列的评判和概括、探索。这种探索既负荷着多重制约，又需要不断突破这种制约。所以，小说史研究就某种意义上讲是一种“瞎子摸象”，它既有对本体贴近真实形貌的“猜测”，又有可能出现不可捉摸的“可错性”。实际上一位研究者断言越多，而潜在的变易性、可错性就会越多。为此我们迄今还未曾看到一种全面正确而一霸天下的情况！我们每一位参与古代小说研究学科建构的学人都要有自己的文化品格，即把古代小说史研究作为目的，而超越其他外在功利性的东西。

今天有幸为党、侯两位教授大作撰此小序，实为共勉也！

宁宗一

于南开园

2015.5.1

目　录

导　语

关于中国古代小说史研究中的弊端，一些学者早已注意到。陈平原在《进化观念与小说史研究》① 中指出中国的小说史研究从鲁迅、胡适、郑振铎开始就深受进化论的影响，使得在他们之后的小说史“多根据这种进化的原则”来写作。他说进化的观念虽然给小说史研究带来勃勃生机，但也基本上否定了个人的独创性和天才作家对小说发展的独特贡献，很容易给人造成直线发展的错觉，于是很多文学史上的现象就不能被合理解释。郭英德在《悬置名著——明清小说史思辨录》② 中主张在研究小说史时应该悬置名著，实际上这是对小说史等同于名著史的批判。他认为不悬置名著，就无法打破传统的英雄史观和等级思想，就无法彻底更新明清小说史写作的历史观念。郭英德在《小说史的叙述视角、叙述体例和叙述方法——兼评陈大康〈明代小说史〉》③ 中对《明代小说史》的叙述视角、叙述体例和叙述方法的创新所进行的充分肯定，实际上也是对现在的小说史写作模式的批判。刘勇强在《一种小说观念及小说史观的形成与影响——20 世纪“以西例律我国小说”现象分析》④ 中指出，以西方小说作为判断标准的做法或隐或显地贯穿在整个 20 世纪的中国古代小说研究中，它所引起的文体偏见与正面效应相伴而生。康金声则在《改写中国小说史》⑤ 中指出目前小说史编写应该从三个方面做调整：一是要根据现代人的认识统一“小说”的内涵；二是以现代人的“小说”标准观照古代各种题材的作品，凡符合标准者都应目为小说；三是勿将“志怪”、

---

① 《文艺研究》1985 年第 5 期。

② 《文学评论》1999 年第 2 期。

③ 《文学遗产》2001 年第 5 期。

④ 《文学遗产》2003 年第 3 期。

⑤ 《山西大学学报》2005 年第 2 期。

“志人”类作品看做中国古典小说的正源。张兵在《中国小说史的研究要从最基本的问题突破》[1] 对康金声的观点做了进一步深入的阐发，提高了对小说史研究的反思力度。而欧阳健的《〈中国小说史略〉批判》则从文献、观念、体例、评骘等方面对鲁迅的《中国小说史略》进行了全面的梳理、评议、批判。

从上述研究现状可知，自鲁迅《中国小说史略》以来的中国古代小说史研究，存在着三个潜在的研究前提，即进化论前提、小说史即名著史前提、“以西例律我国小说”的前提。这三个潜在前提的盛行，使得当前的小说史研究弊端百出：小说概念的定义、外延严重不明确；小说的起源时间不一；大多数非名著的小说作品在小说史中不能被论及，而且那些名著作品的文学史意义也不能被充分挖掘。这些或宏观或微观、或观念或方法、或抽象或具体的问题需要进一步探讨、研究。本书试图从辨析小说的概念出发，以尊重中国小说的民族特色为前提，解决中国小说史研究的基本问题，重构小说史研究的基本脉络，从而使得那些潜在的写作前提所造成的弊端能够引起学者们的普遍重视，并能在某种程度上得到合理的修正或解决，进而推动当前小说史研究的发展。

---

① 《复旦学报》2008 年第 4 期。

第一章

小说概念辨析

小说是中国小说史的唯一研究对象。如果小说概念在研究者中众说纷纭，不能统一，那么这个学科在研究中的混乱就可想而知了。而这正是当前中国小说史研究的现状。2007 年，复旦大学的张兵教授在《中国小说史的研究要从最基本的问题突破》中说：

> 任何科学研究，最重要的是首先要把研究对象搞清楚。中国小说史的研究对象是什么呢？顾名思义，它研究的是中国小说发展的历史。这里的中心词或关键词是“中国小说”。“中国”这一修饰词且不去说它，“小说”则成了中国小说史研究的最基本的对象。然而恰恰在“什么是小说”这一最基础、最根本的问题上，至今却无人能够说清楚。[①]

中国小说史的研究者们连自己的研究对象都说不清楚，张兵教授的这一论断是令人无奈并且痛心的。当然如果细致分析的话，其实并不是迄今为止尚“无人把小说概念说清楚”（例如马振方先生说得就很清楚，他给小说下了定义，并且细致论述了小说的四个特征[②]），而是学者们所列举出的任何一个明确的小说概念都不曾获得中国古代小说研究者们的一致认可。造成这一现状的原因很多。虽然近代传入的西方小说概念与中国固有的小说概念的差异是主要原因，但不可否认的是，中国古人对“小说”概念

---

① 张兵：《中国小说史的研究要从最基本的问题突破》，《复旦学报》2008 年第 4 期。

② 马振方：《小说艺术论》，北京大学出版社 2004 年版，第 8—11 页。马先生认为小说的定义是“以散体文摹写虚拟人生幻象的自足的文字语言艺术”，并细致分析了小说的四个特征：叙事性、虚构性、散文性和文字语言自足性。

的不确定性也是造成这一混乱现状的重要因素。因而梳理清楚中国古代小说概念的演变情况，对于当今的古代小说研究是很有必要的基础工作。本章分别对文言小说和白话小说概念在中国古代的演变情况进行辨析，并把它们与现当代小说史中的小说概念进行对比分析。

第一节　正史《艺文志》文言小说概念辨析

一　《汉书·艺文志》的小说概念

《汉书·艺文志》著录了小说15部，共计1380篇。正史艺文志中，《汉书·艺文志》对小说的论述是最早的，也是影响最大的。

据班固自述，他的《汉书·艺文志》是删刘歆的《七略》而成[①]，那么，班固的观点实际上是刘歆的观点。班固的论述是：

> 小说家者流，盖出于稗官。街谈巷语，道听途说者之所造也。孔子曰："虽小道，必有可观者焉，致远恐泥，是以君子弗为也。"然亦弗灭也。闾里小知者之所及，亦使缀而不忘。如或一言可采，此亦刍荛狂夫之议也。[②]

桓谭是两汉之际的学者，他对"小说"也有一段论述，这段论述与班固的论述有同有异。桓谭的论述是：

> 若其小说家，合丛残小语，近取譬论，以作短书，治身理家，有可观之辞。[③]

班固的这段话与桓谭的论述有以下相似之处：

第一，两段话中有些语词相同或相似。首先，它们共同提出了"小

① 参见班固《汉书》，中华书局1962年版，第1701页。原文为："会向卒，哀帝复使向子侍中奉车都尉歆卒父业。歆于是总群书而奏其《七略》，故有《辑略》，有《六艺略》，有《诸子略》，有《诗赋略》，有《兵书略》，有《术数略》，有《方技略》。今删其要，以备篇籍。"

② 班固：《汉书》，中华书局1962年版，第1745页。

③ 参见萧统《文选》，上海古籍出版社1986年版，第1453页。桓谭的这段论述是李善注江淹《李都尉》诗时所引。

说家”这一语词；其次，都出现了“语”，不过一个是“丛残小语”，一个是“街谈巷语”；最后，都提到了“可观”：一个说“治身理家，有可观之辞”，一个引用了孔子的话，说“虽小道，必有可观者焉”。

第二，两段话的写作思路基本相似。都是先开门见山地提出“小说家”，之后介绍小说的创作过程，最后评说小说的价值。

第三，桓谭说“合丛残小语”，班固说“缀而不忘”，“合”和“缀”是同义词，即二人都指出了小说是缀合之作。

第四，他们都贬低小说的作用。桓谭说小说只是“短书”，只对于“治身理家”“有可观之辞”；而班固说“如或一言可采”，也就是连“一言可采”都不能确定，其价值之低可想而知。

从以上的分析可知，这两段文字的行文相似、语言相似、对小说生成方式的观点相似、对小说价值的评价也相似，因而它们很可能出于《七略》这个共同母本。

但二者也有区别。

第一，桓谭没有透露这些“小说家”的身份，而班固则对“小说家”的身份进行了重点说明。在班固的论述中出现了两种人的身份，一是“稗官”，一是“街谈巷语、道听途说者”“闾里小知者”“刍荛狂夫”。这两种人在小说产生过程中的作用，应该是“闾里小知者”们造出了“街谈巷语、道听途说”之词，然后稗官们把它们进行了加工，并缀合在一起。

第二，桓谭没有具体说明“小说”产生的原始地点，而班固则明确说小说产生于“街”“巷”“道”“途”“闾里”这些庸俗大众们的相聚之处。

第三，桓谭没用引语，但班固引用了孔子的话来加强论证（不过这几句话在《论语》中出现时并非孔子所言）。

由以上的第一、第二可知，班固特别强调“小说”作者地位之低、小说产生场所之俗，也就是特别突出小说的低俗性，引孔子的“君子弗为”也是用来贬低“小说”的。而桓谭的论述则没有强调小说的低俗性。所以桓谭、班固虽然都对小说评价不高，但桓谭对小说还是宽容的，这宽容我们从他的“庄周等虽虚诞，故当采其善，何云尽弃邪”① 中可以明显

① 桓谭：《新辑本桓谭新论》，中华书局 2009 年版，第 1 页。

地觉察到。相比之下，班固也是表达了同样的意思，但他的“如或一言可采”这样的论述，就未免有些刻薄了。

但我们能够凭借桓谭和班固论述中的“小说家”这个词来断定此处的“小说”是对一种文体的称谓吗？当然不能。虽然桓谭的论述佚失了全文，让我们不能知晓它的语境而无法判断，但《汉书·艺文志》的记载却是完整的，我们可以清楚地知道，这里的“小说家”是跟“儒家”“道家”“阴阳家”“法家”“名家”“墨家”“纵横家”“杂家”“农家”并列的；我们不可能把“儒”“道”“阴阳”“法”“名”“墨”“纵横”“杂”“农”当作一种文体，那么我们又怎么可能把跟它们并列的“小说”当作一种文体呢？因而“小说”在当时不是一种文体，这是没有疑问的。

“小说”在当时不是文体，也可以从文体学的发展历程中得到印证。在中国文体学的发展史上，汉魏之间的曹丕在《典论·论文》中首先对文体进行了分类。曹丕说：“夫文，本同而末异。盖奏议宜雅，书论宜理，铭诔尚实，诗赋欲丽。此四科不同，故能之者偏也；唯通才能备其体。”① 曹丕在这里先总说文章“本同而末异”，之后就分述不同文体的具体要求：“奏议宜雅，书论宜理，铭诔尚实，诗赋欲丽”，最后又总说“此四科不同，故能之者偏也；唯通才能备其体”。曹丕明确把文章分为四科八体，并对它们按照“总—分—总”的模式进行了论述，其文体观非常鲜明。而这样鲜明的文体观，只有在汉末多种文体俱备的文学自觉时代才能够出现，在此之前一百四五十年的班固不可能有这样细致的文体观。因而班固在《汉书·艺文志》中对小说的定位，是按照学科内容进行的，而不是按照文体。

既然此处的“小说”不是文体概念，那么它是否就与今天的小说没有关系呢？答案是否定的。此处的“小说”之名虽然与当今的小说概念不同，但此处的“小说”之实中在一定程度上具备了“叙事”和“虚构”这些当今小说的特征。

第一，《汉志》中的部分“小说”具有叙事的特征。

“诸子十家，其可观者九家而已”，而小说之所以被排除在“可观者”之列，是因为其他九家虽然“各推所长，穷知究虑，以明其指，虽有蔽

① 萧统：《文选》，上海古籍出版社1986年版，第2271页。

短”，但“合其要归，亦六经之支与流裔”；而持九家之论者，倘“遭明王圣主”，那么“得其所折中”，是可以成为“股肱之材”的[①]。而“小说”则不然，它们只是“街谈巷语、道听途说者之所造”，只是“刍荛狂夫之议”，与六经无关，与治国无涉，所以它们只能被称为“小说”。

班固和刘歆、桓谭都把这些与六经无关、与治国无涉的作品总称为“小说”而不是“小道”，其中原因很值得推敲。“道”跟“说”这两个概念是有区别的，“道”偏重于抽象的道理，而“说”虽然可以是“说道理”，但也可以是“说故事”。班固们之所以不称这些作品为“小道”而称为“小说”，是因为它们并不完全用来讲道理，其中有很多还是用来叙说故事的。所以桓谭的论述中就出现了“语”“譬”这两个跟纯粹的议论并不相同的字，而班固的论述中更是出现了“谈”“语”“听”“说”“言”这五个更接近口语叙说的字，而与讲道理接近的“议”仅仅出现了一次。在班固所列出的《伊尹说》《鬻子说》《周考》《青史子》《师旷》《务成子》《宋子》《天乙》《黄帝说》《封禅方说》《待诏臣饶心术》《待诏臣安成未央术》《臣寿周纪》《虞初周说》《百家》等“小说十五家”中，以“说”字结尾的就有五家。这些小说都已亡佚，但据现有的资料及研究来看，很多作品具有叙事性：张舜徽在《汉书艺文志通释》中认为《伊尹说》“所记皆割烹要汤一类传说故事，及其他传说异闻”[②]，《太乙》所言“非殷时事”[③]，《封禅方说》“乃汉武帝时用事鬼神之迷信记录与论说”[④]，既然是“传说故事”“传说异闻”“非殷时事”“事鬼神之迷信记录”，当然就具有叙事性；另外，“《虞初周说》不仅是方士小说的代表性作品，而且也是记录周代奇闻逸事的小说作品总集”[⑤]，“小说家之《周考》，盖杂记丛残小语、短浅琐事以成一编”[⑥]，也是叙事之作。当然，也有作品是非叙事的，如《青史子》，鲁迅说：“遗文今有三事，皆言礼，亦不知当时何以入小说。”[⑦] 三条佚文一言胎教之制，一言居行之礼，一

---

① 班固：《汉书》，中华书局1962年版，第1746页。

② 张舜徽：《广校雠略·汉书艺文志通释》，华中师范大学出版社2004年版，第340页。

③ 同上书，第342页。

④ 同上书，第343页。

⑤ 王齐洲：《〈汉书·艺文志〉著录之〈虞初周说〉探佚》，《南开学报》2005年第3期。

⑥ 张舜徽：《广校雠略·汉书艺文志通释》，华中师范大学出版社2004年版，第340页。

⑦ 鲁迅：《中国小说史略》，人民文学出版社2006年版，第28页。

言用鸡之义，皆为古代礼法之事。

第二，《汉志》中的部分“小说”具有虚构的特征。

班固说小说是“街谈巷语、道听途说者之所造也”，既然口耳相传不已，就必然失真。上文提到的《伊尹说》《封禅方说》《虞初周说》《周考》既然是叙写“传说故事”“传说异闻”“事鬼神之迷信记录”“奇闻逸事”“短浅琐事”，必然都具有程度不同的虚构。而班固说《黄帝说》是“迂诞依托”之作，就更是虚构的作品了。

综上所述，《汉志》所著录的部分小说是具有虚构特征的叙事之作。因而此处的“小说”之名虽然与今天的小说概念不同，但此处的“小说”之实在一定程度上具有今天小说的叙事性和虚构性的特征。

这些“小说”还有一些特点与后世的小说相同或者相通。具体表现为：

第一，这些小说具有通俗甚至是庸俗的特点，这些庸俗具体表现在作者之俗、产生地点之俗、流传场所之俗以及内容之俗。这在前面已有论述。当然它们的俗是相对的：它们与子部的儒家、法家、兵家、阴阳家等相比要俗，但与后世的白话小说相比，它们又是雅的。虽然后世白话小说逐渐兴起壮大，但所有的正史艺文志都没有著录白话小说。

第二，这些小说缀合“丛残小语”或者是“街谈巷语”而成，而《搜神记》《世说新语》不也是缀合了一些“丛残小语”而成的小说集吗？《三国演义》不也是缀合加工了一些大的“街谈巷语”而成的一部大型小说吗？[①] 即使到了清朝，《聊斋志异》中的很多文章，也是蒲松龄缀合了“道听途说”而成的。因而桓谭、班固实际上是指出了后世小说成书的一种模式。

第三，小说虽然低俗，但它依然有可采之言，对于“治身理家”来说有可观之辞。后世的小说也继承了这一传统，使得中国古代的小说往往在开头结尾出现了议论性的文字，使得小说具有说教的功能。

虽然《汉志》中的部分小说具有一定的叙事性和虚构性，但它们是篇幅非常短小的“街谈巷语”类的“丛残小语”，这使得它们不可能具有复杂的故事情节。所以用今天的叙事学观念来看，它们的叙事性就差一

---

① 胡应麟曾有类似的言论：“今世传街谈巷语，有所谓演义者，盖尤在传奇杂剧下。”参见胡应麟《少室山房笔丛》，中华书局1958年版，第571页。

些。另外既然小说被列于诸子略中，与儒家、墨家、道家等并列，可见它们也有很强的说理性，这也削弱了它的叙事性。

二　《隋书·经籍志》的小说概念

《隋书·经籍志》著录了小说25部，合155卷。小说部分的小序是：

> 小说者，街说巷语之说也。传载舆人之诵，诗美询于刍荛。古者圣人在上，史为书，瞽为诗，工诵箴谏，大夫规诲，士传言而庶人谤。孟春，徇木铎以求歌谣，巡省观人诗，以知风俗。过则正之，失则改之，道听途说，靡不毕纪。《周官》，诵训"掌道方志以诏观事，道方慝以诏辟忌，以知地俗"；而训方氏"掌道四方之政事，与其上下之志，诵四方之传道而观衣物"，是也。孔子曰："虽小道，必有可观者焉，致远恐泥。"①

《隋书》成书于唐初。从其小序和所著录的小说来看，此处的"小说"有以下几个特点。

第一，《隋书·经籍志》对"小说"的介绍只是沿袭前人的论点，介绍了小说的起源，但没有言明"小说"在现实中的变化情况。例如"小说"部分的小序说"小说者，街说巷语之说也"，似乎小说作者们是无名之辈，可是它所列的25部小说，就有不少作者有名有姓有职位，例如"燕王喜太子""楚大夫宋玉""东晋郎中郭澄之""梁金紫光禄大夫顾协""后汉给事中邯郸淳""宋临川王刘义庆""梁安右长史殷芸""梁南台治书伏挺""周兽门学士阴颢""仪同刘徽""后魏丞相士曹行参军信都芳"等，此外还写出了"裴启""郭颁""阳玠""萧贲""席希秀""庾元威"等作者的姓名。尽管其中有一些为伪托，但绝大多数是其本人所作。这些作者多有较高的社会地位，甚至还有刘义庆这样的临川王，因而这些小说当然不是他们所说的"街说巷语"之作；其他有些没注明作者的著作，例如《古今艺术》《杂书钞》《水饰》等，从书名看来也不可能是"街说巷语"之书。

这些"小说"既然不是"街说巷语"之作，那么《隋书·经籍志》

---

①《隋书》，中华书局1973年版，第1012页。

此处的说法就只是沿袭前人而已。这里的“街说巷语”，只是作者在介绍小说的原始状态，而不是小说的现状。因而《隋志》的小序比《汉志》多出了“传载舆人之诵，诗美询于刍荛”，以及《周官》诵训、训方氏如何如何，也只是多了一些小说起源于“街说巷语”的论据而已，其论点与《汉书·艺文志》并无多少不同。

第二，从《隋书·经籍志》著录的“小说”目录来看，其中既有篇幅较长的《燕丹子》，也有篇幅较短的《世说新语》，另外还有《笑林》《解颐》等笑话集、有《鲁史欹器图》《器准图》等以图为主的著作等。在今天，《燕丹子》《世说新语》《笑林》等依然被当作小说，但《鲁史欹器图》等不被当作小说。

第三，《隋书·经籍志》所著录的“小说”书目与小序中的“小说”概念差别很大，但作者并没有加以说明，因而《隋书·经籍志》的作者并没有把“小说”的内涵和外延统一起来进行论述。

第四，今天我们认为是小说的著作，多在《隋书·经籍志》的杂史、杂传等史部作品中。《隋书·经籍志》说杂史“体制不经，又有委巷之说，迂怪妄诞，真虚莫测”[①]，此处的“迂怪妄诞，真虚莫测”就指出了这些作品具有虚构的特点，它们应该是今天的小说。而“杂史”确实很杂，就连《拾遗记》这样的志怪小说都被收在“杂史”之中了。另外“杂传”中既有“以序鬼物奇怪之事”的志怪小说，又有“虚诞怪妄之说”[②]，那么这些杂传也符合今天的小说标准，曹丕的《列异传》、干宝的《搜神记》、吴均的《幽明录》等著名的志怪小说就都在“杂传”里。《隋书·经籍志》中的杂史收录了72部著作，杂传收录了217部著作，其数量都远多于“小说”。除此之外，《穆天子传》被收录在“起居注”中，《汉武帝故事》《西京杂记》被收录在“旧事”中，《十洲记》被收录在“地理书”中，可见今天我们所认可的小说，在《隋书·经籍志》中被分散在史部的很多小类之中了。

三　《旧唐书·经籍志》的小说概念

《旧唐书·经籍志》仅仅著录了14部100卷小说，在所有艺文志中

---

① 《隋书》，中华书局1973年版，第962页。

② 同上书，第982页。

数量最少。但即使这 14 部 100 卷小说，《旧唐书·经籍志》还错误地写成了 13 部 90 卷，由此可见《旧唐志》的编撰者们对小说著录是何等漫不经心了。

在它所著录的 14 部小说中，有 8 部见于《隋书·经籍志·子部·小说》，分别是燕太子的《燕丹子》3 卷、邯郸淳的《笑林》3 卷、郭澄之的《郭子》3 卷、刘义庆的《世说》8 卷、刘孝标的《续世说》10 卷、殷芸的《小说》10 卷、萧贲的《辨林》20 卷、庾元威的《座右方》3 卷，共计 60 卷。其中刘孝标的《续世说》十卷，在《隋志》中被著录为"《世说》十卷，刘孝标注"。另外 6 部不见于《隋书·经籍志·子部·小说》，但鬻熊的《鬻子》在《汉志》和《隋志》中都见于道家，张华的《博物志》和刘齐的《释俗语》都见于《隋志》杂家，也就是说，《旧唐书·经籍志》是把《隋志》中这三部见于杂家或道家的著作转移到小说中了。另外的三部小说，一部是刘义庆的《小说》十卷，《隋志》中可能与之对应的是没有撰者姓名的"《小说》五卷"；另外两部不见于《隋志》，是《旧唐志》作者所添加的，其中一部是侯白的《启颜录》十卷，另一部是刘炫定的《酒孝经》一卷。在《新唐志》中有刘炫的《酒孝经》一卷，因为史书中有刘炫而无刘炫定，所以《旧唐志》中的"刘炫定"当是"刘炫"之误。

通过以上分析，可知《旧唐志》对小说的著录，不仅数量少，只有 14 部，而且著录时很不认真。即使如此，《旧唐志》的小说概念仍有值得关注之处。

第一，《旧唐志》中没有小说的小序，但在其总序介绍子部的分类时，有"九曰小说家，以纪刍辞舆诵"① 之语。既然小说是"刍辞舆诵"之作，那就与《汉志》中的"街谈巷语"、《隋志》中的"街说巷语"相似，可见作者依然认为小说是低俗之作；但《旧唐志》中所著录的小说大多不是"刍辞舆诵"之作，因而《旧唐志》中小说的内涵和外延是不一致的。

第二，在《旧唐志》著录的 14 部小说中，有 8 部见于《隋志》小说类，这是《旧唐志》对《隋志》小说的继承性；另外 6 部小说，或者是从《隋志》中的非小说类转移而来，或者是撰者自行添加。从他处转移

① 《旧唐书》，中华书局 1975 年版，第 1693 页。

和自行添加这两种方法，成为后世正史艺文志作者们增加小说作品的惯常做法。

四 《新唐书·艺文志》的小说概念

《新唐书·艺文志》所著录的小说多达123部，几乎是《旧唐书》的十倍。因为《新唐书》对“小说”概念没有进行任何说明，因而只能根据它所著录的小说作品对它的“小说”概念进行辨析。

第一，《新唐志》把《旧唐志》史部杂传中鬼神类的作品移到了小说之中，从此志怪成为正史艺文志小说中的一大类别。

在《新唐书》之前的三部正史艺文志的小说中，基本上没有志怪小说（只有《旧唐书》小说类的《博物志》中有一些志怪之事）。但它们的“小说”中没有志怪，不等于这些正史艺文志中没有志怪。尽管《汉志》中的作品多已佚失不易确定，但《隋志》和《旧唐志》中有不少志怪小说，只不过它们在《隋志》和《旧唐志》出现在史部杂传中，而不是在子部小说中。《隋志》的杂传小序说：“魏文帝又作《列异》，以序鬼物奇怪之事；嵇康作《高士传》以叙圣贤之风，因其事类，相继而作者甚众，名目转广，而又杂以虚诞怪妄之说。推其本源，盖亦史官之末事也。”[①] 此处说魏文帝的《列异传》“以序鬼物奇怪之事”，可见作者对这些作品的志怪性质非常清楚；但作者认为这些杂以“虚诞怪妄之说”的作品，“推其本源，盖亦史官之末事也”，所以把它们放在了史部的杂传之中。因而《隋志》的作者们是不把这些志怪当作小说的。《隋志》中的这些作品在《列异传》之后就有32部，再加上其前的《宣验记》《应验记》《冥祥记》，总数达36部。它们被集中排列在一起，证明作者已把它们作为一个单独的门类。而在《旧唐志》中，这些作品的大部分仍然出现在史部杂传中，并且还被冠以“鬼神”的类名。《新唐志》则把《隋志》史部“鬼神”类杂传移植到了小说之中，从而使得正史艺文志中的志怪小说作为一个整体而出现了。

具体来说，欧阳修把《旧唐志》史部杂传的“鬼神二十六家”中的

① 《隋书》，中华书局1973年版，第982页。

25家移到了《新唐书》的小说之中[1]，而这些作品，例如《搜神记》《志怪》《幽明录》《续齐谐记》《述异记》《冤魂志》等，它们在今天也被当作小说。由此可知，在北宋时期，一代文宗同时又是历史学家、目录学家的欧阳修，凭着他对史书本质的理解，已经不能够容忍把虚构的鬼神类小说继续保留在史部之中了；而他不把这些作品移至别处，而把它们安排在子部的“小说”中，也表明他认为小说最具有虚构的特征。正史的写作是非常慎重的，他能够这样做，既显示出了他卓越的史家意识和目录学意识，也标志着北宋时期主流知识分子已经充分认识到了小说的虚构特征。

第二，在中国小说史上占有重要地位的唐代小说被《新唐书·艺文志》首次批量地著录到小说之中，标志着唐传奇在欧阳修的时代已被当作小说。

唐传奇虽然是中国文言小说的巅峰之作，但创作者们并不把它们当作小说。李公佐在《谢小娥传》的最后说：“知善不录，非《春秋》之义也。故作传以旌美之。”[2] 既然是“作传以旌美之”，可见他是把《谢小娥传》当作传记来写的，而传记是纪传体历史著作的主要内容和重要特征，因而李公佐是把《谢小娥传》之类的传奇作品当作史书而不是当作小说。在《谢小娥传》中，李公佐自己也扮演了重要的角色，甚至文中还出现了确凿的时间、地点、人物，使得这篇小说很像是纪实之作。李公佐的另一篇续写蚂蚁国奇遇的传奇《南柯太守传》也是以“传”命名。《南柯太守传》中同样有一个奇异的梦，而且小说中也出现了“贞元七年九月”“后三年，岁在丁丑”“贞元十八年秋八月”这样确切的年月，李公佐在小说中也亲自登场，并且郑重声明他是在“询访遗迹，翻覆再三”，发现“事皆摭实”之后，才“编录成传”的[3]。

把虚构的唐传奇当作传记而不是小说，不是李公佐一人的态度，而是唐代人的共同认识，所以唐人传奇中多有以“传”名篇者，例如《李娃传》《李章武传》《柳氏传》《莺莺传》《柳毅传》等；也有以“记”名篇者，例如《古镜记》《离魂记》《枕中记》《秦梦记》等；还有以人名

---

① 《旧唐志》杂传鬼神类中的“《杂传》十卷”，在《新唐志》小说中没有出现。《新唐志》杂传中有两种《杂传》，都不是十卷本（一部是六十九卷，一部是一百二十卷），因而此十卷本杂传可能在欧阳修时已佚。

② 汪辟疆：《唐人小说》，上海古籍出版社1978年版，第113页。

③ 同上书，第101—107页。

名篇者，例如《杜子春》《元无有》《蒋琛》《裴航》等。

《新唐志》小说中所著录的唐人单篇传奇作品只有一篇《补江总白猿传》，其他都是小说集，例如薛用弱《集异记》、李玫《纂异记》、牛僧孺《玄怪录》、李复言《续玄怪录》、陈翰《异闻集》、袁郊《甘泽谣》、张读《宣室志》、裴铏《传奇》等。这些小说集多是作者个人创作的作品集，只有陈翰的《异闻集》收入的是各个小说家的单篇传奇，例如《上清传》《古镜记》《枕中记》《任氏传》《柳氏传》《李娃传》《柳毅传》《霍小玉传》《湘中怨解》《秦梦记》《莺莺传》《南柯太守传》《李章武传》《周秦行记》等[①]，都是唐传奇中的精品之作。

第三，宁稼雨的《中国文言小说总目提要》把文言小说分为志怪、传记、杂俎、志人、谐谑五类，这五类小说在《新唐书》子部“小说”类中都可以找到对应的对象。例如志怪小说有《搜神记》，传记小说有《补江总白猿传》，杂俎类小说有《酉阳杂俎》，志人类小说有《世说新语》，谐谑类小说有《笑林》。在欧阳修之前，《汉书·艺文志》只著录了小说 15 部，《隋书·经籍志》只著录了 25 部，《新唐书·经籍志》只著录了 14 部，而《新唐书·艺文志》著录的小说多达 123 部，比之前三志的总和还多。因而《新唐书·艺文志》所著录的“小说”，其范围之广、数量之多、质量之高，都是它之前的艺文志无法比拟的。

第四，《新唐志》中也收录了一些在今天看来不是小说的作品。例如刘齐的《释俗语》、刘炫的《酒孝经》等已经佚失，但从书名来看应该不是叙事之作。如果说这些唐前的著作还只是《新唐志》承袭了前人，不能真正体现欧阳修的小说观念，那么《新唐志》新增的唐人作品应能体现欧阳修的小说观念了。在新增的唐人作品中，前两部《诫子拾遗》和《开元御集诫子书》是诫子之书，不应该是小说；后面的《家范》《卢公家范》《六戒》也是此类著作。另外李涪的《刊误》是刊误之作，郭良辅《武孝经》、陆羽《茶经》、张又新《煎茶水记》、封演《续钱谱》也都不是当代意义上的小说。

综上所述，《新唐志》使得中国正史艺文志中的小说构成发生了重大转变，也就是使得志怪和传奇这两类文言小说中最为重要的文体成为正史

---

① 参见李剑国、陈洪《中国小说通史·唐宋元卷》，高等教育出版社 2007 年版，第 607 页。

艺文志小说的重要构成部分，这标志着正史艺文志的小说概念已经与现代的小说观念基本接轨；但《新唐志》中仍然著录了一些毫无叙事特征的不符合今天小说概念的著作，说明《新唐志》的小说观念虽然有了很大的转变，但它对前代艺文志的小说观念仍然具有很大的继承性。

欧阳修作为北宋卓越的文学家、史学家、政治家和文坛领袖，对宋代的影响非常深远，而他对于小说的见解也被宋人普遍继承。例如赵令畤在《元微之崔莺莺商调蝶恋花词》中说："夫《传奇》者，唐元微之所述也。以不载于本集而出于小说，或疑其非是。"① 此处的《传奇》就是元稹的传奇作品《莺莺传》，赵氏说此作"不载于本集而出于小说"，可见当时的宋人是把它当作小说的。《夷坚志》的作者洪迈也把唐传奇当作小说，他在《容斋随笔》中既说过"唐人小说，不可不熟，小小情事，凄惋欲绝"，又说过"大率唐人多工诗，虽小说戏剧，鬼物假托，莫不宛转有思致"②，而"凄惋欲绝"的"小小情事"和"宛转有思致"且"鬼物假托"的"小说"，断然不是"纪事实，探物理"③ 类的"小说"，只能是文采斐然具有虚构性质的唐传奇。

五　《宋史·艺文志》的小说概念

就数量而言，《宋史·艺文志》中著录的小说多达359部，是所有正史艺文志中最多的，其他六部正史所著录的小说总和仅为368部。但就编撰的混乱及所出现的错误而言，《宋志》对小说的著录也是诸史之冠。

《四库全书总目》说"诸史艺文志未有荒谬于《宋史》者"④，信哉斯言。陈乐素在《宋史艺文志考证》中指出了它的大量荒谬之处，例如在小说类中，《宋志》就同时著录了"《阙史》一卷参寥子述"和"高彦休《阙史》三卷"，但实际上高彦休即参寥子，因而这是重复著录⑤；

---

① 赵令畤：《侯鲭录·墨客挥犀·续墨客挥犀》，中华书局2002年版，第135页。

② 洪迈的这两条议论均见侯忠义：《中国文言小说参考资料》，北京大学出版社1985年版，第21页。

③ 《唐国史补·因话录》，上海古籍出版社1979年版，第3页。李肇在《唐国史补序》中说："昔刘餗集小说，涉南北朝至开元，著为传记。予自开元至长庆撰国史补，虑史氏或阙则补之意，续传记而有不为。言报应，叙鬼神，徵梦卜，近帷箔，悉去之；纪事实，探物理，辨疑惑，示劝戒，采风俗，助谈笑，则书之。"

④ 永瑢等：《四库全书总目》，中华书局1965年影印本，第1184页。

⑤ 陈乐素：《宋史艺文志考证》，广东人民出版社2002年版，第234页。

“夏大珏（一作‘侯大珏’）《奇应录》五卷”，实际上应为“夏侯六珏”撰，作者错把“夏侯”当成了两个姓[①]；“李玫（一作‘政’）《纂异记》一卷”，实际上应为“李玫”，“玫”和“政”都是错误的[②]；“温奢《续定命录》一卷”，此处的“温奢”应为“温畲”[③]；“胡仔《渔隐丛话前后集》四十卷”，应为“前集六十卷，后集四十卷”[④]。另如“费衮《梁溪漫志》一卷”中的“一卷”应为“十卷”[⑤]，“朱无惑《萍州可谈》三卷”中的“州”应为“洲”[⑥]，“方匀《泊宅编》十卷”中的“方匀”应为“方勺”[⑦]，“吴淑《秘阁闲观》五卷”中的“观”应为“谈”[⑧]，等等。这些作者姓名之误、著作名称之误、著作卷数之误非常低级，但在《宋志》中比比皆是。另外《宋志》中的小说著录还存在著录次序混乱、著录体例不一等缺点。这是因为《宋史》的编纂非常仓促，多达500万言的《宋史》仅仅用了两年半的时间就编撰成书了，其错误之多就不可避免了。

因为《宋史·艺文志》对它的小说类没有任何概念说明，我们只能通过分析它著录的作品来探讨它的小说概念。大致来说，它的小说概念对于传统的小说概念有继承也有拓展。

第一，《宋志》对前代艺文志小说内容的继承情况。

对《隋志》小说类作品的继承情况。因为《隋志》所著录的小说作品在宋时大多已经佚失，所以《宋志》所继承的《隋志》中的小说作品并不多。但在这不多的作品中，不仅有现在依然存世的那些我们也作为小说来看待的《燕丹子》《世说新语》和殷芸的《小说》等著作，而且还有我们不当作小说来看待的《隋志》中的《鲁史欹器图》，只不过它把书名换成了《欹器图》。

对《旧唐志》小说类作品的继承情况。《旧唐志》中的《鬻子》，在

① 陈乐素：《宋史艺文志考证》，广东人民出版社2002年版，第235页。

② 同上书，第236页。

③ 同上书，第237页。

④ 同上书，第241页。

⑤ 同上书，第239页。

⑥ 同上书，第246页。

⑦ 同上。

⑧ 同上书，第247页。

《宋志》小说中有《鬻子注》与之对应；侯白的《启颜录》，在《宋志》小说类中也出现了，只不过作者被换成了皮光业，卷数也由10卷成了6卷；《酒孝经》也在《旧唐志》和《宋志》中同时存在，不过在《旧唐志》中是刘炫定所著，在《宋志》中是皇甫松[①]。

对《新唐志》小说类作品的继承情况。相对而言，《新唐志》中的作品很多，而《宋志》所继承的《新唐志》的小说作品也最多。《新唐志》跟前代艺文志相比有两个大的改变：一是把前代艺文志中原史部杂传类中的20多部鬼神作品移到了小说中；二是新著录了80多部唐代的小说著作。《宋志》也把这两类作品置于其小说之中，从而保证了《宋志》小说作品的质量和数量。

第二，《宋志》在著录新的小说作品时继承了前代正史艺文志著录小说的传统。在《新唐志》所著录的小说中，就已经包括传统文言小说中的志怪、传记、杂俎、志人、谐谑等作品，而《宋志》新著录的宋人小说也包括这五类作品。例如新增的《江淮异人录》《稽神录》《夷坚志》等是志怪小说，《笔奁录》《青琐高议》是传奇小说，《广卓异记》《梁溪漫志》等是杂俎小说，《墨客挥犀》《涑水记闻》等是志人小说，《滑稽集》《笑林》等是谐谑类小说。其中杂俎小说和志人小说居多，其他三类较少。

除了这五类今人当作小说的作品，《宋志》也沿袭了前代正史艺文志的传统，新著录了《花木录》《荔枝谱》等在今天不被当作小说的著作。《隋志》把《鲁史欹器图》这样的图画收入小说之中，《宋志》也继承了这一传统——不仅继续把《欹器图》收入，而且还把《八骏图》和《异鱼图》也补充进来了。

第三，与前代正史艺文志相比，《宋志》新著录的《太平广记》和诗话类小说标志着小说地位的进一步提高，而《青琐高议》则标志着小说在俗化方面的显著成就。

《宋志》对大型传统小说总集《太平广记》的著录，表明小说在当时的地位有了很大提高。这是因为小说在《汉书·艺文志》中被定性为“街谈巷语，道听途说者之所造也”，它们只是可能有“一言可采”的

① 王齐洲、毕彩霞认为《酒孝经》的作者当为刘炫，而皇甫松的著作应是《醉乡日月》。参见王齐洲、毕彩霞《〈新唐书·艺文志〉著录小说集解》，岳麓书社2009年版，第137页。

“刍荛狂夫之议”。《汉志》之后的《隋志》和《旧唐志》虽然在小说中著录了《世说新语》这些并非“刍荛狂夫之议”的作品，但其小说定义依然沿袭了《汉志》的观点。《新唐志》中的小说著录了大量唐代著名诗人和官员的著作，使得它著录的小说实际上已经摆脱了“街谈巷语”的定义，但《新唐志》中的这些作品还只是文人们的个人之作。《太平广记》则不然，它是由李昉、徐铉、扈蒙、李穆、赵邻几、王克贞、宋白、吴淑等著名大臣奉宋太宗之命编纂而成的大型类书，具有非常崇高的地位。成书于元代的《宋志》把《太平广记》著录在小说之中，表明小说在元代的地位有了更大的提高。

诗话入小说也是《宋志》的新拓展。陈乐素在陈师道《后山诗话》的辨异中，引用了钱大昕《廿二史考异》中“此文史也，而入于小说”的议论，然后评论说：“然《宋志》中诗话入小说类者颇多，《读书志》亦入小说类。”[①] 宋代诗话繁荣，《宋志》收录的诗话有《东坡诗话》《艇斋诗话》《南宫诗话》《后山诗话》《山阴诗话》《垂虹诗话》《大隐居士诗话》《冷斋夜话》等。这些诗话记载了很多文人韵事，具有叙事的特征；而这些韵事在传诵过程中，又往往失真，从而具有不同程度的虚构性。例如下面是《后山诗话》的第一则：

> 王师围金陵，唐使徐铉来。铉伐其能，欲以口舌解围，谓太祖不文，盛称其主博学多艺，有圣人之能。使诵其诗。曰：“《秋月》之篇，天下传诵之，其句云云。”太祖大笑曰：“寒士语尔，吾不道也！”铉内不服，谓大言无实，可穷也，以请。殿上惊惧相目。太祖曰：“吾微时自秦中归，道华（山）下，醉卧田间，觉而月出，有句曰‘未离海底千山黑，才到天中万国明。’”铉大惊，殿上称寿。

这样的文字，即使置于《世说新语》中，也并不逊色。诗话多品评诗歌兼叙文人雅事，自然不同于班固所言的低俗，因而诗话的加入也使得小说的地位在当时有了很大提高。

如果说《太平广记》和诗话类著作进入小说标志着小说在《宋志》中的地位有了提高，那么《青琐高议》出现在《宋志》的小说之中，则

---

① 陈乐素：《宋史艺文志考证》，广东人民出版社 2002 年版，第 245 页。

是《宋志》在小说俗化方面的显著成就。《青琐高议》虽是北宋的一部文言小说集，但它却是后世章回小说七言回目的滥觞。《青琐高议》著录小说的体例，基本上每篇小说都有一个正标题和副标题。正标题较为简练，多是两字、三字、四字，例如《任愿》《王寂传》《远烟记》《流红记》《王幼玉记》等，延续的是唐传奇中的《莺莺传》《柳毅传》《三梦记》这类名称；而副标题多为七字，例如以上5篇小说的副标题分别是“青巾救任愿被殴”“王寂因杀人悟道”“戴敷窃归王氏骨”“红叶题诗娶韩氏”“幼玉思柳富而死”。传统的正标题基本上只是一个名词（人名或者事名）加上“传”或者“记”，仅仅是起到了提示作用，七言标题则往往是两三个名词加上两个动词，因而七言标题的信息量要丰富得多，它能把小说的主要人物、主要事件甚至事件的结果都介绍出来。这种新的七言副标题跟俗文学密切相关。鲁迅说它：“甚类元人剧本结尾之题目与正名，因疑汴京说话标题，体裁或亦如是，习俗浸润，乃及文章。”① 就指出了这类七言标题可能具有宋代说话标题的特征，而宋代的说话属于通俗文学。《青琐高议》通俗性的另一特征，就是小说内容和语言的通俗性。就内容而言，《青琐高议》中多是通俗类的妖仙鬼怪、因果报应、男欢女爱，不少作品具有庸俗的说教色彩，这从“解谱杀妓获恶报”“陈贵杀牛罚牛身”“杀猫生子无手足”“侯生春游遇狐怪”等副标题中就能够看出来。而其语言的通俗性主要表现在程式化的套语和语言的俗浅两个方面。例如在副标题为“侯生春游遇狐怪”的《西池春游》篇中，文中以“西子之艳丽，飞燕之腰肢”② 来形容狐怪，就是小说中常见的程式化的套语；“生日夜思慕其颜色，欲再见之，有如饥渴”③，这是其叙述语言之俗。甚至小说中出现的诗歌也俗，例如狐怪写的“人间春色多三月，池上风光直万金。幸有桃源归去路，如何才子不相寻？”④

六　《明史·艺文志》的小说概念

与前面的五部正史艺文志不同，《明史·艺文志》中所载的小说仅限

① 鲁迅：《中国小说史略》，人民文学出版社2006年版，第123页。

② 《宋元笔记小说大观》，上海古籍出版社2001年版，第1162页。

③ 同上书，第1165页。

④ 同上书，第1162页。

于朱明一朝创作或编撰的著作；它所著录的作品有127部。概括来说，它著录的小说具有以下几个特点。

第一，避俗求雅。

从作者的构成来看，《明志》的小说作者全是知名的文人雅士，没有一个是《汉志》中所谓的“刍荛狂夫”。其中宋濂是明初著名文人，而杨慎不仅是状元，还是明代最有名的才子和学者。这些小说作者以进士为主体，也不乏陶宗仪、瞿佑、徐渭等没考上进士的一代名士。因而从作者构成来看，如果说《宋志》小说中还有写《青琐高议》的刘斧这样的下等文人，那么在《明志》中就连这样的下等文人也不见了。

从内容上来看，《明志》中著录的不少小说，例如胡震亨《读书杂录》、郎瑛《七修类稿》、李日华《六研斋笔记》等，其内容是谈论学问、考据辩证、谈诗论文、记载典章制度等。这些小说既然是以谈论学问为主，就摆脱了俗的标签，而具有雅的特征。

第二，内容繁杂。

《明志》小说之杂主要表现在两个方面。其一，所著录的著作杂。其中有的是考据议论，例如杨慎的《丹铅总录》《谈苑醍醐》；有的是读书笔记，例如祝允明的《读书笔记》；有的甚至是杂论阴阳五行及医卜星算，例如岳正的《类博杂言》；有的是抄录了古今的论文之语，例如单宇的《菊坡丛话》；有的全用来议论书法，例如王涣的《墨池琐录》；当然也有记事之作，例如陶宗仪的《辍耕录》；还有小说集，例如陆楫的《古今说海》。其二，一书之中往往内容杂陈。例如郎瑛的《七修类稿》，就分为天地、国事、义理、辩证、诗文、事物、奇谑七门。此书恰如陈仕贤在序中所言：“测天地之高深，明国家之典故，研穷义理，辨证古今，掇诗文而拾其遗，捃事物而章其赜，以至奇怪诙谐之事，无不采录。”“无不采录”就是“杂”，而“杂”这一小说特征，在《汉志》中就已很明显了——《汉志》说小说是“街谈巷语”，是“道听途说者之所造也”，而“街谈巷语”“道听途说”的内容，当然不会是单一的。这一特征也被以后的历代艺文志所继承。

第三，《明史·艺文志》中出现了一些大型小说总集，符合今人小说标准的小说主要集中在这些小说总集中。《明志》中的小说集尽管有卷数较少的《续虞初志》，但更多的是卷帙浩繁的巨型小说集，例如陶宗仪的《说郛》和陶珽的《续说郛》，两书收录了周秦至明代的说部书籍一千三百余种，确实洋洋大观；另外还有陆楫的《古今说海》120卷、司马泰《广说郛》80卷、袁褧《前后四十家小说》80卷和《广四十家小说》40卷、陈继儒《秘笈》130卷，而商濬的《稗海》更是多达368卷。明人的这些大型小说集，保存了明代之前和明代大量虚构的小说作品。但明代较俗的《三国演义》《水浒传》《西游记》《金瓶梅》、“三言二拍”、《剪灯新话》等作品却没被著录到《明史·艺文志》的“小说”类中，可见著者在有意提升正史艺文志中“小说”的“雅”的特征。

七　《清史稿·艺文志》的小说概念

多达530卷的《清史稿》，编纂于战乱频仍的1914—1927年，书稿自然不能称得上精善，因而它的名称甚至不是《清史》，而是《清史稿》。《清史稿》成书于民国初年，此时已经历了清末的小说界革命和民初的五四新文化运动，社会各界对于小说的认识已有了一个大的变化，而这一变化也影响到了《清史稿》的编纂，从而使得它著录的小说出现了新特点。

第一，《清志》所著录的清人小说最明显的特点，就是基本上是叙事之作，这与《明志》所著录的明人小说形成了鲜明对比。

《清志》的小说类著作有65部，其中清人所辑佚的前代小说18部，清人撰著的作品47部。所辑佚的前代18部小说中，《江淮异人路》《唐语林》等16部为叙事之作，另外的《宋子》和《水饰》虽然不是叙事作品，但前者见于《汉志》小说类，后者见于《隋志》小说类。清人所撰的47部作品，其中有6部是清人对《山海经》《穆天子传》这些传统小说的注疏类著作。在其余的41部作品中，只有顾炎武的《谲觚》这部辩证地理之作中没有叙事（《谲觚》中虽然没有叙事，但它的名称很像小说，例如钮琇的小说集就是《觚剩》。可能是《清史稿》的编者不知书的内容，仅凭书名把它编入的），其他的40部著作，不仅都有叙事，而且还基本上全是叙事。也就是说，《清史稿·艺文志》小说类所著录的清人辑佚的前代小说或者他们独立创作的小说类著作，基本上是叙事之作。而《明志》小说类著录的明人创作的小说作品，则有不少是考证议论之作。

第二，《清史稿·艺文志》中清人的40部叙事小说，除了前代艺文志中常见的世说类、志怪类、传奇类等小说类型，还多出了忆语体小说。

《清志》中的世说类小说有《汉世说》《世说补》《今世说》《明语林》《玉剑尊闻》等，志怪类小说有《陇蜀余闻》《觚剩》《有明异丛》

《续广博物志》《阅微草堂笔记》《右台仙馆笔记》等，传奇类小说有《虞初新志》《虞初续志》等。此外还有笑话类小说《古笑史》、杂记故事类小说《玉堂荟记》《客途偶记》等，这些小说类型都常见于前代艺文志的小说中。《清史稿·艺文志》中还著录了冒襄的《影梅庵忆语》，它是忆语体小说的鼻祖，此类小说为《清志》所独有。

第三，《清志》所收录的清人小说数量太少，一方面是作者们的粗疏所致；另一方面也是作者们为了保证小说的高品位，有意不收陋俗之作。

《清志》的小说著作虽然以叙事类为主体，但仅仅收录了清人创作的叙事性小说40部，这与清人创作小说的实际数量差别太大，因为仅仅宁稼雨的《中国文言小说总目提要》所著录的清人文言小说就多达500多部。就志怪小说而言，它虽然收录了纪昀的《阅微草堂笔记》，却连流传甚广的蒲松龄的《聊斋志异》、袁枚的《子不语》都没有著录。《清志》的作者们不可能不知道《聊斋志异》和《子不语》，那么这两部著作不被录入，显然是事出有因的。把这两部小说跟《阅微草堂笔记》进行对比，就会发现它们较为庸俗，甚至不避淫秽之事；而《阅微草堂笔记》无论内容还是语言都要雅洁很多。所以《清志》的作者们应该是为了保持正史艺文志小说的高品位而故意舍弃了这些通俗小说。

由上面的分析可知，《清志》所追求的小说观应该是叙事的、高雅的。《清史稿》的编纂者尽管多是清朝遗老，但他们毕竟已是民国时人，他们已基本认可了小说应是叙事之作的文学观念，否则他们所著录的清人小说不可能基本上是叙事性著作。他们当然知道白话小说也是小说，但在他们的头脑中，正史艺文志中的小说必须是文言小说，所以他们著录的也都是文言之作。但正史艺文志对小说的轻视态度也被他们所沿袭，加上清人所创作的小说太多，在战乱中修史的他们也不可能对小说的著录多下工夫，所以他们著录的小说作品并不多。

结语

通观正史艺文志中著录的小说，可以得出以下三个结论。

第一，正史艺文志中的小说概念既有稳定性，又有变异性。

《汉志》中的部分作品已具有虚构性和叙事性，后世正史艺文志也都继承了这一特点，这是正史艺文志小说概念的稳定性。这一稳定性保证了各正史艺文志小说类中都有符合今天小说概念的作品。除了稳定性，正史艺文志中的小说概念还具有变异性，这变异表现在“一出一入”。“一出”是指，前世艺文志小说类中的《鲁史欹器图》《诫子拾遗》《七修类稿》等与记言记事无关的著作，在《清史稿·艺文志》中基本消失；“一入”是指，《隋志》“杂史”中的《拾遗记》、“杂传”中的《搜神记》等很多作品，从《新唐书》开始，就被移至“小说”中。当然用今天的小说概念为标准，这“一出一入”还不够彻底，因为即使在《清史稿·艺文志》中，仍然杂入了《谲觚》；而《聊斋志异》这样今天最著名的文言小说，《三国演义》《红楼梦》等杰出的白话小说，从来没有进入过正史艺文志。

第二，在正史艺文志的小说中，虚构的叙事之作基本上呈不断扩大的趋势。

小说是叙事文学，但在正史艺文志的小说中有不少作品并非叙事之作，例如《隋志》中的《鲁史欹器图》《器准图》《水饰》；《旧唐志》中的《释俗语》；《新唐志》中的《诫子拾遗》《开元御集诫子书》《家范》《卢公家范》；《宋志》中的《古今刀剑录》《铜剑赞》《钱谱》；《明志》中的《少室山房笔丛》《墨池琐录》；《清志》中的《谲觚》等，都不是叙事之作。这些非叙事之作的存在，使得古代小说的研究者们在论述到中国古代的小说概念时，总是底气不足，总觉得我们的小说概念只是沿用了两千年的老古董，远不如从西方舶来的小说概念精确。其实我们没有必要妄自菲薄，因为刘歆、班固们在用“小说”来指称某些著作时，西方的小说概念还没有出现。所以要怪，只能是怪我们后人把西方的“Novel”或者“Fiction”翻译为“小说”，但“小说”这个词本身是无辜的。

但为什么汉语偏偏用“小说”来翻译“Novel”或者“Fiction”，而不是用别的词，或者另造一个新词？这只能说明在汉语中只有“小说”的词义最接近“Novel”或者“Fiction”的本义。通观正史艺文志中的小说，可以发现中国小说概念的叙事性、虚构性特征是越来越明显的。

《汉志》中的作品已经佚失，从现存文献来看，它们尽管多是伪托之书，但这15部街谈巷语之作有部分作品具有程度不等的叙事性和虚构性。《隋志》小说类中的《燕丹子》篇幅较长，熔明显的虚构性和高超的叙事手法于一炉，即使用今天最为苛刻的小说标准来衡量，它都不失为小说杰作。其他如《世说新语》和殷芸的《小说》，即使在今天的小说史中它们也被当作小说，而《笑林》《笑苑》等也具有明显的叙事特征。《旧唐志》虽然只著录了14部小说，但它也包含《燕丹子》《世说新语》《小说》《笑林》等作品。《新唐志》不仅包括前代艺文志中的虚构叙事之作，而且还把一批鬼神类著作从前代艺文志的史部杂传中移到了子部小说里，这些符合今天小说概念的具有虚构性质的叙事作品的集体加盟，大大缩短了《新唐志》的小说与今天小说概念的距离。但《新唐志》更接近今天小说概念的创举，是把大量的唐传奇添加到了它的小说中，而这些唐传奇中的优秀之作，即使置之于世界小说之林中，也堪称精品。这两类作品的加入，使得虚构的叙事之作在《新唐志》中所占的比例得到了大幅提高。《宋志》在沿用了《新唐志》小说著录原则的基础上，又添加了具有通俗性叙事特征的话本小说《青琐高议》和叙事性很强的诗话类作品，著录了《太平广记》《夷坚志》《古今广说》等大型小说集，这些都增加了《宋志》中虚构叙事类作品的比重。《明志》虽著录了不少明人的考据辨证、谈诗论文之作，但它所著录的《说郛》《续说郛》《广说郛》《古今说海》《前后四十家小说》《广四十家小说》《秘笈》《稗海》等小说集，少则几十卷，多则数百卷，其中都收录了大量的虚构的叙事性小说。《清志》所著录的清人创作的小说中，只有《谲觚》这一部著作是纯粹的考辨论证之作，其他的40部作品都是虚构的叙事性作品。

因而总体来看，这七部正史艺文志所著录的小说作品，其叙事性和虚构性特征基本上是逐步上升的。这表明即使在最为正统的正史中，“小说”概念的虚构性和叙事性也越来越明显，也就是越来越向今天的小说概念靠拢。所以汉语在选择“小说”来翻译“Novel”或“Fiction”时，并不把文言小说排除在外。

第三，虽然《汉志》认为小说是低俗的，但后世正史艺文志中的小说都在努力摆脱《汉志》中所说的“俗”的特征，努力使小说具有“雅”的特质。

《汉志》中小说的小序只有80个字，但它一则曰“出于稗官”，二则曰“街谈巷语”，三则曰“道听途说者之所造”，四则曰“小道”，五则曰“致远恐泥”，六则曰“君子弗为”，七则曰“闾里小知者之所及”，八则曰“刍荛狂夫之议”，这就使得“小说”在正史中的第一次亮相就被如此之多的低俗贬义词所定性，其俗陋不堪可想而知；另外即使《汉志》中那些貌似对小说有所肯定的语词，例如“然亦弗灭”“缀而不忘”“或一言可采”等，只要细细体味，也能发现《汉志》作者发内自心的对小说的鄙夷。

但只要对正史艺文志进行全面考察，就会发现后世的正史艺文志虽然因袭了《汉志》，也同样在子部中设置小说这一门类，而且有些艺文志对小说的论述也与《汉志》基本相似，但总体来看，后世正史艺文志中的小说在努力摆脱“俗”的特征，尽量使得“小说”具有“雅”的特质。

《汉志》特别强调小说作者之俗，“稗官”“道听途说者”“闾里小知者”“刍荛狂夫”这些词都是强调其作者的社会地位之低下。但《隋志》的小说作者就有了很大改变。例如《燕丹子》即使不是“燕国喜太子”本人所作，但它文笔之优美绝非“刍荛狂夫”所能为；而《世说》的作者刘义庆更是贵为临川王；其他“东晋中郎郭澄之”“梁金紫光禄大夫顾协”“后汉给事中邯郸淳”“梁安右长史殷芸”以及刘孝标等人也都不是低俗之辈。由此可见，《隋志》作为正史中的第二部艺文志，就已经摆脱了《汉志》的小说作者低俗论了。《旧唐志》承袭《隋志》，刘义庆等人依然是小说的作者。《新唐志》的小说除了承袭前人之作，还增加了志怪之作和唐传奇。志怪小说的作者除了干宝、祖冲之、祖台之、吴均、颜之推这些著名学者，还有梁元帝、刘义庆这样的帝王，而唐传奇的作者多是进士出身，其中牛僧孺还官至宰相，他们当然不是“刍荛狂夫”之辈。《宋志》的小说作者基本上是著名文人，如司马光、沈括、洪迈、徐铉、苏轼、苏辙、曾巩、陈师道、李昉、陆游等。《明志》小说类中著录的考辨论证之作，其作者只能是学术素养很高的学者，例如杨慎、叶盛、董其昌等。《明志》中那些小说总集的编纂者也是著名学者，例如《说郛》的编者陶宗仪、《秘笈》的编者陈继儒、《广说郛》的编者司马泰、《古今说海》的编者陆楫等，都是当时著名文人。《清志》中《影梅庵忆语》的作者冒襄是明末清初的著名才子，《陇蜀余闻》的作者王士禛是清初的文坛领袖，《矩斋杂记》的作者施闰章进士及第后又高中博学鸿词科，《阅微草堂笔记》的作者纪昀是四库全书总裁，《右台仙馆笔记》的作者俞樾是清末颇负盛名的大学者。

《明志》之前的正史艺文志虽然著录的多是著名文人的著作，并不完全拒绝那些俗的小说，但《明志》和《清志》的小说作者有意把通俗的小说作品排除在艺文志的小说之外了。例如《明志》中没有收录瞿佑风靡天下的作品《剪灯新话》，却收录了他并不著名的《香台集》，明代出现的那批《刘生觅莲记》等趣味低俗的中篇诗文小说在当时影响很大，《明志》也没有收录；《清志》中的志怪小说有纪昀的《阅微草堂笔记》

和俞樾的《右台仙馆笔记》，但流传更广的《聊斋志异》没被收录。另外明清时期的白话小说已经进入了繁荣期，但《明志》《清志》的作者们对这些小说都视而不见，证明他们在有意识地保持正史艺文志小说的高雅品位。如果我们依然以班固的观点为据，认为正史艺文志中的小说都是低俗的，显然是不符合事实的。

第二节　其他文言小说概念辨析

一　庄子小说概念辨析

一般认为，“小说”作为一个语词首先出现于《庄子·外物》中，其意为“小道”。这种认识是值得商榷的。《庄子》原文如下：

> 任公子为大钩巨缁，五十犗以为饵，蹲乎会稽，投竿东海，旦旦而钓，期年不得鱼。已而大鱼食之，牵巨钩，錎没而下，骛扬而奋鬐，白波若山，海水震荡，声侔鬼神，惮赫千里。任公子得若鱼，离而腊之，自制河以东，苍梧已北，莫不厌若鱼者。已而后世辁才讽说之徒，皆惊而相告也。夫揭竿累，趣灌渎，守鲵鲋，其于得大鱼难矣。饰小说以干县令，其于大达亦远矣。是以未尝闻任氏之风俗，其不可与经于世亦远矣！①

庄子在这里用的是一个类比推理，用“揭竿累，趣灌渎，守鲵鲋，其于得大鱼难矣”来类比“饰小说以干县令，其于大达亦远矣”，此处的“其于得大鱼难矣”相当于后句的“其于大达亦远矣”，而“饰小说以干县令”则相当于前句的“揭竿累，趣灌渎，守鲵鲋”。既然“大达”相当于“大鱼”，那么此处的“小说”应该相当于“竿累”，它们不是任公子的“大钩巨缁”，只是一般的小钓鱼竿和绳；而“饰小说”这个动宾词组也就相当于“揭竿累”。如果说前句中的“大鱼”是所求的目标，那么后句中的“大达”也是所求的目标；既然“竿累”是用以求“大鱼”的工具，那么“小说”就是求“大达”的工具；如果“竿累”所求到的只能是“小鱼”，不可能求得“大鱼”，那么“小说”所求到的也只能是“小

① 陈鼓应：《庄子今注今译》，中华书局1983年版，第706—707页。

道”，不可能得到“大达”的。因而把“小说”等同于“小道”的说法是错误的，是误把工具当作结果了。

那么在庄子这里，“小说”究竟是何意？从“小说”一词的对立面来看，“小说”应该是“大说”的反义词；而庄子当然认为自己所讲的道理是“大达”，而他讲道理的方式就应该是“大说”了。庄子的学说以及他表达学说的方式，在《天下》篇中有具体的说明：

> 芴漠无形，变化无常，死与生与，天地并与，神明往与！芒乎何之，忽乎何适，万物毕罗，莫足以归，古之道术有在于是者。庄周闻其风而悦之。以谬悠之说，荒唐之言，无端崖之辞，时恣纵而不傥，不以觭见之也。以天下为沈浊，不可与庄语，以卮言为曼衍，以重言为真，以寓言为广。独与天地精神往来而不敖倪于万物。不谴是非，以与世俗处。其书虽瑰玮而连犿无伤也。其辞虽参差而諔诡可观。彼其充实不可以已，上与造物者游，而下与外死生无终始者为友。其于本也，弘大而辟，深闳而肆；其于宗也，可谓稠适而上遂矣。虽然，其应于化而解于物也，其理不竭，其来不蜕，芒乎昧乎，未之尽者。①

可见庄子心中的“大说”，应该是综合的而不是单一的，它是“谬悠之说，荒唐之言，无端崖之辞”，也是“以卮言为曼衍，以重言为真，以寓言为广”中的“卮言”“重言”“寓言”。庄子要表达他的“大达”，但他“以天下为沈浊，不可与庄语”，于是他只好用这些在别人看来是夸大之言的“谬悠之说，荒唐之言，无端崖之辞”来表达他深邃的思想。庄子的这些“大说”，一是空间之大，他寓言故事中的空间是无穷无极的天地宇宙；二是物象之大，鲲鹏、任公子的大钩巨缁这些巨大的物象只有庄子能够想象出来；三是人物形象的高不可及，例如姑射之山上的神人就是如此。只有用这些“大说”，庄子才能表现出他的“大达”来；而其他学说都是“小道”，可以用寻常的事例、寻常的语言这些“小说”来表达。例如在《庄子·天道篇》中，“（孔子）往见老聃，而老聃不许，于是缙十二经以说。老聃中其说，曰：‘大谩，愿闻其要。’”此处孔子被老聃打断

① 陈鼓应：《庄子今注今译》，中华书局1983年版，第884页。

的“说”，在庄子看来，就是“小说”。此处的“说”是不能用“道理”来解释的。

可见在《庄子》中，“小说”“大说”都是指整个的叙说、讲说、解说，它包括说的方式、说的过程、说的内容，是说的综合体，而不仅仅指“小道”“大达”这些说的结论。庄子在这里贬低“小说”，实则是为他的那些“谬悠之说，荒唐之言，无端崖之辞”的“大说”辩护。

鲁迅也未曾把“小说”等同于“小道”，在《中国小说史略》中他只是说：“案其实际，乃为琐屑之言，非道术所在。”① 此处他以“琐屑之言”来解释“小说”，虽然“琐屑”一词只注重“言”之形式的短小，未曾考虑到“言”之内容及层次的低微，但他并没把“小说”等同于“小道”，而只是说“小说”“非道术所在”，也就是说“小说”并非承载“道术”的工具。这实际上就是认为“小说”是载物之体，而“道术”是所载之物，二者是截然不同的。

二 桓谭小说概念辨析

前文中对桓谭的小说观念已有论述，是把他的观点与《汉志》中的小说概念进行对比分析的，此处再做进一步的阐释、辨析。

桓谭对小说的论述是：“若其小说家，合丛残小语，近取譬论，以作短书，治身理家，有可观之辞。”因为《新论》已佚，桓谭这段话现在仅见于《文选》江淹《杂诗》的注文，因而后人对它的解释只能是断章取义。陈洪在《中国小说理论史》中认为这段话给“小说”下了定义：

> 首先，“小说”是一种文体，有专长于此体的作者，被称为“小说家”；其次，这种文体的主要内容是说理而非叙事；复次，说理不是系统的长篇大论，而是“丛残小语”、“短书”，行文也比较灵活，有譬有论。这样一种文体，似乎接近于现代的杂文。②

应该说，这段话虽然说出了“小说”的一些特征，但还称不上是给“小说”下定义；并且此处对原文的理解不仅有谬误，而且不全面。

---

① 鲁迅：《中国小说史略》，人民文学出版社 2006 年版，第 4 页。

② 陈洪：《中国小说理论史》（修订本），天津教育出版社 2005 年版，第 6—7 页。

如果是下定义，那么一般是采取“Ds就是Dp”的形式，应该是“小说就是……”的格式；桓谭的这段议论则不然，一开始就是“若其小说家”如何；进一步推敲，桓谭这段论述应该是在说明“小说家”们创作“小说”的方式和作用，但并没有说明小说的特有性质：他们是把那些“丛残小语”“合”在一起，然后就近找一些比譬来发议论，于是写出了这些“短书”性质的“小说”；这些“小说”对于经国大业可能没什么用处，但是对于个人的修身或者理家，还是有“可观之辞”的。

陈洪在上文中的解释，有三处值得商榷。一是小说虽然是“合丛残小语”，但它并不一定是“丛残小语”。它把“丛残小语”合起来了，那么也可能篇幅较长；二是此处的“短书”并非“短文”之义，而应该是指竹简之短。汉代用于写经文、法律的竹简最长，二尺四寸，其他的书都短，就被称为短书。[①] 因而“短书”并不是指文章的篇幅短，而是指它的载体竹简短；三是虽然小说的目的可能是说理，但其主要内容也可能是叙事（例如《庄子》中的文章就是如此），因而说小说“主要内容是说理而非叙事”是不正确的。

桓谭在《新论·本造》中还有一段论述被认为与小说有关。

> 庄周寓言，乃云“尧问孔子”；《淮南子》云“共工争帝，地维绝”，亦皆为妄作。故世人多云短书不可用。然论天间，莫明于圣人，庄周等虽虚诞，故当采其善，何云尽弃邪！

桓谭在前面的论述中提到了“短书”，此处也提到了“短书”，而且这里的“短书”还是承接上面的“庄周寓言”和“《淮南子》”而来的，可见他是把《庄子》和《淮南子》当作“短书”的。他说“世人多云短书不可用”的理由是短书中的很多论述“为妄作”，也就是庄子文章中的“尧问孔子”和《淮南子》中的“共工争帝，地维绝”，前者是让不同时代的人物进行对话，后者则是神怪故事，这些当然是庄子的虚构。在后文中，桓谭甚至说“庄周等虽虚诞”，直接点出了这些“短书”的虚构特点。现当代小说往往把虚构作为一个基本特点，而桓谭早在两千多年前就指出了

---

① 章炳麟《文学总论》中说：“古官书皆长二尺四寸，故云二尺四寸之律，举成数言，则曰三尺法。经亦官书，故长如之，其非经律，则称短书。”

“短书”的这一特点。尽管很多学者认为桓谭笔下的“短书”主要是指议论性的文章，纯粹的议论是与虚构无关的，也就无所谓“妄作”或者“虚诞”；“虚构”只能用于叙事，因而桓谭此处所论述的“短书”毫无疑问是指以叙事性为主要内容的文章。那么虚构的叙事性文体是什么呢？只能是小说，而且还是符合现代小说定义的小说。因而桓谭这段话所论述的对象，正是小说。

三　鱼豢小说概念辨析

张衡在《西京赋》中有“小说九百，本自虞初”的说法，此处“本自虞初”的“小说”即《汉书·艺文志》中的《虞初周说》。张衡也是东汉人，比班固小46岁，可见到了张衡的时代，“小说”的含义依然与班固的相同。

与班固“小说”概念不同的是魏国的鱼豢，他在《魏略》中提到的“小说”概念与汉代诸子的“小说”概念大为不同。而鱼豢笔下的“小说”跟曹植相关。

刘师培在《中国中古文学史》中说：“文章各体，至东汉而大备。”确实，汉末时期的中国文学有了大的变革，这一变革从建安一直到魏晋，而曹植、曹丕弟兄都是汉末魏初的文学主将。曹丕扩大了文学的外延，在班固《汉书·艺文志》中文学仅有诗赋两类，曹丕则扩展为四科八体，诗赋仅仅是“奏议宜雅，书论宜理，铭诔尚实，诗赋欲丽”中的一科二体。但曹丕把文章看作“经国之大业”，与“经国”无关的“小说”显然不在他的《典论·论文》关注范围之内。曹丕的弟弟曹植则不然。下面是《三国志·魏书》卷21裴松之在注“颍川邯郸淳”时所引鱼豢《魏略》中的文字：

> 淳一名竺，字子叔。博学有才章，又善苍、雅、虫、篆、许氏字指。初平时，从三辅客荆州。荆州内附，太祖素闻其名，召与相见，甚敬异之。时五官将博延英儒，亦宿闻淳名，因启淳欲使在文学官属中。会临菑侯植亦求淳，太祖遣淳诣植。植初得淳，甚喜，延入坐，不先与谈。时天暑热，植因呼常从取水自澡讫，傅粉。遂科头拍袒，胡舞五椎锻，跳丸击剑，诵俳优小说数千言讫，谓淳曰：“邯郸生何如邪？”于是乃更著衣帻，整仪容，与淳评说混元造化之端，品物区

别之意，然后论羲皇以来贤圣名臣烈士优劣之差，次颂古今文章赋诔及当官政事宜所先后，又论用武行兵倚伏之势。乃命厨宰，酒炙交至，坐席默然，无与伉者。及暮，淳归，对其所知叹植之材，谓之“天人”。而于时世子未立。太祖俄有意于植，而淳屡称植材。由是五官将颇不悦。及黄初初，以淳为博士给事中。淳作《投壶赋》千余言奏之，文帝以为工，赐帛千匹。

邯郸淳“博学有才章”，是当时的名士，曹丕、曹植都希望跟他结交。他奉曹操之命来见曹植。曹植见到邯郸淳非常高兴，但入座之后，曹植却没有立即与邯郸淳交谈，而是先把脸洗干净了，傅上粉，然后“科头拍袒，胡舞五椎锻，跳丸击剑，诵俳优小说数千言”，之后得意地对邯郸淳说：“邯郸生何如邪?”这一番表演之后，他又“更著衣帻，整仪容”，与邯郸淳“评说混元造化之端，品物区别之意，然后论羲皇以来贤圣名臣烈士优劣之差，次颂古今文章赋诔及当官政事宜所先后，又论用武行兵倚伏之势”。很显然，曹植是要在邯郸淳面前表现出自己各方面的优秀。而他的表现分为前后两个阶段，前一阶段的相貌打扮是“傅粉”“科头”，是俗的，非正式的，而他所表现的各种特长则是“胡舞五椎锻”“跳丸”“击剑”这些民间艺人式的特长，而“诵俳优小说数千言”与这些都是相似的行为。这些非正式的、民间的、谐趣的特长表现完了之后，他又“著衣帻，整仪容”，与邯郸淳谈论古今，品评人物，以及文章赋诔，用武行兵，向邯郸淳显示他作为一个上层名士的各方面才能。这样全方位的优异表现，使得邯郸淳佩服不已，于是直接以“天人”来评价曹植。

曹植在这里所诵的“俳优小说数千言”，既不可能是庄子“饰小说以干县令”中的那个与“大说”相对的“小说”，也不是汉代诸公的“小说家”中的那个“合丛残小语”的“小说”，而是俳优们用来表演的“小说”。俳优是古代从事乐舞谐戏的演员，曹植“傅粉”“科头”的打扮装饰，也是与演员相对应的。从当时的场景来看，曹植所诵的“俳优小说”应该具有以下的特点：

第一，这些“小说”是俗的。

第二，这些小说既然是“俳优”所表演的，就应该是经过了艺术加工的。

第三，这些小说既然是“俳优”所表演的，就应该是有娱乐性的。

但除此之外，对此处的“小说”还应该进行以下三方面的分析。

第一，许慎《说文解字》：“俳，戏也。”“优……一曰倡也。”段玉裁注云：“以其言戏之，谓之俳；以其音乐言之，谓之倡，亦谓之优；其实一物也。”这些“小说”既然是俳优所表演的，而俳优又是集唱戏、歌舞、小品、谑笑于一身的演员，那么曹植所诵的这数千言“小说”，虽然基本上是具有表演性质的抑扬顿挫的诵读，但也可能杂有演唱。这数千言“小说”倘若仅仅是前者，那么它们是后世话本小说的前身；如果也夹杂有后者，那么它们就是说唱文学的一部分了。

第二，这些“小说”长达“数千言”，如果它们是一部“小说”，那么当时应该有较长的“小说”了；如果它们不是一部“小说”，那么当时的这类“小说”应该是多种多样的。不过不管是较长的一部还是较短的多篇，它们能够得到曹植的重视甚至成为他即兴展示自己才能的主要组成部分，都说明当时这类“小说”已经颇有规模并且很有影响了。

第三，此处的“小说”与当时人心目中的“文章”无关。曹植“颂古今文章赋诔”，那是他“著衣帻，整仪容”之后的所为了。显然，此处的“小说”是被排除在后面“文章”的范围之外的。从这个意义上看，曹植的文章观与其兄还是一致的（其实曹丕也并不轻视小说，《隋书·经籍志》中记载的志怪小说集《列异传》就是他的著作）。虽然这些行为存在于鱼豢的记叙中，但这些行为究竟是曹植的，而从这些行为看来，曹植把当时的“小说”与“文章赋诔”进行了严格区分。

四　殷芸小说概念辨析

南朝殷芸所著的《殷芸小说》是中国文学史上的第一部以“小说”命名的书籍。殷芸曾官至梁朝的国子博士、昭明太子侍读，他和刘勰、刘孝绰、陆倕、到洽等人都是萧统门下的文士，可能都参加过《文选》的编选工作。因而殷芸的小说观可以和《文选》的体例、《文心雕龙》的相关论点进行对比论述。

通过对《殷芸小说》文本的分析，可知它具有以下特点。

第一，内容非常宽泛。就人物而言，它涉及帝王将相、历代名人；就时间而言，它从秦汉魏晋一直到南朝的宋齐；就空间而言，它从朝廷到民间。因而其内容可谓无所不包。

第二，引书门类众多。《殷芸小说》的引书范围很广，有以记录语言谈吐为主要内容的《世说新语》《语林》，有以记人物事迹为主的《西京杂记》，还有谐谑类的《笑林》、志怪类的《幽明录》等。《殷芸小说》是杂取众书，以年代为序，缀合历代帝王、大臣、名人的事迹而成书的。因而《殷芸小说》可谓集杂记体、志怪体、笑林体于一书。可见在当时，这些文体都可归入“小说”的。

第三，体例非常严谨。根据周楞伽的研究成果，《殷芸小说》共10卷，第1卷是“秦汉魏晋宋诸帝”，是按照时间的顺序，陆续展示历代帝王的言行事迹；第2—10卷也是以时间为序，缀合各种书籍中的大臣文人的言和事而成。这样简单而实用的编写体例，与《世说新语》很不相同，但却与正史非常相似：正史的写作顺序，就是按照时间的顺序，先是帝王的本纪，之后是臣民的列传；只不过正史中的叙事是连贯的、长篇的，而《殷芸小说》则是断片的、短小的。由此可见，这些“小说”在当时还是史之别流。

刘知幾在《史通·杂说》中说：“晋武帝失火，汉高祖斩蛇剑穿屋而飞。其言不经，梁武帝令殷芸编诸《小说》。”这些“不经”之事，不可入正史，恰可入“小说”，由此可见梁武帝和殷芸等人已经意识到了小说的虚构特征。上文已经分析过，“小说”在班固《汉书·艺文志》中被描述成作者俗、产生地点俗、流传场所俗、语言俗、思想俗的五俗作品，文人士大夫应该鄙而远之才是，但殷芸不仅把这些不经之事编纂成书，而且堂而皇之地把这部著作命名为《小说》，并且他这样做还是奉了梁武帝的命令，由此可知南朝君臣对“小说”的态度已经有所变化了。

五 刘知幾《史通》小说概念辨析

刘知幾在《史通》中对“偏记小说”进行了专文论述。但《史通》是一部历史学著作，刘知幾在《史通》中对“小说”的论述，也是把它作为史的一部分而进行的。历史要求真实，小说免不了虚构，刘知幾“史本位”的观点，决定了他对“小说”只能持贬低的态度，但这不妨碍《史通》对小说进行空前规模、空前系统、空前深刻的论述。

空前规模。就现存的史料来看，在刘知幾之前，《庄子》、鱼豢、殷芸仅仅提到了“小说”这一名词，并未进行论述；对小说进行了论述的，只有桓谭、班固和《隋书·经籍志》。但桓谭的论述只有27字，班固的有80字，《隋书·经籍志》的有151字，但《史通》中对“小说”进行了多次论述，其中仅《杂述》篇就多达1600多字。

空前系统和深刻。刘知幾对“小说”的论述，涉及小说的源流论、类别论、价值论、特征论，特别是他把小说分为十类进行分别论述，在论述中采用了概括说明、列举例证、利弊分析等方法。如果不是对“小说”进行了深入思考和研究，不可能有如此系统而深刻的论述。

总的来看，刘知幾虽然认为小说多是虚构迂诞、流俗鄙朴、街谈巷议之作，在基本观点上与前人的论述并没有多大不同，但他在论述时能够坚持一分为二的方法，在具体分类的基础上，既指出了各类小说的优点，又指出了各类小说的缺点，这就使得他的论述比前人更为详细、周密、可靠。

第一，刘知幾对“小说”的分类。在刘知幾之前，还没有人对小说进行分类，而刘知幾则把小说分为十类，因而刘知幾可以称为小说分类学的鼻祖。

刘知幾对“小说”的分类，是根据他的史学体系进行的。他把他认为所有不属于正史而“能与正史参行”的史学杂著集中在一起，然后根据它们性质的不同划分为十类。刘知幾把它们通称为“偏记小说”，在他划分的十类之中，有“偏纪”而无“偏记”，且“小说”一词也不在十类之中，因为此处的“偏记小说”应该作为十类杂著的通称来对待。

刘知幾把这些历史杂著分为偏纪、小录、逸事、琐言、郡书、家史、别传、杂记、地理书、都邑簿，其中地理书、都邑簿和今天的小说关系不大，但偏纪、郡书、家史、别传侧重于人物传记，小录、逸事偏重于遗逸史事，琐言则是《世说新语》之流，杂记则是志怪之作，这八类在今天也可以归入小说之列。

刘知幾对每类小说的具体论述，都是先介绍这类小说的主要特征，然后列举例证，从而使得他的论述能够点面结合、清晰明确、材料翔实。例如对小录的论述：

> 普天率土，人物弘多，求其行事，罕能周悉。则有独举所知，编为短部。若戴逵《竹林名士》、王粲《汉末英雄》、萧世诚《怀旧志》、卢子行《知己传》。此之谓小录者也。

这样的论述，不仅使得读者能够明确小录的特点，而且能够根据他所列举的小说代表作来印证小说的文体特点；而有了小录的文体特点和例证，读者们也比较容易据此来确定哪些作品是小录。

第二，刘知幾对小说总体上评价不高，但也指出了小说的正面价值。

在《补注》篇中，刘知幾叹息“才识足堪远大”的刘孝标“不能探赜彪、峤，网罗班、马”，反而“留情于委巷小说，锐思于流俗短书”，他对小说的鄙视由此可见；在《叙事》篇中，他说“诸子短书，杂家小说，论逆臣则呼为问鼎，称巨寇则目以长鲸”，也是以批评的口吻来论述的；在《杂说下》中，又说“其有雕虫末伎，短才小说，或为集不过数卷，或著书才至一篇”，在“小说”的前面加上“短才”二字，他对小说的轻视也展现于纸上了。因而刘知幾对小说的评价确实是不高的。

刘知幾对小说价值的集中论述，是在《杂述》篇中。在这里，刘知幾对十类小说的优点和缺点分别进行了论述：

> 大抵偏纪、小录之书，皆记即日当时之事，求诸国史，最为实录。然皆言多鄙朴，事罕圆备，终不能成其不刊，永播来叶，徒为后生作者削稿之资焉。
>
> 逸事者，皆前史所遗，后人所记，求诸异说，为益实多。即妄者为之，则苟载传闻，而无铨择。由是真伪不别，是非相乱。如郭子横之《洞冥》，王子年之《拾遗》，全构虚辞，用惊愚俗。此其为弊之甚者也。
>
> 琐言者，多载当时辨对，流俗嘲谑，俾夫枢机者藉为舌端，谈话者将为口实。及蔽者为之，则有诋讦相戏，施诸祖宗，亵狎鄙言，出自床笫，莫不升之纪录，用为雅言，固以无益风规，有伤名教者矣。
>
> 郡书者，矜其乡贤，美其邦族，施于本国，颇得流行，置于他方，罕闻爱异。其有如常璩之详审，刘昺之该博，而能传诸不朽，见美来裔者，盖无几焉。
>
> 家史者，事惟三族，言止一门，正可行于室家，难以播于邦国。且箕裘不堕，则其录犹存；苟薪构已亡，则斯文亦丧者矣。
>
> 别传者，不出胸臆，非由机杼，徒以博采前史，聚而成书。其有足以新言，加之别说者，盖不过十一而已。如寡闻末学之流，则深所嘉尚；至于探幽索隐之士，则无所取材。
>
> 杂记者，若论神仙之道，则服食炼气，可以益寿延年；语魑魅之

途，则福善祸淫，可以惩恶劝善，斯则可矣。及谬者为之，则苟谈怪异，务述妖邪，求诸弘益，其义无取。

地理书者，若朱赣所采，浃于九州；阚骃所书，殚于四国。斯则言皆雅正，事无偏党者矣。其有异于此者，则人自以为乐土，家自以为名都，竞美所居，谈过其实。又城池旧迹，山水得名，皆传诸委巷，用为故实，鄙哉！

都邑簿者，如宫阙、陵庙、街廛、郭邑，辨其规模，明其制度，斯则可矣。及愚者为之，则烦而且滥，博而无限，论榱栋则尺寸皆书，记草木则根株必数，务求详审，持此为能。遂使学者观之，瞀乱而难纪也。

于是考兹十品，征彼百家，则史之杂名，其流尽于此矣。至于其间得失纷糅，善恶相兼，既难为覶缕，故粗陈梗概。且同自郐，无足讥焉。

作者在这里对每一类小说都是先论述了它的优点，然后论述了它的缺点，脉络非常清晰。因为小说的种类较多，作者对它们进行论述时也采用了多个评价标准。例如偏纪和小录这两类小说，其优点是“记即日当时之事，求诸国史，最为实录”，缺点是“言多鄙朴，事罕圆备”，基本上是以史学的标准来评价的；但在评价杂记小说时，指出它的优点是“益寿延年”和“惩恶劝善”，缺点是“求诸弘益，其义无取”，则基本上是以社会价值的标准来评论的。

第三，刘知幾认为小说具有通俗性和虚构性，与前人的观点是一致的，但他对通俗性和虚构性的论述则更为具体详细，也更为深刻周密。

刘知幾对小说通俗性的论述，虽然也有“委巷小说”“流俗短书”“街谈巷议”等词，显示出他与前贤之间的继承性，但他的论述已不限于“街谈巷语”“道听途说”“刍荛狂夫”等简单概括，而是有了多方位深层次的论述。例如他在《叙事》篇中，就对小说的“假托古词，翻易今语”的文体特点进行了论述：

昔文章既作，比兴由生；鸟兽以媲贤愚，草木以方男女；诗人骚客，言之备矣。洎乎中代，其体稍殊，或拟人必以其伦，或述事多比于古。当汉氏之临天下也，君实称帝，理异殷、周；子乃封王，名非鲁、卫。而作者犹谓帝家为王室，公辅为王臣。盘石加建侯之言，带河申俾侯之誓。旧而史臣撰录，亦同彼文章，假托古词，翻易今语。润色之滥，萌于此矣。

降及近古，弥见其甚。至如诸子短书，杂家小说，论逆臣则呼为问鼎，称巨寇则目以长鲸。邦国初基，皆云草昧；帝王兆迹，必号龙飞。斯并理兼讽谕，言非指斥，异乎游、夏措词，南、董显书之义也。如魏收《代史》，吴均《齐录》，或牢笼一世，或苞举一家，自可申不刊之诺言，弘至公之正说。而收称刘氏纳贡，则曰"来献百牢"；均叙元日临轩，必云"朝会万国"。夫以吴征鲁赋，禹计涂山，持彼往事，用为今说，置于文章不关史册之文，则可，施于简册谓史，则否矣。

在小说中，"论逆臣则呼为问鼎，称巨寇则目以长鲸"这类修辞手法被普遍应用，使之成为一种程式，这类手法也就成为一种变相的通俗性特征了。而这样的通俗性特征是刘知幾从小说中提炼出来的。由此可见，刘知幾对小说的特征确实进行了深入的思考。

除此之外，刘知幾在《书事》篇中说《语林》《笑林》等"喜载调谑小辩，嗤鄙异闻"，说偏纪小录之书"言多鄙朴"，《洞冥记》《拾遗记》"用惊愚俗"，琐言类小说"流俗嘲谑""亵狎鄙言，出自床笫"等，也都指出了小说的通俗性甚至低俗性。而作者对这些小说的作者，也是以"妄者""蔽者""谬者""愚者"来称呼他们。

刘知幾对小说的虚构特征也有深刻论述。他论述逸事类小说，先是说它们"真伪不别，是非相乱"，然后直接说"郭子横之《洞冥》，王子年之《拾遗》，全构虚辞，用惊愚俗"。此处的"全构虚辞，用惊愚俗"，是对小说虚构特征的论述。《洞冥记》和《拾遗记》在今天都被当作志怪小说，它们当然都是虚构之作。因而刘知幾虽然从史家的角度对它们进行了严厉的批评，但从今天的小说角度来看，这恰是它们的优点。至于以《幽明录》《搜神记》为代表的"求其怪物，有广异闻"的"论神仙之道""语魑魅之途"的杂记小说，它们都是"苟谈怪异，务述妖邪"，也都是"全构虚辞"之作。

刘知幾对虚构的批判态度，在《书事》篇中也有表现。在此篇中他在称赞范晔"博采众书，裁成汉典；观其所取，颇有奇工"之后，又说他“至于《方术》篇及诸蛮夷传，乃录王乔、左慈、廪君、槃瓠，言唯迂诞，事多诡越。可谓美玉之瑕，白圭之玷。惜哉！无是可也。”这些“言唯迂诞，事多诡越”的虚构之作，成为范晔这块美玉的瑕疵，一声“惜哉”，一句“无是可也”，透露出了刘知幾对虚构的强烈反对。

作为历史学家的刘知幾，他对虚构加以排斥，当然是可以理解的，但令人不解的是，刘知幾在《书事》中对虚构又有宽容之词：

> 抑又闻之，怪力乱神，宣尼不语；而事鬼求福，墨生所信。故圣人于其间，若存若亡而已。若吞燕卵而商生，启龙漦而周灭，厉坏门以祸晋，鬼谋社而亡曹，江使返璧于秦皇，圯桥授书于汉相，此则事关军国，理涉兴亡，有而书之，以彰灵验，可也。而王隐、何法盛之徒所撰晋史，乃专访州闾细事，委巷琐言，聚而编之，目为鬼神传录。其事非要，其言不经，异乎《三史》之所书，《五经》之所载也。

“怪力乱神”和“鬼”，在今天看来都是虚构之物，刘知幾对它们应该也是持怀疑态度，否则他不会用“若存若亡”这个词。他所列举的“吞燕卵而商生，启龙漦而周灭，厉坏门以祸晋，鬼谋社而亡曹，江使返璧于秦皇，圯桥授书于汉相”等事例，显然就是前文中“怪力乱神”和“鬼”的具体表现，刘知幾说它们“事关军国，理涉兴亡，有而书之，以彰灵验，可也”，也就是认可了它们；但他对于“王隐、何法盛之徒所撰晋史”中的那些“鬼神传录”，却都进行了否定。为什么同样是鬼神之事，前者“可也”，后者就不可了呢？这是因为前者是“事关军国，理涉兴亡”，也就是这些事或者关系到朝代更迭的合法性，或者是王朝兴衰过程中的必要事件，它们在历史进程中所起的作用较大，所以刘知幾就认可了它们；而后者则是“州闾细事，委巷琐言”，既然是“其事非要”，并且“其言不经”，那么就不被认可了。

第四，刘知幾认为小说具有篇幅短小的特征。在刘知幾之前，“小说”之“小”往往被理解为“短书”之短，也就是“小说”的载体是短的竹简，但“小说”本身的篇幅并不一定短小；但在刘知幾笔下，小说就具有了篇幅短小之意。如果说在《叙事》篇中的“诸子短书，杂家小说”中的“短书”可能还给人“短简之书”的理解，那么他把“独举所知，编为短部”这类小说称为“小录”而不是“短录”，就可知他是指篇幅之小而不是竹简之短了。更为明显的是他在《杂述》篇中的结尾部分，以“言皆琐碎，事必丛残”这八个字来概括上文中所论述的十类小说。既然是琐碎之言，丛残之事，它们在篇幅上就是短小的。另外在《杂说下》中，刘知幾又说那些“雕虫末伎，短才小说，或为集不过数卷，或著书才至一篇”，这就更是直接点出小说篇幅之小的特征了。

刘知幾的儿子刘餗编辑了一本小说集《传记》，李肇在《国史补自序》中对这部《传记》有所论述。李肇说“刘餗集小说”，可见他是把刘餗《传记》的性质定位为小说的；李肇又说他自己的《国史补》是“续《传记》而有不为”之作，具体来说，就是“言报应，叙鬼神，征梦卜，近帷箔，悉去之；纪事实，探物理，辨疑惑，示劝戒，采风俗，助谈笑，则书之”，也就是说，刘餗的传记作为小说集，其中既有“言报应，叙鬼神，征梦卜，近帷箔”之事，也有“纪事实，探物理，辨疑惑，示劝戒，采风俗，助谈笑”之事。因而在李肇看来，小说就是上述两类文章的总和。这样的小说观念与刘知幾的小说观基本相同，可见这是唐人普遍认可的小说观。

尽管李肇的小说观与刘知幾的基本相同，但仍有需要特别强调之处，那就是他根据是否具有虚构成分，把小说分为两部分。“言报应，叙鬼神，征梦卜”是志怪小说，“近帷箔”则是世情小说，它们的共同成分是虚构——报应、鬼神、梦卜是虚构的，而“近帷箔”之事也是别人不得而知的私密之事，也有虚构的成分。前者在今天被称为志怪小说，后者被称为世情小说，它们在今天也仍然被当作小说。但那些“纪事实，探物理，辨疑惑，示劝戒，采风俗，助谈笑”的作品，尽管在唐代被称为小说，但它们不符合当今小说的概念，在今天已不被当作小说。

今天我们把古代的“小说”也分为两部分，一部分是虚构的叙事之作，它们还被当作小说；另一部分是非虚构的非叙事之作，它们不被当作小说。如此简单的二分法，在大约1200年前，就非常清楚地出现在李肇的笔下了。

六　明代胡应麟等人的“小说”概念辨析

明初瞿佑的《剪灯新话》是著名的传奇小说集，虽然瞿佑在自序中没有提到“小说”二字，但凌云翰在序中说“是编虽稗官之流”，看来凌氏是把《剪灯新话》当作小说的。凌云翰在序中还提到了陈鸿的《长恨传》《东城父老传》和元稹的《莺莺传》，以及牛僧孺的《幽怪录》和刘斧的《青琐集》，并认为《剪灯新话》跟它们是一类作品。用今天的小说观来看，《长恨传》《东城父老传》《莺莺传》是唐代的单篇传奇，《幽怪录》和《青琐集》分别是唐宋的传奇小说集，它们和《剪灯新话》都属于传奇小说。

明代中期高儒的《百川书志》史部的“小史”中所收录的是《剪灯新话》《剪灯余话》《效颦集》《花影集》《娇红记》等文言小说，它们当然不是什么历史书。特别是《娇红记》及其以下的《钟情丽集》《艳情集》《李娇玉香罗记》《钟情丽集》《怀春雅集》这六部作品，高儒对它们的评价是“语带烟花，气含脂粉，凿穴穿墙之期，越礼伤身之事，不为庄人所取，但备一体，为解睡之具耳”。此处的概括非常恰当，但这样的著作高儒宁可给它们取一个“小史”的类名把它们放在史部之中，也不把它们置于子部小说里，可见“小说”在高儒看来，不能容纳这些“语带烟花，气含脂粉”的通俗之作。

《百川书志》子部的小说家基本上沿袭了正史艺文志小说家的著录原则，其中既有《世说新语》等世说类小说，也有《拾遗记》等志怪小说、《酉阳杂俎》等杂俎类小说、《传奇》《异闻录》等传奇小说。另外《茶经》《煎茶水记》《荔枝谱》等曾经列入正史艺文志小说类的作品，被高儒转移到了子部的农家之中，这是很合乎实际情况的。

另外《西京杂记》《吴越春秋》出现在史部的杂史中，《山海经》《海内十洲记》出现史部地理中，《搜神记》《列仙传》等出现在子部的神仙中，可见今人所认可为小说的作品，基本上分散在了《百川书志》史部和子部的多个子类中。

自称“幼尝戏辑诸小说为《百家异苑》”（《少室山房笔丛·二酉缀遗中》）的胡应麟对小说很有研究。胡应麟所说的“小说”多是传统的文言小说，他对文言小说的分类也影响至今，同时他对长篇章回小说《三国演义》和《水浒传》也都有所论述。

第一，胡应麟对小说特点的论述。

胡应麟在《少室山房笔丛·九流绪论下》中说：

> 子之为类，略有十家，昔人所取凡九，而其一小说弗与焉。然古

今著述，小说家特盛；而古今书籍，小说家独传，何以故哉？怪力乱神，俗流喜道，而亦博物所珍也；玄虚广莫，好事偏攻，而亦洽闻所昵也。谈虎者矜夸以示剧，而雕龙者间掇之以为奇；辨鼠者证据以成名，而扪虱者类资之以送日。至于大雅君子，心知其妄而口竞传之，旦斥其非而暮引用之。犹之淫声丽色，恶之而弗能弗好也。夫好者弥多，传者弥众；传者日众，则作者日繁，夫何怪焉！

此处胡应麟对小说的论述，涉及小说内容的怪异性和虚构性、小说用途的广泛性、小说创作的繁荣、人们对待小说的矛盾态度等特点。而胡应麟对这些特点的论述并不是孤立的。他首先指出虽然小说不被“昔人所取”，但奇怪的是“古今著述，小说家特盛；而古今书籍，小说家独传”；造成这一现象的原因，是“怪力乱神，俗流喜道，而亦博物所珍也；玄虚广莫，好事偏攻，而亦洽闻所昵也”。“怪力乱神”，是指小说在内容上具有怪异的特点；“玄虚广莫”，是指这些作品的内容具有虚构的性质。这些内容怪异、虚构的小说除了为“俗流喜道”“博物所珍”“好事偏攻”“洽闻所昵”，还有更广泛的用途——不仅“谈虎者矜夸以示剧，而雕龙者间掇之以为奇；辨鼠者证据以成名，而扪虱者类资之以送日”，而且那些“大雅君子”，也“心知其妄而口竞传之，旦斥其非而暮引用之”。对待小说的这一矛盾态度，就如同“淫声丽色，恶之而弗能弗好也”。于是“好者弥多，传者弥众；传者日众，则作者日繁”，造成了小说的繁荣。

第二，胡应麟对小说的分类。

对小说进行分类是中国古代小说研究的一大难题，胡应麟对此也有清醒认识，因为他曾明确说过：

小说，子书流也。然谈说理道，或近于经，又有类注疏者；纪述事实，或通于史，又有类志传者。他如孟棨《本事》、卢瓌《抒情》，例以诗话文评，附见集类，究其体制，实小说流也。至于子类杂家，尤相出入，郑氏谓古今书家所不能分有九，而不知最易混淆者小说也。必备见简编，穷究底里，庶几得之，而冗碎迂诞，读者往往涉猎，优伶遇之，故不能精。（《少室山房笔丛·九流绪论下》）

中国古代的典籍一般被分为经、史、子、集四部，小说虽然属于子部，但它具有“谈说理道”的特点，这使得它“或近于经，又有类注疏者”；它还有“纪述事实”的特点，这使得它“或通于史，又有类志传者”；另外孟棨的《本事诗》、卢瓌的《抒情集》等诗话文评虽然在集部之中，但从其体制来看，它们也应该属于小说。不仅如此，小说虽然是子部中的一类，但子部中的杂家其实与小说家也是经常混淆的。因而郑樵说“古今书家所不能分有九”，其中“最易混淆者小说也”。

虽然“最易混淆者小说也”，但胡应麟还是在《九流绪论下》中对当时的小说进行了堪称精确的分类。他说：

> 小说家一类，又自分数种：一曰志怪，《搜神》《述异》《宣室》《酉阳》之类是也。一曰传奇，《飞燕》《太真》《崔莺》《霍玉》之类是也。一曰杂录，《世说》《语林》《琐言》《因话》之类是也。一曰丛谈，《容斋》《梦溪》《东谷》《道山》之类是也。一曰辨订，《鼠璞》《鸡肋》《资暇》《辨疑》之类是也。一曰箴规，《家训》《世范》《劝善》《省心》之类是也。丛谈、杂录二类最易相紊，又往往兼有四家。四家类多独行，不可掺入二类者。至于志怪、传奇，尤易出入。或一书之中，二事并载；一事之内，两端具存，姑举其重而已。

胡应麟把小说分为志怪、传奇、杂录、丛谈、辨订、箴规六类，并且每一类举出了四种例书。此处的丛谈、辨订、箴规虽然在当时是小说，但与今人的小说无关；不过此处的“志怪”即今天我们所谓的志怪小说，“传奇”即今天所谓的传奇小说，不论是其名称还是名称下所指的具体作品，都与今人完全相同；而胡氏所说的“杂录”，大致相当于今天的《世说新语》等志人小说。这三类小说已是中国古代文言小说的绝大部分。因而可以说胡应麟对小说的分类一直被沿用至今。

对于“最易混淆”的小说，胡应麟的分类并不武断。他认为“志怪、传奇，尤易出入”，这是因为“一书之中，二事并载；一事之内，两端具存”，只能是“姑举其重而已”。

七　纪昀小说概念辨析

著有《阅微草堂笔记》的纪昀是当之无愧的小说家，他对小说的认识也是较为深刻的，但今天的研究者们对他的小说理论却有很多贬词。

纪昀小说理论的主要载体是《四库全书总目》中的小说类序，以及《姑妄听之》中的盛时彦跋文。

《四库全书总目》卷140《小说家类》：

> 张衡《西京赋》曰："小说九百，本自虞初。"《汉书·艺文志》载："《虞初周说》九百四十三篇"，注称："武帝时方士。"则小说兴于武帝时矣。故《伊尹说》以下九家，班固多注"依托也"。（《汉书·艺文志》注凡不著姓名者，皆班固自注。）然屈原《天问》，杂陈神怪，多莫知所出，意即小说家言。而《汉志》所载《青史子》五十七篇，贾谊《新书·保傅篇》中先引之，则其来已久，特盛于虞初耳。迹其流别，凡有三派：其一叙述杂事，其一记录异闻，其一缀辑琐语也。唐宋而后，作者弥繁。中间诬谩失真，妖妄荧听者，固为不少，然寓劝戒、广见闻、资考证者，亦错出其中。班固称："小说家流，盖出于稗官。"如淳注谓："王者欲知闾巷风俗，故立稗官，使称说之。"然则博采旁搜，是亦古制，固不必以冗杂废矣。今甄录其近雅驯者，以广见闻。惟猥鄙荒诞，徒乱耳目者，则黜不载焉。①

这段论述，有三点需要特别强调。

第一，纪昀在论述小说的起源时，说"屈原《天问》，杂陈神怪，多莫知所出，意即小说家言"。纪昀把屈原的《天问》当作是"小说家言"，而他得出这一结论的理由有两条，一是"杂陈神怪"，二是"多不知所出"。后来纪昀自己所写的《阅微草堂笔记》也是"杂陈鬼怪"之作，但纪昀却不允许自己的作品"不知所出"，必须是他本人所闻所历之事。可见纪昀的小说观存在不一致之处。

第二，纪昀此处把小说分为三类，分别是叙述杂事、记录异闻、缀辑琐语。这三类小说与胡应麟的志怪、传奇、杂录、丛谈、辨订、箴规六类相比，精确了很多，表明纪昀突破了传统小说概念的束缚。这是因为丛谈、辨订、箴规这三类虽然属于传统意义上的小说，但丛谈、辨订是学术

---

① 永瑢等：《四库全书总目》，中华书局1965年版，第1182页。

笔记，箴规是劝诫之言，它们都不是写人记事之作。纪昀把它们从小说中剔除出去，说明他确实认识到了小说的文体特征是叙事写人。当然纪昀并未把这一原则贯穿到底，他自己的作品中有时也有考证之作。

第三，纪昀认为那些“诬谩失真，妖妄荧听者”“猥鄙荒诞，徒乱耳目者”也是小说，只不过不是好小说。他在介绍了小说“迹其流别，凡有三派”之后，马上就说“唐宋而后，作者弥繁。中间诬谩失真，妖妄荧听者，固为不少，然寓劝戒、广见闻、资考证者，亦错出其中”，可见这些“诬谩失真，妖妄荧听者”，与那些“寓劝戒、广见闻、资考证者”相同，都不出这三类小说的范围。同样的道理，虽然纪昀在四库全书中收入了那些“近雅驯”的小说，但他也没否认那些“猥鄙荒诞，徒乱耳目”的作品不是小说，只是他没有把它们收入四库全书而已。“诬谩失真”和“猥鄙荒诞”，是指虚构性和通俗性。纪昀认为具有这两个特征的作品虽然是小说，但不是好小说。这是纪昀的小说观。

盛时彦是纪昀的弟子，深得纪昀器重，纪昀《阅微草堂笔记》第四辑《姑妄听之》就是由盛氏校订的。《姑妄听之》书后有盛时彦的一篇跋，跋中有一段纪昀的话，表现出了纪昀晚年的小说观。

盛时彦在跋中说：

先生尝曰：“《聊斋志异》盛行一时，然才子之笔，非著书者之笔也。虞初以下，干宝以上，古书多佚矣。其可见完帙者，刘敬叔《异苑》、陶潜《续搜神记》，小说类也；《飞燕外传》《会真记》，传记类也。《太平广记》，事以类聚，故可并收。今一书而兼二体，所未解也。小说既述见闻，即属叙事，不比戏场关目，随意装点。伶玄之传，得诸樊嫕，故猥琐具详；元稹之记，出于自述，故约略梗概。杨升庵伪撰《秘辛》，尚知此意，升庵多见古书故也。今燕昵之词、媟狎之态，细微曲折，摹绘如生。使出自言，似无此理；使出作者代言，则何从而闻见之？又所未解也。留仙之才，余诚莫逮其万一；惟此二事，则夏虫不免疑冰。刘舍人云：‘滔滔前世，既洗予闻；渺渺来修，谅尘彼观。’心知其意，倘有人乎？”因先生之言，以读先生之书，如叠矩重规，毫厘不失，灼然与才子之笔，分路而扬镳。[①]

① 纪昀：《阅微草堂笔记》，上海古籍出版社1980年版，第472—473页。

纪昀的这段话，应是他与盛时彦的闲谈之言，并不严谨，与他在《四库全书总目》中的小说概念也不相同。

这段话有以下几个值得关注的地方。

第一，纪昀把《异苑》《续搜神记》这些篇幅短小的志怪之作当作小说，但把《飞燕外传》《会真记》《汉杂事秘辛》这些篇幅较长的以塑造人物形象为主的作品当作传记，于是小说和传记就成为并列的两种文体。但在《四库全书》中，《飞燕外传》和《汉杂事秘辛》被著录在小说家杂事之属的存目中，它们也是小说。因而纪昀晚年在盛时彦跋中所说的"小说"，与他中年时在《四库全书总目》中的"小说"相比，外延已经缩小，二者是不能等同的。

第二，纪昀所说的"小说既述见闻，即属叙事，不比戏场关目，随意装点"，乃是指《异苑》《续搜神记》这些狭义的小说，而不是指《飞燕外传》和《会真记》等传记。但以今天的小说观念来看，《飞燕外传》和《会真记》更具有叙事性。因而纪昀此处虽然指出了小说具有"叙事"的特征，但他所说的"叙事"不同于今天的小说叙事。具体来说，今天的小说叙事是可以"随意装点"的，也就是允许进行虚构性的细致的艺术加工，即"燕昵之词、媟狎之态，细微曲折，摹绘如生"这样的描写是允许的，甚至是必需的。但纪昀很排斥这一点，认为"叙事"不能"随意装点"。纪昀所说的叙事，是"述见闻"，也就是作者忠实地叙述自己的所见所闻，是不能进行渲染装点的。

第三，纪昀并不是完全否定"燕昵之词、媟狎之态，细微曲折，摹绘如生"，如果这些详细描写是作者的自述之词，或者是别人告诉作者的，那么这些详细描写是允许存在的；如果这些详细描写纯粹是作者的虚构之词，那这样的作品就是"才子之笔"，而不是"著书者之笔"，是应该受到批评的。纪昀在自己的作品中就很注意这一点，他在《阅微草堂笔记》中，总是刻意告诉读者，他写的故事，或者是自己的亲身经历，或者是闻于他人。甚至在《滦阳续录》卷首，他直接用"或时有异闻，偶题片纸；或忽忆旧事，拟补前编"① 来交代此书故事的来源。正因如此，盛时彦才说纪昀的《阅微草堂笔记》"灼然与才子之笔，分路而扬

① 纪昀：《阅微草堂笔记》，上海古籍出版社 1980 年版，第 474 页。

镳”。

除了以上两段论述之外，纪昀还在《四库全书总目》卷141最后的案语中，指出了记录杂事的小说与杂史的区别：

> 记录杂事之书，小说与杂史最易相淆，诸家著录亦往往牵混。今以述朝政军国者入杂史，其参以里巷闲谈、词章细故者，则均隶此门。《世说新语》，古俱著录于小说，其例明矣。①

纪昀认为那些“述朝政军国者”是杂史，而那些“里巷闲谈、词章细故者”是小说，这就从内容上区分了小说和杂史。他的这一观点虽然与《汉书·艺文志》中的“街谈巷语”“小道”等词语一脉相承，但在他之前，却还不曾有过如此鲜明的对比论述。当然他此处所说的“词章细故”等作品，在今天不能算是小说。

第三节　古代白话小说概念辨析

中国古代的文言小说和白话小说的区分非常明显。文言小说从《汉书》开始，就被记载于正史之中，因而它的地位虽然与儒、道、名、兵、农、阴阳诸家不能相提并论，但也得到了历代文人的特别关注，其地位远高于白话小说。白话小说的起源晚于文言小说，现存的古代白话小说作品也基本上是明清人所作。而白话小说作品被称为“小说”，也是明代中期才出现的。在此之前，唐宋也有“小说”的概念，但唐宋人的“小说”概念所指，除了前文中提到的文言小说，就是指当时“说话”四家中的说唱技艺“小说”。因而唐宋文献中的“小说”，并不是今天所称谓的白话小说。但唐宋文献中的“小说”，和白话小说有着密切关系，因为白话小说就是源自“说话”，说话的底本是白话小说的开端。

一　唐宋“小说”概念辨析

刘知幾是初唐人，他的“小说”概念影响深远，唐末的高彦休在《阙史序》中说“故自武德、贞观而后，吮笔为小说、小录、稗史、野

① 永瑢等：《四库全书总目》，中华书局1965年版，第1204页。

史、杂录、杂记者多矣”，此处“小说”与“小录、稗史、野史、杂录、杂记”并列，可知它们是同义词或者近义词的关系，此处的小说还是指文言小说。这一观念是承刘知幾而来，但在唐宋时期，“小说”也有了另外一个含义，那就是指说唱文学中的说话之一种。

段成式是中晚唐人，他的《酉阳杂俎续集》中有如下一段记载：

> 予太和末，因弟生日观杂戏。有市人小说呼扁鹊作褊鹊，字上声，予令座客任道昇字正之。市人言二十年前尝于上都斋会设此，有一秀才甚赏某呼扁字与褊同声，云世人皆误。①

在观杂戏时“有市人小说”，可见此小说当属“杂戏”之一种；而“小说”者“呼扁鹊作褊鹊字，上声”，可进一步确定此处的“小说”乃是口头文学，绝非“吮笔为小说”之书面“小说”。既然唐代就有这种“小说”，那么郎瑛《七修类稿》说这种“小说”起源于宋仁宗，显然是错误的。不过宋仁宗当时下诏编纂《太平广记》，可见他对文言小说的重视；他也喜欢口头文学的“小说”，使得口头“小说”在宋初得到了较大的发展，这是完全可能的。

孟元老生活于两宋之交，他在《东京梦华录》中也提到了小说：“小说，王颜喜、盖中宝、刘名广”。这句话出现在“京瓦伎艺”条中，而“小说”则与“小唱”“般杂剧”“傀儡”“讲史”等并列，可见它是当时东京瓦肆技艺之一种，而“王颜喜、盖中宝、刘名广”则是当时的“小说”名家。当时小说既然与“讲史”并列，可知“讲史”还不是书面小说。

《东京梦华录》所记载的是北宋都城汴梁的往事，而南宋理宗端平二年成书的《都城纪胜》“瓦舍众伎”条中记载了南宋都城临安的繁华情况，书中关于“小说”的记载是：

> 说话有四家：一者小说，谓之银字儿，如烟粉、灵怪、传奇。说公案，皆是搏刀赶棒，及发迹变泰之事。说铁骑儿，谓士马金鼓之

① 段成式：《酉阳杂俎续集》（卷4），参见《唐五代笔记小说大观》，上海古籍出版社2000年版，第749页。

> 事。说经，谓演说佛书。说参请，谓宾主参禅悟道等事。讲史书，讲说前代书史文传、兴废争战之事。最畏小说人，盖小说者能以一朝一代故事，顷刻间提破。合生与起令、随令相似，各占一事。①

此处说“说话有四家，一者小说”，可见“小说”与“说话”在概念上是种概念和属概念的关系，“小说”只是“说话”的四个子项之一。按照一般的解释，此处的“小说”是与后文中的“说公案”“说铁骑儿”“说经”“说参请”“讲史书”并列的，同为“说话”的子项。不过奇怪的是，作者开始说“小说有四家”，在后面却列举了六项，如此明显的错误，是不应该出现的；而且作者在叙述完这六项之后，又说：“最畏小说人，盖小说者能以一朝一代故事，顷刻间提破。”此处的“一朝一代故事”，更与讲史相合，而与“烟粉、灵怪、传奇”关系较远。所以作者此处所说的“最畏小说人，盖小说者能以一朝一代故事，顷刻间提破”，应该是对上面所有文字的总结，也就是说，此处的“小说”，应该包括上文中“说公案”“说铁骑儿”“说经”“说参请”“讲史书”，这样上下文才能畅通。

关于宋人“小说”最为重要的史料是《醉翁谈录》中的《小说引子》和《小说开辟》。这两篇资料在今人的小说史中往往被错认为话本小说的史料而被论述，实则此处的“小说”仍然是指口头文学的说话之一种，是不应该当作书面文学的话本小说的。这两篇文章同在卷一《舌耕叙引》之内，已经证明了此处的“小说”乃是“舌耕”，即“说话”，而非话本。但是因为说话的底本是话本，则“话本”和“说话”也具有很多共同特征；“说话”是当场表演，表演后就渺不可寻，但话本却可以流传下来，可把它们当作今天的白话小说来看待。但即使如此，《醉翁谈录》中的“小说”仍是指“说话”，是无疑的。

《小说引子》篇目下有注：“演史讲经并可通用”，也就是说，这篇“小说引子”是用来演史或者讲经的引子，不过它的内容更偏重于讲史。值得特别注意的是，《小说引子》中的“小说”虽然是指说话技艺，但它改写了班固《汉书·艺文志》中的诸子序，把其中的杂家去掉，于是班固的诸子十家就变成了九家，并把这九家称为九流。班固本来说“诸子

① 灌圃耐得翁：《都城纪胜》，中国商业出版社 1982 年版，第 11 页。

十家，其可观者九家而已”，也就是小说家不在可观者之列；但在《小说引子》中，小说家与儒家、道家、法家同样为九流之一，这就提高了小说的地位。文章是如此论述小说重要地位的：

> 由是有说者纵横四海，驰骋百家。以上古隐奥之文章，为今日分明之议论。或名演史，或谓合生，或称舌耕，或作挑闪，皆有所据，不敢谬言。言其上世之贤者可为师，排其近世之愚者可为戒。言非无根，听之有益。

作为口头文学的“小说”和作为诸子十家中的“小说”本来是没什么关系的，它们也各有自己的发展轨道，但《小说引子》把它们整合在一起。

值得注意的是，此处的“合生”与“演史”“舌耕”一样，已经成为“小说”的一部分或者是别名了。

白话小说在诞生之初就与文言小说有机结合，这在《小说开辟》中更有具体的介绍：

> 夫小说者，虽为末学，尤务多闻。非庸常浅识之流，有博览该通之理。幼习《太平广记》，长攻历代史书。烟粉奇传，素蕴胸次之间；风月须知，只在唇吻之上。《夷坚志》无有不览，《琇莹集》所载皆通。动哨、中哨，莫非东山笑林；引倬、底倬，须还《绿窗新话》。

《太平广记》《夷坚志》都是大部头的文言小说集，《太平广记》是说话者的“幼习”之作，说话者们对《夷坚志》也是“无有不览”，可见当时的口头文学“小说”如何从文言小说中充分地汲取营养。

《小说开辟》的“唇吻之上”，已是明确说明了此处的小说乃是口头文学而非书面文学，也就是说，此处的小说是说出来的而不是写出来的。套用马振方先生的定义，这些“小说”是不具有文字语言自足性的。《小说开辟》的后文中用了大量的动词，但都是“说”“讲”“论”“言”“谈”“曰”“念”等口舌动作，其中没有一个是与“写”相似的动词。因而把《舌耕叙引》中的“小说”当作现代意义上的小说概念无疑是错误的。当然这并不妨碍我们把这些说唱“小说”的底本当作今天意义上的“小说”，也不妨碍我们把说唱“小说”的一些特性当作今天意义上的小说特性。

二　明代白话小说概念辨析

虽然《三国演义》和《水浒传》早已成书，但最初人们并不把它们当作小说。弘治本《三国志通俗演义》是现存最早的《三国演义》刊本，其中的庸愚子在弘治甲寅（1494）序中只说此书“文不甚深，言不甚俗，事纪其实，亦庶几乎史”[①]。既然“庶几乎史”，就是接近于史。庸愚子在序中没提到“小说”二字，看来他还不把《三国演义》当作“小说”。

《隋唐志传通俗演义》也是演义体小说，林瀚于正德戊辰年（1508）为它写了序，序中说：“是编为正史之补，勿第以稗官野乘目之。”[②]“稗官”可指子部的小说，“野乘”是野史，此处林氏把“稗官”“野乘”并列，虽然是个模糊的总称，但他至少认为这些演义是与小说类似的。

修髯子在嘉靖壬午（1522）写的《三国志通俗演义引》中说：“孰谓稗官小说，不足为世道重轻哉！”[③] 这是小说史上第一次明确把《三国演义》当作小说。这时明朝已经建立150多年了。

但修髯子把《三国演义》当作小说的观点并未得到公认。高儒在嘉靖十九年（1540）编成的《百川书志》中就没把《三国演义》编入子部小说，而是把它列入史部野史之中，说明对于《三国演义》的小说性在当时是存在争议的。

《三国志通俗演义》二百四卷和《忠义水浒传》一百卷一起出现在《百川书志》史部的野史中，而且其史部的野史中也只有这两部长篇白话小说[④]。高儒只把这两部小说列为一类，既说明了他对长篇章回小说的重视，又说明在他看来，长篇章回小说与其他所有的典籍都不相同。高儒说《三国志通俗演义》是“据正史，采小说，证文辞，通好尚，非俗非虚，易观易入，非史氏苍古之文，去瞽传诙谐之气，陈叙百年，该括万事”[⑤]之作，这也是《三国演义》的文体特点。而高儒既然把它们著录在野史

① 黄霖、韩同文：《中国历代小说论著选》（上），江西人民出版社1982年版，第108页。

② 同上书，第113页。

③ 同上书，第115页。

④ 《三国演义》虽是用浅显的文言文写成，但今人多把它作为白话小说来对待。

⑤ 黄霖、韩同文：《中国历代小说论著选》（上），江西人民出版社1982年版，第117页。

中而不是小说中，说明高儒还是倾向于把它们当作史书看待，尽管是野史。

在《百川书志》中，高儒在史部的“野史”中著录了《三国演义》和《水浒传》，而野史之后的外史著录的是《西厢记》《琵琶记》等元明杂剧，外史之后的小史著录的《剪灯新话》《娇红记》等元明中篇传奇小说。高儒把这三类典籍排列在一起，说明他认为这三类作品具有相似的特征。

嘉靖三十一年（1552），熊大木在《新刊大宋演义中兴英烈传序》中，明确把《大宋演义中兴英烈传》等作品视为小说，并区分了这些小说与正史的区别。在这篇序中，熊大木多次提到了“小说”这一概念，并且明确指出了小说与史书的不同。他始则曰“武穆王《精忠录》，原有小说”，把演义当作小说；之后又说“至于小说与本传互有同异者，两存之以备参考”，直面小说与史书的不同，并且不卑不亢地提出了“两存之以备参考”的建议；他还说“或谓小说不可紊之以正史，余深服其论”“史书小说有不同者，无足怪矣”①，都是把小说与史书相提并论。熊大木是著名的演义小说出版家，也是著名的演义小说作者，他的这些理论，是他进行演义小说创作的指导思想，也是他创作演义小说的经验之谈。

郎瑛在《七修类稿》中多次论述到小说，他笔下的“小说”一词所表达的概念主要是说话，或者是《三国演义》《水浒传》等由说话演化出来的白话小说。在卷22的《辨证类》中，郎瑛先说“小说起宋仁宗，盖时太平日久，国家闲暇，日欲进以奇怪之事以娱之，故小说得胜头回之后，即云话说赵宋某年”；后来又说“若夫近时苏刻几十家小说者，乃文章家之一体，诗话、传记之流也，又非如此之小说”。可见郎瑛所说的小说概念，前者乃是有“得胜头回”之说话，并非我们今天所谓的小说；后者乃“文章家之一体”，这才是我们今天的小说。同卷中提到了“《三国》《宋江》演义”条，称《三国演义》和《水浒传》为“演义”而非“小说”；但在卷25的《宋江原数》条中，又说“史称宋江三十六人，横行齐魏，官军莫抗”，是“罗贯中演为小说”，可见郎瑛有时也把《水浒传》之类的演义当作小说。

① 黄霖、韩同文：《中国历代小说论著选》（上），江西人民出版社1982年版，第121页。

胡应麟所说的“小说”虽然多是传统的文言小说，但他对白话章回小说《三国演义》和《水浒传》也都有所论述。

《少室山房集·七言绝句》记载：

> 歌者屡召不至，汪生狂发，据高座，剧谈《水浒传》，奚童弹筝佐之。四席并倾，余赋一绝赏之：“琥珀蒲桃白玉缸，巫山红袖隔纱窗。不知谁发汪伦兴，象板牙筹说宋江。”

与胡应麟同席的汪生能够“据高座，剧谈《水浒传》”，可见他对《水浒传》已经到了烂熟于胸的程度，而胡应麟也赋诗对其赞赏。

胡应麟对“小说”的论述，主要见于《少室山房笔丛·九流绪论下》，但这部分所论述的是文言小说，而不是《水浒传》和《三国演义》。他对《水浒传》《三国演义》的论述见于《少室山房笔丛·庄岳委谈下》。他对这两部长篇小说的首段论述是：

> 今世传街谈巷语有所谓“演义”者，盖尤在传奇杂剧下。然元人武林施某所编《水浒传》，特为盛行，世率以其凿空无据，要不尽尔也。余偶阅一小说，序称施某尝入市肆，紬阅故书，于敝楮中得宋张叔夜禽贼招语一通，备悉其一百八人所由起，因润饰成此编。其门人罗某亦效之为《三国志》，绝浅陋可嗤也。①

“今世传街谈巷语有所谓演义者”，其中“街谈巷语”一词出自班固《汉书·艺文志》在论述小说时所说的“街谈巷语、道听途说者之所造也”，但胡应麟虽然引用了班固对“小说”的评语，却依然没有把《水浒传》《三国演义》当作小说，他只是称它们为“演义”。如果胡应麟把它们当作小说的话，就应该把它们放在《九流绪论》中进行论述。而胡应麟对小说进行分类时，并未考虑到这两部长篇小说。胡应麟在《少室山房笔丛》中对《水浒传》还有多处论述，但他都是直接称之为《水浒》或者《水浒传》，没有称之为小说。

不过如果就此下结论，说胡应麟不把《水浒传》当作小说，那也是

---

① 胡应麟：《少室山房笔丛》，中华书局1958年版，第571页。

不正确的。因为胡应麟在《少室山房集·读二十一首》中还有如下论述：

> 读《宋史·李全传》，李全始末颇见周公谨《杂说》，《宋史·全传》间采之，至盈两巨轴。其繁猥野俚，亡论史笔，几与市井小说《宣和遗事》《水浒》等传埒，亦可征元世文运否极也。全起群盗，包藏祸心，蹂躏淮泗青齐间几二十载，金宋元三国五遭其患，非新塘支解祸乱未已。金谓之“红袄贼”，全至死尚衣绯袍。

此处出现了“市井小说”一词。这个“市井小说”与“《宣和遗事》《水浒》”一同出现，因而此处的断句，既可以是“市井小说、《宣和遗事》《水浒》”，则“市井小说”与《宣和遗事》《水浒》是并列关系，也就是《宣和遗事》和《水浒》不属于“市井小说”；也可以断为“市井小说《宣和遗事》《水浒》”，于是《宣和遗事》和《水浒》就都是市井小说。联系上下文，此处的断句应该是“市井小说《宣和遗事》《水浒》”。这是因为这段文字论述的对象是李全，此处所论述的相关文献也都与李全有关：《宋史·李全传》、周公谨《杂说》中的相关内容都与李全有关，而《宣和遗事》《水浒》也与李全有关，后文中的“全起群盗，包藏祸心”所说的也是李全，因而此处的“市井小说”应该是“《宣和遗事》《水浒》”的定语，而不应该是独立语，因为肯定有很多“市井小说”是与李全无关的。所以此处的《水浒传》《宣和遗事》都属于“市井小说”。

可见胡应麟是把小说分为两类的，一类是子部小说，也就是正史艺文志子部中的小说，它们中不可能出现《水浒传》；还有一类是市井小说，《水浒传》《宣和遗事》就是此类小说。前者相当于今天所说的文言小说，后者相当于今天所说的白话小说。二者界限分明，所以前者可以在《九流绪论》中进行论述，但后者只能在《庄岳委谈》中进行论述。当然二者的地位都不高，前者的论述是在九流之后，后者的论述是在通俗的戏剧之后，因而胡应麟有“盖尤在传奇杂剧下”的评语。

文言小说和白话小说都是小说，并且把白话小说与传奇戏剧相提并论，高儒《百川书志》中就已经这样做了，胡应麟也是这样做的。后来清人也大致如此。甚至一直到清末民初，人们还把《西厢记》等戏剧当作小说。[①]

第四节　现当代中国古代小说史著作中的小说内涵辨析

小说史是研究小说的历史，小说是小说史的唯一研究对象，这是没有任何异议的。但令人惊讶的是，自民国九年第一部中国小说史问世之后，至今所有的小说史中，没有一部能够清楚确切地界定出“小说”的定义。也就是说，在这九十多年的小说史写作中，所有的作者都是在不明确研究对象的前提下开始写作的。这一现象，在所有的学科研究中，恐怕是独一无二的了。

也有不少小说史作者意识到了这一点，他们不遗余力地在其著作中辨析“小说”概念，但辨析到最后，在罗列了所有古代各种各样的“小说”论述后，他们大多没有总结归纳出一个明晰的小说概念。

清代末年，中国的小说创作和研究就得风气之先，使得小说这一文体得到了世人公认；在其后的整个20世纪里，小说研究也成为显学，小说史写作也成绩斐然。但小说概念是小说研究的基石，小说概念不明确，整个小说研究就基础不稳，底气不足。

下文依次梳理有代表作的小说史著作中的小说概念，以明确这九十多年来的研究现状。

一　1920年：张静庐《中国小说史大纲》

尽管鲁迅在1923年的《中国小说史略》中说“中国之小说自来无史”，意为他的《中国小说史略》是第一部中国小说史；但早在1920年，就有张静庐的《中国小说史大纲》问世了。这是中国的第一部小说专史。

张静庐的《中国小说史大纲》共分十部分，其中第一部分是“小说名称之由来”，介绍了班固《汉书·艺文志》中所引的刘歆对“小说家者

---

① 1897年，几道、别士在《本馆附印说部缘起》中，把《长生殿》《西厢记》“四梦”与《三国演义》《水浒传》并列，称它们都是“稗史小说”。1914年，成之在其长文《小说丛话》中，还把小说分为散文、韵文两类，其中散文又分为文言和俗语，韵文又分为传奇和弹词。分别见陈平原、夏晓虹《二十世纪中国小说理论资料》（第一卷），北京大学出版社1997年版，第27、441页。

流”的论述；第二部分是“小说之由来”，介绍了小说发生的原因；第三部分是“小说之定义　诗赋与小说”，从风雅颂的不同入手来区分文学，并得出小说的定义。但他的小说定义，并不符合定义的规则，也不会被一般人所认同。他说：

> 吾既分出文学门类，对于小说之定义，自须继续讨论。吾认小说为文学之主要部分，凡是社会的，真的，美的，无束缚的文学，皆可名为小说。所谓社会的，真的，美的，无束缚的，易言之，即有普遍性的，非虚伪的，不雕饰的，不受何种格调、声韵之束缚的；再反一面说，即非社会的，朝廷及贵族或特别社会的，及虚伪欺诈的，勉强雕饰的，有格调声韵的，皆非小说。对于前者，其性质类于《诗经》中国风、小雅，皆受格调声韵之支配，即不能认为小说。①

为什么说“社会的，真的，美的，无束缚的文学，皆可名之为小说”？难道不能说“社会的，真的，美的，无束缚的文学，皆可名之为诗歌”？这样的定义，根本没有指出小说的特有属性，不能算是定义。这个定义，只能是指出了真文学和假文学，或者是好文学和劣文学的区别。从逻辑上看，这一定义的定义项“社会的，真的，美的，无束缚的文学”，其外延大于小说的外延，因而它违反了“定义项的外延和被定义项的外延必须是全同关系”的定义规则，犯了“定义过宽”的错误。而且定义项中“社会的，真的，美的，无束缚的”这些词，意思很模糊，使得这一定义也违反了“定义必须清楚确切”的规则。

张静庐也知道自己的小说定义太不严密，所以在后文中又说“文学毕竟是抽象之名词，小说究竟是具体之名词，在类析条分之时，终须承认小说与非小说，是立于对等地位，不能仅举小说，包含文学之全体”。此处的“抽象之名词”“具体之名词”，应该是相当于逻辑中的属概念和种概念，他指出了小说实际上只是文学的一个种概念，文学中除了小说，还有非小说。如果他没有意识到前面的定义过宽，他是没有必要进行这样的解释的。

---

① 张静庐：《中国小说史大纲》，载陈洪主编《民国中国小说史著集成》（第一卷），南开大学出版社2014年版，第34页。

尽管张静庐的小说定义很不准确，但他能在中国的第一部小说史中就给小说下定义，这一行为本身就很令人佩服了。

二　1921年：郭希汾《中国小说史略》

郭希汾即郭绍虞。谭正璧认为郭希汾的《中国小说史略》翻译自盐谷温的《中国文学概论讲话》之小说部分。其论述内容以时间为序，以作品为纲，所选的中国作品也很少，例如明清小说只介绍了明代四大奇书和《红楼梦》。郭注中没有出现小说的定义。

三　1923年：鲁迅《中国小说史略》

鲁迅的《中国小说史略》尽管不是中国的第一部小说史，但无疑是影响最大的一部，后世小说史的写作无不在它的笼罩之下。但这部影响深远的小说史竟然也没有给小说下一个确切的定义。

在《中国小说史略》中，鲁迅开篇就说“小说之名，昔者见于庄周之云‘饰小说以干县令’”，与张静庐相比，他把“小说”一词出现的时间，从汉代提前到了周末，也就是从刘歆提前到了庄周。但他马上就说，“然案其实际，乃谓琐屑之言，非道术所在，与后来所谓小说者固不同”——既然是“固不同”，那他为什么要引用这句话呢？后世小说史作者们也纷纷引用庄子的这句话，当然在引用之后，也马上说此处之“小说”与我们小说史的论述对象是不相干的。张静庐在《中国小说史大纲》中也引用了庄子的话，但他没有引用这句“饰小说以干县令”，引用的是他觉得可能与小说定义有些关系的“大言炎炎，小言詹詹”①。

在引用了庄子的论述之后，鲁迅接着就引用了桓谭的“小说家合丛残小语”等论述，说它“始与后之小说近似”。在后文的论述中，鲁迅先是把《汉书·艺文志》所录的十五家“小说家”一一抄录，甚至连注释都不放过；之后又抄录了《隋书·经籍志》、胡应麟《少室山房笔丛》和《四库全书总目提要》中的相关论述，当然在抄录这些论述时也进行了一些简单的论述。在《中国小说史略》第一篇《史家对于小说之著录及论述》的最后，作者又简单介绍了平话、演义等白话小说在书目中的著录

---

①　张静庐：《中国小说史大纲》，载陈洪主编《民国中国小说史著集成》（第一卷），南开大学出版社2014年版，第27页。

情况。

鲁迅读过很多西方文学理论典籍，他也认真地读过严复翻译的《穆勒名学》，有相当的逻辑修养，他还是著名的小说创作家，对古今中外的小说作品也非常了解。因而如果鲁迅给小说下定义，他应该不会像张静庐那样违反下定义的基本规则。但《中国小说史略》中没有小说的定义，不知是鲁迅无意遗漏还是有意不为？如果是无意，那么就是他的不负责任了：写一部小说史，竟然不明确小说的概念，也就是不明确自己的研究对象，这显然不是科学的研究方法。如果是有意，那么是他感觉到中国小说的概念是不可定义、不可把握的吗？

四　1927 年：范烟桥《中国小说史》

范烟桥的《中国小说史》出版于 1927 年。这本著作的篇幅和论述的范围都远大于张静庐的《中国小说史大纲》和鲁迅的《中国小说史略》，但它对小说的定义依然没有界定。作为一个小说史家，范烟桥知道小说定义的界定对于小说史写作的重要性，所以他在其著作的第一章第一节专门讨论小说的定义。不过他虽有强烈讨论小说定义的主观动机，但同时又觉得没法对小说的定义进行界定。所以其著作的第一句话就是：

> 何谓小说之一问题，为研究小说者所亟求解答，而一时无相当之肯定断论。①

之后他引用了《汉书·艺文志》中的“小说者流，盖出于稗官，街谈巷语、道听途说者之所造也”，但他点明这仅仅是小说的“来源”，并不是小说的定义。

范烟桥接着指出，在“西方文明浸淫中土”之后，小说就“非复旧时之面目”了，从而“别有一种界说”，这种界说就是小说的新定义。这个新定义是：

> 小说者，文学之倾于美的方面之一种也。②

① 范烟桥：《中国小说史》，苏州秋叶社 1927 年版，第 1 页。

② 同上书，第 2 页。

这当然不是小说的定义，因为它根本没有说出小说的特有属性，犯了定义过宽的错误。

在本节的最后，范烟桥还进一步引用了恽铁樵的论述：

> 小说之体，记社会间一人一事之微者也。小说之用，有惩有劝，视政治教化，具体而微，而为之补助者也。①

这一论述作为定义也不正确：为什么小说只能"记社会间一人一事之微者"？那些"记社会间多人多事之大者"就不是小说了吗？至于"有惩有劝，视政治教化，具体而微，而为之补助者也"只是小说的作用，但这些作用并不是小说的特有属性。

当时有一些学者认识到了小说定义的混乱、小说定义的中外有别。例如胡寄尘（即胡怀琛）在范烟桥《中国小说史》序中说："在中国的文学中，小说两字没有确切的界说"，之后认为古代胡应麟、纪晓岚的"界说太宽"，而近人"对于小说的界说又太严了"。他以《三国》《水浒》为例，认为中国的小说和西洋的小说不能相提并论。他的论述是：

> 况且《三国》《水浒》和《红楼》《儒林》也非同体。因为《三国》《水浒》是当时说书人的话本，好像是演剧人用的剧本一般。剧本固然是文学，然他也是离不了演剧人而独立的。话本当然也是文学，然他是离不了说书人而独立的。所以他名为"演义"，演字等于演说之演，义字等于讲义之义，可知是重在说而不重在写了。直到《红楼》以后，才由演义变而为描写，这是一个极重要的关键。若说到演义，在西洋是没有相当的体裁和他比较。就这一点，已可得见中西小说不能相提并论了。②

胡寄尘的这段话，虽然说于八十多年前，但直至今天仍然很值得深思，因为至今都没有一个公认的小说概念，至今仍有很多可以称为小说的优秀文

---

① 范烟桥：《中国小说史》，苏州秋叶社1927年版，第1页。

② 同上书，序一。

学作品，因为不符合西方小说的概念，或者被置于小说史之外，或者我们对它们评价不高。

五 1935年：谭正璧《中国小说发达史》

1935年谭正璧出版了《中国小说发达史》，其绪论中有以下论述：

> 小说的领域，有古今中外的不同；如果不替它确定一个相当的界限，那么所谓小说史便无从叙起。至于“什么是小说?”“小说的实质和形式怎样?”……种种问题，那不妨让做“小说概论”的专门家去解释，本书却无暇及此。①

虽然作者知道如果不给小说“确定一个相当的界限，那么所谓小说史便无从谈起”，但他依然说小说概念应该让“小说概论”的专门家去解释，他的著作“无暇及此”。其中原因，当然不是他“无暇”，而是因为小说定义的难以确定。

不过谭正璧虽然没给小说下定义，但他还是梳理了一下“小说”一词的历史，从庄子的“饰小说以干县令”一直到各正史艺文志、四库全书，甚至涉及“殷芸小说”、唐人的“市人小说”，最后也介绍了明代长篇小说不被一般的目录家所著录，仅出现于《续文献通考》和《百川书志》等少数目录书中。梳理完“小说”历史之后，谭正璧又总结说：

> 总之，中国此前对于“小说”这一个观念，几于人各不同，所以它的界限也模糊不清。如绳以现代所谓小说，那么几乎无一与之适合。②

郭箴一的《中国小说史》出版于1939年，其第一章“绪论”部分的第三节“中国小说之演变”，大多是抄了谭正璧的《中国小说发达史》“绪论”中的相关内容。

---

① 谭正璧：《中国小说发达史》，上海光明书店1935年版，第1页。

② 同上书，第5页。

六　1949年后的小说史著作

在1949年之后，北大中文系分别在1960年和1978年出版了《中国小说史稿》和《中国小说史》。但这两部小说史都没界定小说的概念。

1991年，徐君慧的《中国小说史》在第一章第一篇一开始就说：

> 小说，按《辞海》的解释是："文学的一大类别，叙事性的文学体裁之一。以人物形象的塑造为中心，通过完整的故事情节和具体环境的描写，广泛地、多方面地反映社会生活。……它可以运用各种描写、叙述方式和各种表现手法（如叙述事件的前因后果，描绘自然景物，社会环境，生活场景，以及人物外貌、心理、言谈、举动和各种纠葛、关系等等）来生动地表现以人物活动为中心的社会生活各个方面。在中国古代神话传说，街谈巷语，志怪志人之作，以及传奇、讲史，都是小说发展的先河。后来有话本小说，章回小说等等。"

引用《辞海》的定义，当然是最省事的办法。但《辞海》作为大型工具书，每十年修订一次；徐君慧的著作出版于1991年，但笔者查1989年版《辞海》中的"小说"词条，与徐君慧的引文却有较大不同。而且这个《辞海》中的小说定义并不正确。按照这一定义，《史记》中的人物传记、《孔雀东南飞》这样的长篇叙事诗、关汉卿等人的元杂剧等，都可以算是小说。

1992年李悔吾在《中国小说史漫稿》第一章开篇就论述了小说的概念：

> 小说，作为较严格的文体概念，是明清以后才形成的。小说文体的基本要素有四：一是相对完整的故事情节，二是有性格比较鲜明的人物形象，三是以代言体为主，四是有合理的虚构。只有具备这些要素，才能与叙事文学中的各种文体区别开来。中国古代小说，经过漫长的道路，直到唐代才发展成真正的具备了以上要素的小说文体。[①]

① 李悔吾：《中国小说史漫稿》，湖北教育出版社1992年版，第12页。

李悔吾此处明确提出了小说文体的四个要素，其中完整的故事情节、性格鲜明的人物形象、合理的虚构都容易理解，但“以代言体为主”不知具体所指。不过既然只是以代言体“为主”，那么代言体就不是必要条件。对于其他三个条件，《战国策》中的很多篇章、《史记》中的很多人物传记也符合，为什么李悔吾还说“直到唐代才发展成真正的具备了以上要素的小说文体”呢？看来他的这些小说要素也只是小说的必要条件，但并不是充分条件。因而他的小说概念是不够准确的。

1995 年杨义在《中国古典小说史论》中分别辨析了“小”和“说”两个字的含义。他认为“小”在文化品位上是指“小道”，在文体形式上是“残丛小语”；“说”则有故事性、通俗性、娱乐性的特征①。但他也没有为小说下一个明确的定义。

1996 年张国风在《中国古代小说史话》中首先概述了古代小说概念的变化情况，最后指出“白话小说和文言小说各有自己的历史发展过程，但作为小说，它们在文学本质上又是一致的”；“经过域外境内小说的双向推动，终于形成了现代的小说观念”②，但这个“一致”的“文学本质”是什么，“现代的小说观念”又是什么，作者都没有说明。

1999 年，王恒展在《中国小说发展史概论》第一章第一节中用了 20 多页的篇幅论述了“中国小说概念的由来和发展”，最后总结出一个较为标准的小说定义：

> 小说是以人物形象的塑造为中心，通过相对完整的故事情节和具体环境的描写，广泛地、多方面地反映社会生活的叙事性文学体裁之一。③

这一明确的小说概念的提出，在中国的小说通史专著中还是第一次。这也是当今最为通行的小说概念。它虽然舍弃了“虚构”这一敏感字眼儿，其内核仍然是西方的。按照这一定义，《史记》《汉书》中的人物传记都

① 杨义：《中国古典小说史论》，中国社会科学出版社 1995 年版，第 3—4 页。

② 张国风：《中国古代小说史话》，商务印书馆 1996 年版，第 3—4 页。

③ 王恒展：《中国小说发展史概论》，山东教育出版社 1996 年版，第 23 页。

是小说，而《世说新语》中的小品文没有完整的故事情节，也没有具体的环境描写，它不能是小说。但作者在后文的具体论述中，并不把《史记》当作小说，却把《世说新语》当作成功的小说。

2007年，高等教育出版社出版了李剑国主编的四卷本《中国小说通史》。其中第一卷是先唐卷，此卷第一章第一节的节目是“早期小说观与小说概念的科学界定”。此卷由李剑国亲自执笔写成。早在1998年，李剑国就在《文学遗产》上发表了长文《文言小说的理论研究与基础研究》，文中提出要在叙事性、虚构性、形象性、体制四个原则下界定文言小说。但这四个原则在文章中没有得到充分说明，时隔九年之后，他在《中国小说通史》中对它们进行了详细论证，但他的这些论述并不周密。

在论述叙事原则时，作者说“缺乏叙事性就不是小说”，并说《汉志》十五家小说“多为言论和一般记事，并没有故事性”，它们就不是小说。但《世说新语》中有很多段落是记言之文，这些段落就不是小说了吗？而且在作者看来，叙事也可以不是讲故事，例如那些“地理博物体志怪小说”，它们所记的“常为异域神境、奇禽怪兽，并无故事”，按理说它们就不是小说了，但作者又说它们“也是一种叙事，即记叙方物”。这样前后不一的论述，是不能令人信服的。

在论述虚构原则时，作者说“小说的生命是虚构”，但“虚构并不是说一切都是假的”，那么到底什么是虚构呢？作者并没有确切说明。

在论述形象原则时，作者一方面说“形象性是文学的基本特性，小说作为一种文学性文体不能没有形象性”，但另一方面又说“对于许多‘粗陈梗概’的志人志怪来说，不能苛求文学描写”，这也是标准不一的。

在论述体制原则时，作者认为小说在文体上应是书面体制，那些口头流传的未形成书面文字的故事不是小说；小说应是独立的文体，那些夹杂在史书子书中的叙事段落不能是小说；小说的文本或者是丛集体制或者是单篇体制，那些明显采用史书体制的《吴越春秋》等就不是小说。这三个体制也是可以商榷的。例如元杂剧、明清传奇、明清弹词是书面的故事，也是独立的文体，也是单篇体制，完全符合李剑国的体制要求，也符合叙事原则、虚构原则、形象原则，那么它们都是小说吗？为什么那些夹杂在史书子书中的叙事段落不能是小说？当先秦史书子书产生之时，并没有散文小说这些文体概念，那么为什么史书子书中可以有散文，就不能有小说呢？至于采用史书体制的作品就不能是小说，这更是主观限制了小说这一文体的多样性和自由性，这样的观点是不可能被普遍接受的。

同样在2007年，刘勇强的个人专著《中国古代小说史叙论》由北京大学出版社出版。刘勇强在“绪论”中这样说：“从根本上说，小说文体研究的目的是要回答小说是什么，或什么是小说。但这却是一个很难回答的问题。”之后他引用了佛斯特在《小说面面观》中的一个小说定义：

> 小说是用一定篇幅的散文写成的一部虚构作品。

刘勇强说尽管佛斯特认为这个定义对于解释小说而言已经足够了，但并不符合中国实际。例如“用散文写成”，但中国古代小说中有很多韵文；另外“一定篇幅”也很含糊，佛斯特说不应少于五万字，但中国古代的很多小说是不到五万字的；至于“虚构作品”，中国古代很多小说没有虚构或者很少虚构。所以按照佛斯特的定义，很多中国古代的小说就不是小说了；相反，中国古代的史传作品倒是符合这个定义，但我们又不把它们当作小说。①

尽管刘勇强在后文中从小说的创作与接受、小说史、文化、文学理论四个层面来论述中国古代小说的文体特点，但他最终也没有给小说下一个确切的定义。这当然是一个审慎而无奈的做法。

第五节　小说内涵和外延的确定方法

一　古代小说研究中“小说”概念的混乱

小说的概念是古代小说研究中最基本也是最棘手的问题，古代的、现代的，中国的、西方的，众多小说概念各有利弊，令研究者们争论不休、莫衷一是。要研究中国古代小说，要撰写中国小说史，就要确定小说的概念。因为只有确定了小说的概念，才能确定研究对象。如果连研究对象都不能确定，小说史的写作就只能是随意的、不科学的。

小说概念确实是难以确定的。清人刘廷玑在《在园杂志》中说：“小说之名虽同，而古今之别，则相去天渊。”② 当时西方的小说概念尚未流

① 刘勇强：《中国古代小说史叙论》，北京大学出版社2007年版，第1—2页。

② 刘廷玑：《在园杂志》，中华书局2005年版，第82—83页。

入中国，刘廷玑已有此论；时至今日，在今人看来，小说不仅是“古今之别，相去天渊”，而且还是“中外之别，相去天渊”。因而小说概念的难以确定，一是因为中国古人对“小说”概念的不确定性；二是因为近代传入的西方小说概念与中国固有小说概念的巨大差异。

小说概念的矛盾和混乱，在鲁迅的《中国小说史略》中就已表现得非常充分了。在鲁迅这部以中国小说作为研究对象的史学专著中，只是罗列了《庄子》《汉书》中那些他自认为不是小说定义的资料。他不仅没有提出确切的小说定义，而且在具体论述时也经常前后不一，自相矛盾。欧阳健在《中国小说史略批判》中对此进行了专门分析，他说：“鲁迅的小说观常处于自我矛盾的状态。当他处于自为状态，用的是西方的文学观和方法论；而当他处于自在状态，用的又是中国的文学观和方法论。”① 后世的小说研究者们基本不能逃脱《中国小说史略》的笼罩，那么在小说研究界中存在着上述这些连基本问题都混淆不清的情况也就很正常了。

小说概念的混乱不仅使得各位研究专家之间争论不休，而且使得一些研究者在自己的论述中也前后不一，自相矛盾。例如董乃斌在《中国古典小说的文体独立》中明确说：“本书就只能是以今人的观念去观照和审视历史上的文学现象”，认为“唐传奇以前的小说史，应该像何满子先生所指出的那样，称其为‘小说前史’”②。既然是“小说前史”，那么唐传奇之前就不应该有小说，但董先生依然把其著作的第四章第五节命名为“野史笔记与志人志怪小说”，并论述了《幽明录》和《世说新语》；除此之外，董先生在其审订的《古代小说鉴赏辞典》中，不仅在正文中收入了《世说新语》中的六则作品，而且在序中出现了“早前的地理博物类、神仙鬼怪类小说，如《山海经》《穆天子传》……”以及“《世说新语》这样录载名人轶事的‘志人’小说”③ 等认为唐前就已出现了小说的言论。再如石昌渝先生在《中国小说源流论》中，也明确说“魏晋南北朝的志怪小说和志人小说，并不是文学意义的小说，它们只是文学意义的小说的胚胎形态……自唐代起，它的一支变异为传奇小说，揭开了作为

① 欧阳健：《中国小说史略批判》，山西人民出版社 2008 年版，第 65 页。

② 董乃斌：《中国古典小说的文体独立》，中国社会科学出版社 1994 年版，第 6—8 页。

③ 董乃斌、黄霖等：《古代小说鉴赏辞典》，上海辞书出版社 2004 年版，第 8—9 页。

文学的小说历史的第一页"[1]，既然小说历史的第一页是唐代，那么唐代之前就没有小说，但作者依然在同书中对唐前的"志人小说""志怪小说"进行了篇幅颇长的论述，也就是承认了唐前有小说；特别是石先生在其主编的《中国古代小说总目》中，更是把包括《世说新语》在内的大量唐前小说收录在内。另外王枝忠在《先秦时期无小说——兼论史学著作对小说的影响》中说尽管《汲冢琐语》《穆天子传》《山海经》三书"在今天我们尽可以当小说来看待，但都不能以此证明就已经有了小说作品"[2]，这一议论本身就自相矛盾——既然"在今天我们尽可以当小说看待"，也就是它们已经符合了今天小说的概念，也就是它们是小说作品了，但它们的存在却"不能证明就已经有了小说作品"，也就是说小说作品的存在不能证明有了小说作品，这不是自相矛盾吗？

董先生、石先生、王先生都是当今古代小说研究名家，他们之所以有如此自相矛盾的言论，实在是有不得已的苦衷，这苦衷就是中国古代小说研究中的理性意识和习惯做法的巨大差异。每个从事学术研究的人都以理性治学、探求真理为己任，但所有的研究者都生活在学术习惯之中，不得不遵从已定型的学术习惯，而且这种遵从往往是下意识的。当有意识的理性追求与下意识的学术习惯发生重大冲突时，研究者们就不得不出现自相矛盾、似是而非的想法和做法。而中国古代小说研究就处于这一无奈的研究环境之中。

二　确定小说概念应采取的方法

要逃脱鲁迅的《中国小说史略》的笼罩，要摆脱中国古代小说研究现状这一无奈的研究环境，就必须明确小说的概念内涵，然后按照这个确定的内涵来明确小说的外延。小说的内涵和外延确定了，小说史的研究对象才能确定，然后在小说的起源、各时期小说的发展状况、中国小说的基本特征等问题的研究中就不会出现自相矛盾、似是而非的情况了。除此之外，别无出路。

尽管小说概念确实有着古今中外的天渊之别，但我们既然要研究古代

---

① 石昌渝：《中国小说源流论》，三联书店 1994 年版，第 7 页。

② 王枝忠：《先秦时期无小说——兼论史学著作对小说的影响》，《海南大学学报》1991 年第 4 期。

小说，就只能迎难而上，努力确定小说的概念。而且要确定的小说概念，不能是摇摆不定的，标准不一的。

但要确定小说的概念内涵并不容易。按照苗怀明的说法，现在的古代小说研究者对于小说的概念有三种意见，一是偏重古人的小说概念，如袁行霈、侯忠义编著《中国文言小说书目》的态度；二是偏重今人的小说概念，这主要体现在古代小说研究者为小说所下的各种定义上，如杨鸿烈、施蛰存、石昌渝等；三是采取调和古今的态度，例如《中国古代小说百科全书》采用的办法就是"既尊重前者，也采纳后者，力求把二者结合起来，加以灵活的运用"，《中国文言小说总目提要》以及编纂中的《全古小说》就基本采取这一态度。[①] 事实上，第一种意见几乎仅仅用于目录学著作的编写中，第二种意见则基本上停留在理论上，而在具体的实践操作中，特别是在小说史、文学史的编写中，基本上是第三种意见大行其道。这第三种意见，就是李剑国所说的"不今不古、亦今亦古、今古结合"[②] 的原则。李先生所说的这 12 个字，听起来有些拗口，仔细揣摩也有些矛盾，但这正是当前的研究者们在写作小说史时的普遍做法。

这普遍使用的第三种意见，看上去既尊重古代的小说传统，又自觉地以所谓的今人的小说概念来规范自己的研究，但它仍然不能避免差异和争议。这是因为古人的小说概念从来就没统一过，而所谓今人的小说概念也很不一致，于是上述这通行的第三种意见也就只能是混乱不一的意见。

以往小说史中对小说概念的确定，都是从理论出发，觉得小说与诗歌、戏剧、散文相比，它应该具有什么特征；或者直接根据西方的小说概念、小说的要素，得出一个小说的概念。这是一种观念先入为主的主观定义方法。因为诗歌、小说、戏剧、散文四分法的弊端，西方小说与中国传统小说的巨大差异，乃至西方小说概念本身的差异、中国传统小说概念本身的差异，使得各位学者们得出的小说概念差别很大，从而导致了小说概念的模糊不清，至今仍然没有出现一个被普遍认可的小说概念。

其实董乃斌说得很对，今人研究古代小说，就只能以今人的小说观念

---

① 苗怀明：《二十世纪中国古代小说概念的辨析与界定》，《广州大学学报》2005 年第 6 期。

② 李剑国：《文言小说的理论研究与基础研究——关于文言小说研究的几点看法》，《文学遗产》1998 年第 2 期。

来界定研究对象，那么就不应该存在三种意见的问题，也不应该用“不古不今、亦今亦古、今古结合”的标准。但这“今人”的小说观念，虽然不是古人的小说观念，但也不是西方的小说观念；它应该是现在约定俗成的被研究者们在实践中所公认的小说观念。这一观念还没有被文字表现出来，但它存在于当今各种小说史、文学史中，也就是存在于各种小说史、文学史所共同论述的小说作品中。这些作品既然被今天绝大多数的小说史、文学史家们收录在内，它们当然就合乎今人的小说观念；而我们只需把它们的特征概括出来，今人所公认的小说观念就能产生了。

所以，我们在确定小说概念时，完全可以舍弃以往那种主观的理论推演，而采取一种实践的定义方法。也就是说，我们可以确定一个被众多小说史著作普遍认可的小说作品作为标本，从中归纳出小说的定义。然后以这个定义为标杆，来衡量中国古代所有的典籍，符合标准的就是小说，不符合标准的就不是小说，以此来确定小说的外延，也就是中国古代小说史的研究对象。毫无疑问，这一探求今人小说概念的方法是实事求是的，它比一切词典上的定义，比某些权威的定义，比各种文学理论课本上的定义都要可靠得多。

一部作品既然被绝大多数小说史作为研究对象进行论述，它就被研究者们普遍认为是小说，那么以它为样本总结出来的小说特征，就应该被小说史家普遍认可；如果小说史家们不是普遍认可这个小说概念，那么就是他们的思想与他们实际的行为是矛盾的。行为是第一性的，是客观的，是直接的，观点是第二性的，是主观的，是间接的，主观思想要服从客观的行为。

在各种小说史、文学史中都出现的唐传奇、《三国演义》《西游记》《红楼梦》等作品，符合最为苛刻的小说定义，它们作为小说作品不会引起歧义和争议，于是它们对于本文而言就不是典型的研究标本。本文理想的研究标本，是那些在所有的小说史中都出现的但并不符合那些所谓的“今人”小说观念的作品。而《世说新语》就是这样的典型例证。笔者所确定的这部标杆作品就是《世说新语》。

《世说新语》在以下26部小说史或小说参考资料中都被作为研究对象，这26部作品分别是：

鲁迅的《中国小说史略》(1923)、范烟桥的《中国小说史》(1927)、谭正璧的《中国小说发达史》(1935)、北京大学中文系的《中国小说史稿》(1960) 和《中国小说史》(1978)、侯忠义的《中国文言小说参考资料》(1985) 和《中国文言小说史稿》(上册)(1990)、徐君慧的《中国小说史》(1991)、宁稼雨的《中国志人小说史》(1991)、李悔吾的《中国小说史漫稿》(1992)、刘上生的《中国古代小说艺术史》(1993)、吴志达的《中国文言小说史》(1994)、杨义的《中国古典小说史论》(1995)、张国风的《中国古代小说史话》(1996)、王恒展的《中国小说发展史概论》(1996)、吴礼权的《中国笔记小说史》(1997)、王枝忠的《汉魏六朝小说史》(1997)、苗壮的《笔记小说史》(1998)、李修生赵义山主编的《中国分体文学史》(小说卷)(2001)、黄霖等人的《中国小说研究史》(2002)、陈文新的《文言小说审美发展史》(2002)、孟昭连宁宗一的《中国小说艺术史》(2003)、陈平原的《中国散文小说史》(2004)、韩进廉的《中国小说美学史》(2004)、李剑国的《中国小说通史》(2007)、刘勇强的《中国古代小说史叙论》(2007)。

以上 26 部著作基本上概括了近百年来比较重要的小说史专著，它们都无一例外把《世说新语》当作小说。因而把《世说新语》当作小说，确实是"今人"的共识；那些说《世说新语》不符合"今人"小说观念的说法，是无视事实之词——倘若不符合"今人"的小说观念，何以大家都不约而同地把《世说新语》当作小说？因而可以说《世说新语》可能不符合西方人的观念，但不能说它不符合"今人"的小说观念。

"今人"的小说观念并不同于西方的小说观念，这是必须承认的事实。但当前中国人所下的各种小说定义却是以西方的小说概念为标准，这一标准的存在使得我们的小说定义少了许多底气，而在这一标准笼罩下的小说定义也就失去了很多中国小说固有的特色，那么它们也就不能作为一把尺子来衡量中国古代的小说了。但中国古代小说毕竟是历史上已然存在的客体，它们夺目的光彩使得所有的小说史、文学史家们都不能忽略它们，这正是它们能够突破已有的小说定义而执着地出现在各种小说史、文学史中的原因。

因而如果把《世说新语》作为样本，通过分析它的特征来概括出中国古代小说的概念，从而明确小说的内涵和外延，应该是能够得到大家认可的。

三　小说概念的内涵

既然《世说新语》是今人公认的小说，那么我们就可以据此来提炼出中国小说的基本特征。那么《世说新语》的哪些特征可以作为中国古代小说的共同特征呢？我们可以从记言记事性、虚构性、散文性、篇幅四个方面来分析，从而确定小说的标准。

1. 小说的记言记事性

小说是叙事性文体，这似乎是小说研究者的共识；但以《世说新语》作为标准，我们会发现这一说法是片面的。叙事就是记事，但中国古代有“左史记言，右史记事”的说法，“事”与“言”是并列关系，不可偏废。人物的语言也是表现人物形象的主要手段，有时甚至可以是表现人物形象的唯一手段。所以记言和叙事都是塑造人物形象的重要手段，那种仅仅把叙事性作为小说的特征而忽视记言性的做法，是深受西方小说定义影响而不顾及中国小说现实的做法。《世说新语》中虽有叙事之作，但它是以记言为主的小说作品。

因而若以《世说新语》为标准，我们就不能认为小说仅是叙事性文体，而应该认为小说是记言记事性文体。小说是用来表现人物形象的。不论是记言还是叙事，《世说新语》都是以刻画鲜明的人物形象为己任的。在《世说新语》中，有时只需写出人物的一句话就能突出主人公的形象特征。例如：

> 刘尹云：“清风朗月，辄思玄度。”

这是《世说新语·言语》中一则完整的记言之作。它没有任何故事情节，只有简单的一句话，可以说完全不符合西方小说的概念；但是，这一句话却能够表现出鲜明的人物特征——刘惔置身于“清风朗月”中，就想起了许询许玄度，那么许询就具有清风朗月的性格特征；而同时刘惔对许询的钦慕、赞赏和理解也跃然纸上了。简短的一句话，就写出了两个人的性格特征，而这“清风朗月”的特征又令人回味无穷。这样的记言小品文，算得上是表现人物形象特征的妙品。

《世说新语》中的叙事之作也能表现人物的鲜明性格。例如下面是《忿狷》篇中的一则记事之作：

王蓝田性急。尝食鸡子，以箸刺之，不得，便大怒，举以掷地。鸡子于地圆转未止，仍下地以屐齿碾之，又不得。瞋甚，复于地取内口中，啮破即吐之。王右军闻而大笑曰："使安期有此性，犹当无一豪可论，况蓝田邪？"

此篇开始就点明王蓝田具有"性急"的特征，然后用具体事例来写他的性急。他有一次吃鸡蛋，用筷子去刺鸡蛋，没刺到，就生气了，把鸡蛋举起来扔到地上。鸡蛋在地上滚来滚去不停下，王蓝田更生气了，走到地上，用屐齿碾鸡蛋，还是没碾到。蓝田气得瞪大了眼，从地上拿起鸡蛋来，放到嘴里，把鸡蛋咬破后又吐了出来。这一具体的事例，确实能够表现出主人公性急的特征。

那些从写人叙事方面来否认《世说新语》小说性的学者，他们的理由是《世说新语》篇幅短小，虽然记人，但其人物形象不够丰满，人物性格也缺乏变化，也就是说人物形象是"扁"的而不是"圆"的；《世说新语》虽然也有一些故事情节，但这些有情节的文章在《世说新语》中所占比例太小，而且这些故事情节过于简单，很难算得上曲折紧张；而《世说新语》多是记言之作，这些记言小品中没有什么情节。这种观点是以西方的小说观念来衡量《世说新语》这类独具中国特色的小说。如果抛开那些教科书上固有的小说标准，我们可以发现这些缺点正是《世说新语》的小说魅力所在：《世说新语》在短小的篇幅内，用最经济的人物语言或者人物行为刻画出人物性格的某个突出特点，从而使得读者对人物的这一性格特点具有鲜明印象。这种以最经济的语言和最简单的情节来刻画人物最显著的某一性格特征的方法，与西方那种用复杂的语言、复杂的情节来刻画人物复杂的性格的方法是不同的。二者具有不同的作用，具有不同的美学特征，但都是成功的刻画人物性格特征的方法。我们不能厚彼薄此，不能因为《世说新语》中用了这样的方法就说它没有成功地塑造人物形象，更不能说它不是小说。

其实换一个角度看，《世说新语》的作者并非不能刻画出人物性格的复杂性，并非不能把故事情节复杂化，只是作者不想这样做而已。因为如果这样做了，《世说新语》就不是《世说新语》了。比如就人物性格的复杂性而言，《世说新语》对那些重要人物的记载往往多达数十条，只要把这些记载连缀起来排列在一起，就是一篇人物性格复杂、故事情节曲折的人物传记了，《晋书》中的很多人物传记就是这样写出来的，但如此一来，《世说新语》所特有的体例和美学特征就荡然无存了，它在中国小说史、文化史、美学史上的地位就不是现在这个样子了。

《世说新语》在中国文化史上的地位，在于它是魏晋风度的重要载体。《世说新语》不是为某一个人立传，不是为了集中笔墨刻画某个人或者某几个人的形象特征；它是在刻画魏晋时代所有名士们的共同性格特征，也就是说它是在表现魏晋那个时代所特有的名士风流。为了达到这一目的，《世说新语》的作者搜集了大量的素材，然后把这些素材按照内容分为德行、言语、政事、文学、方正、雅量、识鉴等不同的门类，每一门集中表现一个时代特征，而这些不同的特征相加，就表现出了那个时代的整体风貌。因而尽管《世说新语》中的每一则小品都比较短小，但涓滴之水汇成江河，魏晋时代的群体人物形象，就通过这一篇篇小品文完整地表现了出来。这种体例，是表现一个时代人物群像的最经济的也是最有效的方法。即使《晋书》把《世说新语》中的资料按照符合西方小说理论的方法进行了重新整合，但后世那些要了解魏晋风度的读者，仍然更喜爱《世说新语》而冷落了《晋书》。

下面的例子可以证明《世说新语》对人物形象塑造的重视。《世说新语·言语》“孔融被收”条与晋人孙盛的《魏氏春秋》的记载相似，《魏氏春秋》的原文为：

> 融对孙权使有讪谤之言，坐弃市。二子方八岁、九岁，融见收，弈棋端坐不起。左右曰：“而父见执。”二子曰：“安有巢覆而卵不破者哉！”遂俱见杀。①

《世说新语》中的此段为：

> 孔融被收，中外惶怖。时融儿大者九岁，小者八岁。二儿故琢钉戏，了无遽容。融谓使者曰：“冀罪止于身，二儿可得全不？”儿徐进曰：“大人岂见覆巢之下，复有完卵乎？”寻亦收至。

① 余嘉锡：《世说新语笺疏》，中华书局2007年版，第58页。

两相对照，《世说新语》对原文的加工都是小说化的，都是为了使得人物性格更为鲜明：省略掉了孔融“被收”的原因，因为这一原因不仅对刻画孔融二子的性格特征无益，而且容易分散读者的注意力；增加了“中外惶怖”，就把小说置于一个惶恐惊怖的故事环境之中，而这样的环境能够衬托出人物的性格；“时融儿大者九岁，小者八岁”的句式比原文“二子方八岁、九岁”要从容得多；“二儿故琢钉戏，了无遽容”比“弈棋端坐不起”在刻画人物的性格上也要成功很多：琢钉戏比弈棋更适合小儿的身份，而多出的“故”和“了无遽容”则使二子的从容与前文的“中外惶怖”形成了鲜明对比；之后的“融谓使者曰”比原文的“左右曰”在突出悲剧的气氛上更为有力；而“儿徐进曰”中增加的“徐”字，比原文简单的“二子曰”更能表现出人物在生死关头的镇定；二子所说的“大人岂见覆巢之下，复有完卵乎”也比“安有巢覆而卵不破者哉”更为舒缓有味。

通过上面的分析可知，《世说新语》对原文的选择和加工，完全是围绕着突出人物性格特征而进行的。孔融二子是否真有如此表现，自然值得怀疑；但这两个八九岁小儿在生死关头的从容表现，正是那个时代名士风流的具体体现。其实孔融被收时他年幼二子的不同表现还有多种说法，仅仅是余嘉锡《世说新语》笺疏本中就还有两种不同的记载①。但在这四则记载中，只有《世说新语》的最传神，最能表现那个时代的人物特征。

倘若抛开成见，我们就会发现，意在表现时代人物群像的《世说新语》，是非常成功的以记言叙事来表现人物形象的不朽之作。

2. 小说的虚构性

首先，我们先讨论作品的虚构性如何界定。

从作者的角度来看，作者是有意虚构还是无意虚构，是很难判断的。尽管有很多小说作者一再声明他写的内容都是真实的，他写的那些事或者是他自己的经历，或者是他听来的。但一个作者说自己写的都是真的，难道他写的就都是真的吗？例如韦崟是唐传奇名作《任氏传》中的主人公，《任氏传》的作者沈既济说他记载的故事是韦崟亲口告诉他的，所以他对这个故事知道得最详细。可是我们都不相信他说的是真的，因为故事中的

---

① 余嘉锡：《世说新语笺疏》，中华书局2007年版，第58—59页。

任氏是个狐狸精。所以即使作者自己说是真的，他写的也可以是虚构的。中国古代的小说作家们经常玩这种自欺欺人的小把戏，不仅很多唐传奇的作者如此，《聊斋志异》的作者、《阅微草堂笔记》的作者也是如此。因此，关于虚构，笔者的观点是：我们判断一部作品是否虚构，不是依据它的作者是否有意虚构，而是依据作品本身是否具有虚构性。我们研究的是小说作品，与作者主观上是有意虚构还是无意虚构没有关系。

从作品的角度来看，怎样就算是真的，不是虚构呢？难道只有像《明实录》《清实录》那样的实录才是真的？只要经过了加工就是虚构的？是不是必须人物、言论、事件都是假的，才算虚构？还是人物为真，他的言语、事件为假就算虚构？那么他的言语怎样就是假的呢？是把他说的话一字不错地记录下来才是真的？还是即使他的话经过了别人的加工，但只要意思还是他的，这些话就是真的？还是这些话只要符合他的身份，哪怕不是他说的，这些话也是真的？只有编造那些完全没有发生过的事才算虚构吗？还是这些事有一半为真一半为假就可以算是虚构？如果不是一半为真一半为假，那么假的应该占多大的比例才算虚构呢？

也许这些问题很难量化，即使能够量化也很难操作，但我们不能因为它们很难量化、很难操作就忽视这些问题。忽视这些问题的结果，就是我们永远不知道小说是什么，永远在稀里糊涂地写小说史、稀里糊涂地争吵。

虽然难以量化，但章学诚就量化了，当然他量化的作品是《三国演义》，他对《三国演义》量化的结果是“七分事实，三分虚构”（《章氏遗书外编·丙辰札记》）。《三国演义》是无可争议的小说，它的七实三虚也被广泛认可。有了这个被广泛认可的“七实三虚”作为基础，那么上面的问题就迎刃而解了。因而，笔者的观点是：小说作品的虚构性，其虚构比例并不一定占绝对性。

其次，我们再具体讨论《世说新语》中的虚构性。《世说新语》中有虚构，这是所有的研究者都承认的，即使那些认为《世说新语》是纪实之作、是史料的学者们也承认《世说新语》中的一些资料是虚构的。《世说新语》的虚构程度是多少呢？笔者觉得它也差不多是七实三虚，它的艺术虚构程度并不下于《三国演义》。下面从《世说新语》虚构的客观原因、虚构的主观原因、虚构的方式三个方面来考查《世说新语》的虚构性。

(1) 虚构的客观原因

首先，轶事文学的创作允许一定程度的虚构。轶事文学与历史演义相似，但与历史著作是不同的概念。历史是发生过的事实，是一个客观存在，而历史著作是历史的记录，不允许虚构。轶事文学和历史演义则是在真人真事基础上创作的文学作品，它允许作者“遥体人情，悬想事势”，允许作者对人物的言行进行增删、润色，甚至允许“依附真人，构造虚事”。周祖谟在余嘉锡《世说新语笺疏》前言中说“此书采集前代逸闻轶事”，《世说新语》是刘宋时期在临川王刘义庆手中成书的，但它所记载的是汉末和魏晋时期的人和事。既然记载的是前朝名士们的嘉言异行，那么这些言行就不是作者所亲闻身见，于是作者撰写时就只能依赖前人的记载，或者根据当时的传说。根据王能宪《世说新语研究》的分析，《世说新语》主要采集了前人的资料，而这些资料主要有三个方面：一是与《世说新语》同一类型的逸事小说；二是当时的史书；三是当时的杂史。这三类资料，第一类是小说，第三类杂史近似小说，这两类资料都具有相当大的虚构性。可见从其取材范围来看，《世说新语》这类轶事文学是不能避免虚构的。

其次，记言之文也不能避免虚构。《世说新语》主要是记言之文，但在古代，没有录音机、录音笔之类的录音器具，即使有“左史记言”，可人物的言语在记录下来时，就很难是原汁原味了；而能够享受到“左史记言”待遇的古代人物是很少的，那么大多数人的话就只能是口耳相传了。按照当代心理学的原理，在口耳相传的过程中，这些话必然有所变异，最后变来变去，等到有人把它们记录下来时，就已经经过千百人的艺术加工了，已不是说话人的原话了。

以《春秋》经文和《左传》传文为例，可以很明确地看出事实和虚构的区别。《春秋》中有一句是“夏五月，郑伯克段于鄢”，叙述非常简明，时间、地点、人物、事件，非常清楚，不可能是假的；即使是假的，也很容易考辨明白。但《左传》中的相关传文就很难考证清楚，特别是传文中的那些人物对话。如果说郑庄公对他母亲说的“制，岩邑也，虢叔死焉。佗邑唯命”，还可能有“左史”给他作的“记言”，那么郑庄公和他的大臣祭仲所说的“多行不义必自毙，子姑待之”这样非常私密的话，说话时恐怕只有他两人在场，不可能有记录人的。因而我们无法确定这些话的真假。其实庄公和武姜的谈话也很难是真的，武姜要求庄公把制给共叔段，这样偏心的要求是很私密的，不大可能是史官在场的情况下提出来的。传文中庄公与公子吕的对话、庄公发下的“不及黄泉，无相见也”这样的毒誓、庄公和武姜在大隧内外的吟诗，这些都具有不可证明性。

如果是简明的记事，那就很难作伪；但如果是详细的记事，恐怕就失真了；如果是记言，那就基本上是传说或者是杜撰了。当然经过了传说或者杜撰也不绝对是假的，因为也许这些话大致上还是作者的原意。

而《世说新语》恰以记言为主，而且它记载的是过去三百年间流传已久的名人隽言。《世说新语》全书的语言风格非常统一，典雅、简明、形象、传神，显然经过了文字高手细致耐心的统一加工，而只要进行艺术加工就会失真。

（2）虚构的主观原因

《世说新语》的虚构性也是由作者的主观写作动机所决定的。《世说新语》无论所记的是何人何言何事，几乎都不交代具体的时间、地点，而时间、地点是历史事件的坐标，因而《世说新语》的作者明显不采用史家的笔法。中国古代的史书，或者是编年体，或者是纪传体，但《世说》的作者独创体例，用36门来以类聚事。历史事件要交代前因后果，历史学家要讲究史才、史学、史识，《世说新语》毫不讲究这些，它只是分别写下了一句句令人拍案称奇的名言警句，分别写下了一个个名士的风流片段。为了让书中的每个段落都熠熠发光，作者运用了各种艺术手法，当然也会进行适当的艺术虚构。

《世说新语》的作者虽然没有声明他的作品中有虚构，但他对虚构是持肯定态度的。作者对虚构的这种态度，我们从《巧艺》中的一则资料就可以得知：

> 顾长康画裴叔则，颊上益三毛。人问其故，顾曰：“裴楷俊朗有识具，正此是其识具。”看画者寻之，定觉益三毛如有神明，殊胜未安时。

这无中生有的“颊上三毛”，显然是虚构而非事实；而作者对这虚构出来的“颊上三毛”是持赞成态度的。作者对为了艺术真实而牺牲了生活真实的赞成态度，显示出作者对艺术真实的追求远胜过了对生活真实的追求。这样的创作原则和创作态度，是历史家的创作原则和创作态度吗？显然不是，这是艺术家的创作态度。而作者创作《世说新语》，也意在创造一件艺术作品，意在获得“益三毛如有神明”的艺术效果，而绝不仅仅是记录实事，否则不会获得“晋人面目气韵，恍忽生动，而简约玄淡，真致不穷”[①] 的艺术效果。

（3）虚构的方式

刘强在《〈世说〉学引论》中认为《世说新语》中失实或虚构杜撰之处为数不少，并对此进行了详细的分类论述。[②] 大致表现为以下三种情况：

依附真人，构造虚事。例如《假谲》中“温公丧妇，从姑刘氏，家值乱离散，唯有一女”条，以及《言语》中钟毓钟会的“战战惶惶，汗出如浆”“战战栗栗，汗不敢出”条等都属于这一类。

传闻异辞，张冠李戴。《世说新语》对此类传闻异辞有三种处理方式，一为照单全收，以广异闻，例如“小儿偷酒”的故事，一说是孔融二子，二说为钟毓钟会兄弟，《世说新语》在《言语》门中分别予以著录；二为择善而从，非善则弃，例如在《容止》“何平叔美姿仪，面至白”条中“疑其傅粉”的人，《世说新语》中取魏明帝的说法，而弃魏文帝说；三为两种兼采，厚此薄彼，例如《赏誉》中的“王太尉曰：‘见裴令公精明朗然，笼盖人上……’”，作者在文后说“或云王戎语”就是如此。

“遥体人情，悬想事势”。这是指《世说新语》中的一些故事，除了“骨架”是“信而有征”的，“血肉”一看便知是虚拟，只不过这种虚拟“入情合理”罢了。例如《文学》中的“钟会撰《四本论》始毕”条就是如此。

《世说新语》作者肯定虚构的创作态度，使得《世说新语》的作者在主观上摆脱了客观事实的束缚，而进入了自由的艺术创作境界，于是《世说新语》的三种虚构方式也就应运而生了；以上三类不同的虚构方式，在《世说新语》中大量存在。因而《世说新语》不是干巴巴的史料，而是活灵活现的具有虚构成分的小说作品；而《世说新语》中的人物之所以“如有神明”，历千百年仍光彩四射，这“颊上三毛”的虚构之功是

① 胡应麟：《少室山房笔丛》，上海书店出版社 2001 年版，第 285 页。

② 刘强：《〈世说〉学引论》，复旦大学，博士学位论文，2004 年，第 130—133 页。

不可没的。当然这里的虚构只是具有一定程度的虚构。

3. 小说的散文性

《世说新语》的叙述文字是散文，行文中也出现了一些诗歌、韵语、骈句，这种韵散结合的语言形式是中国小说的固有特征。

散文作为一种语言形式，是与韵文、骈文相对的一个概念，但韵文、骈文的地位很尴尬。小说、诗歌、戏剧、散文，这是当今流行的文学体裁四分法，但其中没有韵文和骈文。当然我们可以说诗歌就是韵文，但把“韵文”与“小说”“戏剧”“散文”放在一起，似乎没有人这样做过，可见“韵文”还是不同于“诗歌”。即使退一步，如果诗歌是韵文，那么骈文呢？骈文是中国特有的一种文学形式，在西方文学中找不到对应的概念，于是它就无处安身了。尽管我们经常把它归入散文之中，但骈文实际上与诗歌更为相近。由此可见四分法的局限性。

其实“韵文”之所以不能在四分法中代替“诗歌”，是因为戏剧中也有很多是韵文，不论在东方还是在西方。当然在中国古代，戏剧的韵文化更为普遍，中国古代几乎所有的戏剧都是诗剧。所以韵文只是一种语言形式，不是文学体裁。在这个意义上，散文和骈文也是如此。

因而“小说具有散文性”中的“散文”，是语言形式，不是一种体裁。

有一点必须进行探讨：很多小说的散文中夹杂着一些韵文或者骈文，那么散文在小说中所占的比例应该是多大呢？百分之十？百分之二十？可能很多人认为，至少不应该超过百分之五十吧。

迄今为止，《游仙窟》在它所出现的所有的小说史、文学史中，都把它当作小说。但《游仙窟》中的诗歌和骈文相加，至少占了它总字数的百分之八十，因为散文在《游仙窟》中仅仅起了一个连接诗歌和骈文的作用。

那么，在一部小说中，散文所占的字数都不到百分之二十了，我们还能说它具有“散文性”吗？

当然应该说有。

因而最后的结论是：关于小说的散文性，其中的散文篇幅并不一定占绝对比重。

4. 小说的篇幅

西方小说概念往往要求篇幅较长，这一标准不适用于中国古代小说。

那么中国小说的篇幅应该是多少呢？既然小说史家们都承认《世说新语》是小说，那么可以它为标本进行考查。

下面是《世说新语·德行》中的一则：

> 管宁、华歆共园中锄菜，见地有片金，管挥锄与瓦石不异，华捉而掷去之。又尝同席读书，有乘轩冕过门者，宁读如故，歆废书出看。宁割席分坐曰："子非吾友也。"

这则小品只有几十个字，但管宁的淡泊名利、清高自傲和华歆的见利动心、心慕权贵的形象却塑造得非常鲜明。这样的小说，即使篇幅短小，人物形象也相当成功。

因而小说只要能够表现出人物鲜明的性格特征就可以了，没有必要在字数的多少上、篇幅的长短上进行限制。

通过以上分析，可以给小说下这样的定义：小说就是通过记言记事来塑造人物形象的具有虚构特征的散文性的非剧本的文学作品。

这是小说的概念内涵。

中国古代小说外延的确定，就是以这个小说内涵作为标尺，来衡量中国古代所有古籍中的作品。这些古籍，是指中国古代经、史、子、集中的所有典籍，不能仅仅限于子部或者史部。

其实早在1929年，胡怀琛就在《中国小说研究》中提出这一方法了，只是他没有明确提出小说的定义。他是这样说的：

> 我们要研究中国小说，是要拿我们自己眼光去看，什么是小说，什么不是小说。不管他经也好，史也好，子也好，集也好，只要我们认为是小说的，就拿他来当小说看。本来经、史、子、集的名目，是没理由的，虽然在习惯上一时不能取消，但是我们尽可不管。①

中国古代的经、史、子、集，都不是按照文学体裁来分类的。因而我们不仅可以从中寻找诗歌、散文，也可以从中寻找小说。

---

① 胡怀琛：《中国小说研究》，中国书籍出版社2006年版，第12页。

结语

《四库全书总目》的作者在《世说新语》写作提要中说："义庆所述，刘知幾《史通》深以为讥。然义庆本小说家言，而知幾绳之以史法，儗不于伦，未为通论。"[1] 由此可知刘知幾和四库馆臣都深刻认识到了《世说新语》的小说性，认识到了它与历史著作的显著不同。刘勇强在《一种小说观及小说史观的形成与影响——20世纪"以西例律我国小说"现象分析》中引用了美国勃克夫人（赛珍珠）的文章《东方、西方与小说》中的一些话，其中最令人深思的是下面这几句："在这种没有形式的小说里，就特别象征着人生。人生也是没有结构的……这一种断片的感想，是中国小说最先给我们的。"[2] 此处"没有形式的小说""特别象征着人生""断片的感想"，不正可以移之以评《世说新语》这样独具中国特色的小说吗？一个获得过诺贝尔文学奖的著名的美国小说家，在1933年就以这样的词汇来表达自己对中国小说的认识，而将近80年后我们自己却仍然在以所谓西方的小说概念来抹杀中国小说的多样性，这不能不说是可悲的。

① 永瑢等：《四库全书总目》，中华书局1965年版，第1182页。

② 刘勇强：《一种小说观及小说史观的形成与影响——20世纪"以西例律我国小说"现象分析》，《文学遗产》2003年第3期。

第二章

中国小说起源时间辨析

中国小说起源说众多，但确切提出了起源时间的很少。例如班固说小说出于稗官，但稗官是从什么时候有的，就无法确定；《隋书·艺文志》说小说“推其本源，盖亦史官之末事也”，但史官的确切起源时间很难说清楚，史官们什么时候开始进行这些“末事”小说创作也非常模糊。在中国古代，只有张衡等少数几人提出了比较确切的小说起源时间。现当代的小说史著作中出现了一些小说起源说，但这些学说都未得到普遍认可。

萧相恺说要考察中国小说的起源，必须分清三对概念，其中第二对是“小说的起源和小说的渊源”①。的确，小说的起源与小说的渊源并非同一概念。起源是小说的起点和开始，小说起源于某部作品，那么这部作品就必须是小说；渊源则不同，小说渊源于某部作品，那么这部作品并不是小说，它只是小说的母体。我们在辨析小说的起源时，必须分清这对概念。

第一节　中国古代关于小说起源的论述

一　张衡的西汉虞初说

《庄子》中的“小说”不是我们今天所谓的小说概念，《汉书·艺文志》中虽然说“小说家者流，盖出于稗官”，但没说出小说起源于何时，因而学术界一般认为，小说最早的起源说乃是张衡《西京赋》中所说的“小说九百，本自虞初”②。《汉书·艺文志》中著录了虞初的《虞初周

---

① 萧相恺：《中国文言小说家评传》，中州古籍出版社2004年版，“前言”第2页。

② 因为鲁迅《中国小说史略》的影响，很多小说史和研究文章多把张衡的论述置于班固之前，这是不应该的。从时间来看，班固年长张衡46岁，因而把张衡的学说置于班固之前是错误的。而且班固的《汉书·艺文志》乃是节略了刘歆的《七略》，刘歆又比班固大80多岁。

说》，班固在其后有注，说虞初是“河南人，武帝时以方士侍郎号黄车使者”。既然虞初是武帝时人，那么张衡说“小说九百，本自虞初”，也就是说小说起源于西汉武帝之时了。但这一说法是可以质疑的。

《虞初周说》今已不存，《汉书·艺文志》在著录《虞初周说》时，也注明它有“九百四十三篇”。这一数字与张衡的“小说九百”近似，足证张衡所说的小说，应该是确指《虞初周说》这部书，而不是泛指小说。因而“小说九百，本自虞初”的说法，只是说《虞初周说》是虞初所著而已。此处的“本自”，乃是“出自”之意，不能理解为“起源”。

《汉书·艺文志》共著录了小说十五家，为什么张衡单独强调《虞初周说》呢？其原因有二：一是尽管《汉志》著录了小说十五家，但这十五家总共只有“千三百八十篇”，其中《虞初周说》就有九百四十三篇，几乎占了所有小说篇数的百分之七十；二是《西京赋》作为一篇汉赋，在行文时要押韵，“小说九百，本自虞初”的前面两句是“匪唯玩好，乃有秘书”，只有“虞初”，才与“秘书”韵脚相同。

张衡的“小说九百，本自虞初”对后世很有影响，明清时期有汤显祖的《虞初志》、涨潮的《虞初新志》、郑澍若的《虞初续志》，这些小说集的命名都跟此有关。

二　黄震的先秦庄子说

张衡之后，虽然鱼豢、刘知幾等人都有关于小说的论述，《隋书·经籍志》也著录了小说，但对小说的起源时间都没有明确论述。到了宋代，黄震在《黄氏日钞》中提出庄子是“千万世诙谐小说之祖”的说法，认为小说起源于先秦庄子。

黄震在《黄氏日钞·读诸子·庄子》中说：“庄子以不羁之才，肆跌宕之说，创为不必有之人，设为不必有之物，造为天下必无之事，用以眇末宇宙，戏薄圣人，走弄百出，茫无定踪，固千万世诙谐小说之祖也。”他说庄子是“千万世诙谐小说之祖”，也就是说中国的小说起源于庄子。今天有不少小说研究者，往往以虚构性不足为理由，把中国古代的大量作品置于小说的研究范围之外，但庄子的文章虚构性十足，这些研究者们却不把《庄子》列为小说，可见在其心目中，他们的小说标准是不固定的。

黄震在这段话中非常明确、具体地提出了庄子文章的虚构特征，那就是“创为不必有之人，设为不必有之物，造为天下必无之事”，也就是说，庄子文中的“人”“物”“事”都是虚构的：他创造的“人”为“不必有”，即文章中的人物形象是虚构的；他设置的“物”为“不必有”，那么文章中的环境就是虚构的；他捏造的“事”为“天下必无”，也就是他的故事情节是虚构的。因而庄子的文章具有虚构的人物形象、虚构的故事环境、虚构的故事情节，而且其文章也是用散文写成的，不是用来戏剧演出的——如此看来，庄子的文章不仅符合黄震的小说标准，而且完全符合当今小说的标准。

三　郎瑛、汪道昆等人的起源于宋代说

明人郎瑛在《七修类稿》卷22《辩证》“小说”条中说：“小说起宋仁宗。盖时太平盛久，国家闲暇，日欲进一奇怪之事以娱之。”这几句明言小说起于宋仁宗时。但郎瑛后文接着说：“故小说得胜头回之后，即云‘话说赵宋某年’；闾阎淘真之本之起，亦曰：‘太祖太宗真宗帝，四帝仁宗有道君。’国初瞿存斋过汴之诗，有‘陌头盲女无愁恨，能拨琵琶说赵家’，皆指宋也。若夫近时苏刻几十家小说者，乃文章家之一体，诗话、传记之流也，又非如此之小说。”[①] 可见前文中“起于仁宗时”的小说，并非那些“文章家之一体”的小说，而是“能拨琵琶说赵家”的说话。虽然说话的底本可以称为小说，但说话究竟不是小说。真正的小说，是明代出现的“苏刻几十家小说”，它们是“文章家之一体”，是“诗话、传记之流”。

另外托名“天都外臣”的汪道昆也在《水浒传叙》中说：“小说之兴，始于宋仁宗。于时天下小康，边衅未动。人主垂衣之暇，命教坊乐部，纂取野记，按以歌词，与秘戏优工，相杂而奏。是后盛行，遍于朝野。”[②] 此处“始于宋仁宗”的小说，既然可以由“教坊乐部”来“纂取野记，按以歌词，与秘戏优工，相杂而奏”，显然也是说唱文学，不是我们今天所说的小说。

今人一般认为唐宋时的说话虽然与今天的小说概念不同，但说话的话本是通俗小说的主要源头，所以郎瑛、汪道昆所论述“小说”虽然不是

① 郎瑛：《七修类稿》卷22，《续修四库全书》，上海古籍出版社2001年影印版，第1123册，第155页。

② 黄霖、韩同文：《中国历代小说论著选》（上），江西人民出版社1982年版，第124页。

今之小说，但与今天的小说也是有密切关系的。

四　胡应麟的小说起源论

胡应麟对小说很有研究，他在《少室山房笔丛》中对小说的起源也有多处论述。这些论述是：

> 《飞燕》，传奇之首也；《洞冥》，《杂俎》之源也；《搜神》，《玄怪》之先也；《博物》，《杜阳》之祖也。①
>
> 右《太平御览》引汲冢《琐语》之文，《束晳传》所云诸国梦卜妖怪相书者，推此可见。盖古今纪异之祖，出虞初前，而类书引者绝少。②
>
> 《山海经》为古今语怪之祖。刘歆谓夏后伯翳撰，无论其事，即其文与典、谟、《禹贡》迥不同也。余尝疑战国好奇之士本《穆天子传》之文与事而侈大博极之，杂傅以汲冢《纪年》之异闻，《周书·王会》之诡物，《离骚》《天问》之遐旨，《南华》、郑圃之寓言，以成此书。③
>
> 《燕丹子》三卷，当是古今小说杂传之祖，然《汉艺文志》无之。周氏《涉笔》谓太史《荆轲传》本此，宋承旨亦以决秦、汉人所作。余读之，其文彩诚有足观，而词气颇与东京类，盖汉末文士因太史《庆卿传》增益怪诞为此书，正如《越绝》等编掇前人遗轶而托于子胥、子贡云耳。④
>
> （《穆天子传》）六卷载淑人盛姬葬哭事……盛姬以殇卒，又妃妾之属，而穆王为之极哀尽慕，亦过于用情矣。……兹篇独寡脱简，而文极赡缛，有法可观，三代前叙事之详无若此者，然颇为小说滥觞矣。⑤
>
> 古今志怪小说，率以祖夷坚、齐谐。然齐谐即《庄》，夷坚即《列》耳，二书固极诙诡，第寓言为近，纪事为远。汲冢《琐语》十

---

① （明）胡应麟：《少室山房笔丛》（卷32），上海书店2009年点校本，第283页。

② 同上书，第284页。

③ 同上书，第314页。

④ 同上书，第316页。

⑤ 同上书，第347页。

一篇，当在《庄》《列》前，《束皙传》云“诸国梦卜妖怪相书”，盖古今小说之祖，惜今不传，《太平广记》有其目而引用殊寡。[①]

在以上的论述中，胡应麟认为《燕丹子》是“古今小说杂传之祖”，《飞燕外传》是“传奇之首”，《洞冥记》是“《杂俎》之源”，《搜神记》是“《玄怪》之先”，《博物志》是《杜阳杂编》类小说的祖先，《汲冢琐语》是“古今纪异之祖”，《山海经》是“古今语怪之祖”，这些都是各类小说中的第一部。胡应麟又说《穆天子传》“颇为小说滥觞”，而《汲冢琐语》是“古今纪异之祖”的同时，又是“古今小说之祖”，看来他是把《穆天子传》和《汲冢琐语》当作了所有小说的始祖。

胡应麟认为《汲冢琐语》当在庄子、列子之前，但《汲冢》仍然是战国时的作品；他认为《穆天子传》六卷，“其文典则淳古，宛然三代范型，盖周穆史官所记”[②]。周穆王是西周君王，因而在胡应麟看来，小说起源的时间是在西周。

但今人多认为《穆天子传》是战国时成书，那么如果以《穆天子传》和《汲冢琐语》为小说之祖，则小说起源于战国之时。北京大学的马振方在《大气磅礴开山祖》一文中，就以《穆天子传》作为中国小说的开山祖；南开大学的李剑国主编的《中国小说通史》，也把《穆天子传》作为小说史上的第一部作品。

五　冯梦龙的小说起源论

明代的冯梦龙曾整理出版了古今通俗小说一百二十种，即《喻世明言》《警世通言》《醒世恒言》，其中《喻世明言》前有署名为绿天馆主人的《古今小说序》。孙楷第在《三言二拍源流考》中认为，此序“议论宏通，谅非别人所能，或亦冯氏所作也”，认为绿天馆主人就是冯梦龙。黄霖、韩同文的《中国历代小说论著选》中选入了这篇《古今小说序》，并在按语中根据盐谷温、郑振铎等人的考证，认为孙楷第的推测是正确的[③]。

---

① （明）胡应麟：《少室山房笔丛》（卷32），上海书店2009年点校本，第362页。

② 同上书，第313页。

③ 黄霖、韩同文：《中国历代小说论著选》（上），江西人民出版社1982年版，第218页。

这篇“议论宏通”的《古今小说序》涉及文言小说和白话小说的起源，其相关论述为：

> 史统散而小说兴。始乎周季，盛于唐，而浸淫于宋。韩非、列御寇诸人，小说之祖也。《吴越春秋》等书，虽出炎汉，然秦火之后，著述犹希。迨开元以降，而文人之笔横矣。若通俗演义，不知何昉？按南宋供奉局，有说话人，如今说书之流，其文必通俗，其作者莫可考。泥马倦勤，以太上享天下之养。仁寿清暇，喜阅话本，命内珰日进一帙，当意，则以金钱厚酬。于是内珰辈广求先代奇迹及闾里新闻，倩人敷衍进御，以怡天颜。①

关于文言小说的起源，冯梦龙明确提出了自己的观点，那就是“史统散而小说兴”，而小说的兴起，当是“始乎周季”，也就是战国时代。之后他进一步说，“韩非、列御寇诸人，小说之祖也”，把韩非子和列子当作了小说的开山祖。看来冯梦龙是把《韩非子》和《列子》二书当作小说来看待了。《列子》虽然成书于魏晋时期，但文章的主体应该还是先秦所成；《韩非子》则是战国著作无疑。因而按照冯梦龙的观点，小说应该起源于战国时期。

上面的引文中还论述到了白话小说的起源情况，也就是“若通俗演义，不知何昉”后面的论述。这段话有以下值得注意的地方：一是明确说通俗演义起源于“说话人”，也就是“说书之流”；二是明确提出了“话本”这一概念；三是这些话本是供人“阅”的，不是用来让“教坊乐部”说唱的；四是这些话本的加工方式，是有人把“先代奇迹及闾里新闻”这些材料加工成文的。这与今天写小说的目的、写小说的方式非常相似。

六　四库馆臣的小说起源说

清代四库馆臣的《四库全书总目》，是一部影响深远的目录学著作。此书在卷 142 子部小说家类三的《山海经》提要中，提出了《山海经》是“小说之最古者”的论点。其相关论述为：

---

① 黄霖、韩同文：《中国历代小说论著选》（上），江西人民出版社 1982 年版，第 225 页。

书中序述山水，多参以神怪，故道藏收入太元部竟字号中。究其本旨，实非黄老之言。然道里山川，率难考据。案以耳目所及，百不一真。诸家并以为地理书之冠，亦为未允。核实定名，实则小说之最古者尔。①

《四库全书简明目录》中的相应论述略有差异，直接说《山海经》是“小说之祖耳”：

《山海经》十八卷。是书或称夏禹撰，或称伯益撰，其中乃有帝启、周文王及秦、汉地名，则妄不待辨。然司马迁已称之，则亦周、秦以来古书也。其注为晋郭璞作，隋志以来，皆列地理之首。然侈谈神怪，百无一真，是直小说之祖耳，入之史部未允也。②

四库馆臣认为《山海经》是“小说之最古者”，是“小说之祖”，而《山海经》又是“周、秦以来古书”，那么在《四库馆臣》看来，小说应该起源于周、秦之间，或者是汉初。不过在《四库全书总目》卷140《小说家类一》的卷首，既有“小说兴于武帝时”之语，又有“屈原《天问》，杂陈鬼怪，多莫知所出，意即小说家言；而《汉志》所载《青史子》五十七篇，《贾谊新书·保傅》篇中先引之，则其来已久，特盛于虞初耳”③的论述。

四库馆臣对小说的论述，可作以下总结：

第一，对小说起源的论述前后不一，有时是汉初，有时是先秦。

第二，对小说的形式没有要求，甚至屈原的《天问》这种被我们今天列入诗歌范围的作品都被称为“小说家言”。

第三，小说的标准很统一，那就是虚构性。“耳目所及，百不一真”“侈谈神怪，百无一真”，这就是《山海经》是“小说之最古者”“小说之祖”的唯一原因；而屈原《天问》之所以是“小说家言”，其原因也只

① 永瑢等：《四库全书总目》，中华书局1965年影印版，第1205页。

② 永瑢等：《四库全书简明目录》，上海古籍出版社1985年版，第551页。

③ 永瑢等：《四库全书总目》，中华书局1965年影印版，第1182页。

是“杂陈鬼怪，多莫知所出”。

《山海经》中保留了不少神话故事，而自鲁迅以来，很多小说史家认为神话是小说的源头，于是《山海经》作为小说的源头，就被广泛认可了。

第二节　中国小说史著作中关于小说起源的论述

中国小说史著作中对小说的起源也是众说不一，这也从一个侧面反映出了中国小说史写作的混乱。

要确定各种中国小说史著作中小说的起源，似乎很简单，那就是只要看该小说史中最早论述的作品就可以了。实际上不是如此，因为很多小说史的作者声明，他们的小说史所论述的最早作品，只是含有小说成分的非小说作品。本文根据各种小说史中的相关段落，罗列出各种说法，让我们对此能有概括了解。

1920 年，张静庐的《中国小说史大纲》有《小说之创始时代》一节，专论小说的起源。作者首先说“小说创始时期在周”，之后在总论了周代的学说之后，说“论创作小说之鼻祖，当推鬻熊”，鬻熊是周初人；但鬻熊“所传小说十九篇，已无从考据，既无从考据，自不能说是小说创作之鼻祖”。鬻熊之后，又有列御寇，但列御寇的文章“重在说理”，所以也不能“指为小说”。除了鬻熊和列御寇之外，小说作者“当推庄周”。但作者对庄周没有进行论述，而是说当时除了庄周，其他各派学者的文章也“间有小说意味”。之后作者指出《孟子》中的“齐人乞墦”一篇，“确可称为社会小说”。[①] 总的来看，张静庐认为就现有的文献来看，中国的小说应该起源于庄子、孟子。

1923 年出版的鲁迅《中国小说史略》，第一篇是《史家对于小说之著录及论述》，列举论述了历代史家对于小说的著录和论述情况，没提到小说具体起源于何时；第二篇是《神话与传说》，鲁迅在此篇的开头，说“志怪之作，庄子谓有齐谐，列子则称夷坚，然皆寓言，不足征信”，而《汉志》说出于稗官，但稗官“职惟采集而非创作”，而街谈巷语又生于

---

① 张静庐：《中国小说史大纲》，见陈洪主编《民国中国小说史著集成》影印本，第一卷，南开大学出版社 2014 年版，第 35—39 页。

民间，“固非一谁某之所独造也”。因而小说若“探其本根，则亦犹他民族然，在于神话与传说”。鲁迅此处说神话和传说是小说的“本根”，结合后文，可知此处的“本根”应是指小说的渊源，而不是起源。

鲁迅在《中国小说史略》的第三篇《〈汉书·艺文志〉所载小说》中，指出《汉志》中所载的先秦小说，今皆不存；而在第四篇《今所见汉人小说》中，开篇就说：“现存之所谓汉人小说，盖无一真出于汉人，晋以来，文人方士，皆有伪作，至宋明尚不绝。”[①] 这样的论述，说明在鲁迅看来，现存最早的中国小说作品，当出现于晋代。

1927年出版的范烟桥《中国小说史》第一章第一节是“小说之定义”，文字甚简；第二节即“中国小说之起源”。作者指出，《汉书·艺文志》中的《伊尹说》《鬻子说》虽然是中国最古之小说，“然其书已久失流传，吾人所能据以作证者，惟《山海经》《穆天子传》诸书耳”，则范烟桥认为现存中国最古的小说是《山海经》和《穆天子传》。之后作者接着说《汉书·艺文志》中的《虞初周说》《青史子》都已失传，使得“中国小说之先导，无由推述”。但又认为周末诸子百家甚至《易经》《诗经》《春秋》中，“皆有小说意味”；但“至于完成小说之组织，则在战国以后矣”。之后作者又说神话“在各国均推为文学之鼻祖”，但中国流传下来的神话很少，只在《山海经》中略有鳞爪，但这鳞爪“已较一切著述为多”了，因而“不得已惟有奉《山海经》以任之耳”，“其后时代变迁，作者因环境之不同，小说之体裁屡变不一”。[②] 所以范烟桥应是以《山海经》为中国小说的起源。

1935年，谭正璧的《中国小说发达史》第一章第一节是“神话是怎样起来的”，书中第一句话就是“神话并不专属于小说，所以吾们不能说神话即是小说”；但在后文中，作者又说“而在事实上，神话的确是后世小说的滥觞”，“它们的关系，似猿猴之于人类，长江之于星宿海”。谭正璧的这些话很不严谨，一会儿说神话不是小说，一会儿又说是，让我们不知所云，这从他的“似猿猴之于人类，长江之于星宿海”的比喻中就看得出来。猿猴当然不是人类，因而从这个比喻看，神话也不是小说；而星

① 鲁迅：《中国小说史略》，人民文学出版社2006年版，第32页。

② 范烟桥：《中国小说史》，苏州秋叶社1927年版，第2—3页。

宿海是长江的源头[1]，它是长江的一部分，因而从这个比喻来看，神话又是小说。另外这两个比喻的前后顺序也不对，后一个比喻应该改为“星宿海之于长江”，这样才能跟“猿猴之于人类”对应起来。不过即使谭正璧的这些论述不明确，他在后面的论述中还是确切地把“古代神话的大宝藏”《山海经》当作小说进行论述了，因为他说胡应麟把《山海经》称为“古今语怪之祖”，四库全书把它列入子部小说家，都是给予了《山海经》“恰当的地位”。之后作者也提到了《穆天子传》，但认为战国时期成书的《穆天子传》，其“作书时代当在《山海经》之后”。因而从谭正璧的论述来看，他认为中国小说起源于《山海经》。

1960 年北京大学中文系的《中国小说史稿》出版，1973 年出版了第二版。此书“绪论”的第一句话就是：“我国的小说，从魏晋算起，已经有一千五百年的历史”，看来它把魏晋作为中国小说的起点。但“魏晋唐宋小说”仅仅是该书第二编的编目，第一编是“中国小说的准备时期”，论述了先秦两汉时期的神话、传说、寓言、故事、史传文学，例如《山海经》《穆天子传》《左传》《战国策》《史记》《燕丹子》《吴越春秋》等，但它们“都还不是小说”，因为“产生小说的社会条件和文学条件都还没有具备”。不过尽管它们不是小说，但“它们从思想上、题材上、语言艺术的表现方法上，为后来的小说作了多方面的准备”[2]。魏、晋、唐宋时期才是古小说产生、发展、成熟的时期。因而《中国小说史稿》认为小说起源于魏晋。

1978 年，北京大学中文系又出版了《中国小说史》，在第一编的“概说”中，有“中国小说最早的起源，是上古时代的神话传说”，显然，此处把起源与渊源混为一谈。

1990 年，曾经参加过北京大学中文系 1978 年版《中国小说史》定稿工作的侯忠义，在其《中国文言小说史稿》（上册）的“前言”中，尽管一开始就说“我国古代的小说，从汉代算起，至今已有两千年的历史，可谓‘源远流长’”，似乎表明小说起源于汉代；但在后文中，又说“本

---

① 星宿海是长江的源头可能是当时的常识。现在我们一般认为星宿海是黄河的源头，而长江的源头是沱沱河或者当曲。

② 北京大学中文系 1955 级：《中国小说史稿》，人民文学出版社 1973 年版，第 18 页。

书所介绍和评论的小说，是从先秦两汉到唐五代”[①]，则又认为小说起源于先秦。《中国文言小说史稿》（上册）的第一部分是“汉代小说”，似乎中国小说起源于汉代；此部分的第一节是“汉代的小说概念”，介绍了庄子、班固、桓谭、张衡的“小说”概念，是概念分析；第二节是“汉代的小说创作”，作者分析了“《汉书·艺文志》小说家”，最后得出的结论，是《汉志》著录的十五家小说，肯定为汉人作品的有六种，其余九种，“一时很难判定，大约为先秦人的作品”[②]，但这九种著作今天已经佚失。因而《中国文言小说史稿》（上册）的观点，是小说起源于先秦，但先秦的著作已经佚失，而就现存的小说作品来看，小说应始于汉代。

1990年齐裕焜出版了《中国古代小说演变史》，该著作的“绪论”中把中国古代小说的发展分为六个时期，其中第一个时期是准备期，自远古至先秦两汉，此时期的神话传说、寓言故事、史传文学等中国最早的叙事文学“虽然不是小说，但从思想上、题材上、语言艺术的表现方法上为后来小说的产生和发展作了多方面的准备”；第二个时期是成熟期，指魏晋至唐，其中“魏晋南北朝时代，志怪志人小说产生了，它们渐渐从野史杂传中分离出来，开始走向独立的文学形式”[③]。因而齐裕焜认为小说始于魏晋时代的志怪志人小说。

1991年，徐君慧在《中国小说史》中说：“小说的起源几乎与诗歌同时，但它的成熟，后于诗歌，历史事实已经给证明了。诗歌到了唐代，已达到很高的成就，而小说到唐代，‘唐人始有意为小说’，小说才正式开始。”[④] 徐君慧此处明确用了“起源”一词。诗歌的起源很早，《诗经》就是上古的诗集，既然小说与诗歌同时起源，小说的起源也就非常早了；但作者又说“小说到了唐代才正式开始”，看来作者笔下的“起源”和“开始”不是同一个概念，小说的“起源”和小说的“开始”，相差竟然以千年计。“起源”就是“开始”，因而作者这样说，是自相矛盾的。

1992年，李悔吾在《中国小说史漫稿》中说：“中国古代小说，起于何时，源于何书？古今治小说者言之甚多。然见仁见智，尚无共识”；而

---

① 侯忠义：《中国文言小说史稿》（上册），北京大学出版社1990年版，“前言”第1页。

② 同上书，第9页。

③ 齐裕焜：《中国古代小说演变史》，敦煌文艺出版社1999年版，第2页。

④ 徐君慧：《中国小说史》，广西教育出版社1991年版，第5页。

他的意见，是“把先秦、两汉，看作小说的萌芽时期”，这是基于“我并不认为这一漫长的历史时期已产生了符合小说文体基本条件的小说作品”，因而在他看来，小说的萌芽时期并不是小说的开始时期，先秦、两汉的神话、寓言、史传、野史传说、宗教故事等，都只是“孕育着小说艺术因素，为小说文体的形成准备了条件”[①] 而已，它们并不是小说。李悔吾把“后汉至唐代以前”，当作“中国小说的童年时期，或者说中国小说的初步形成时期”[②]，唐传奇则标志着小说文体的正式形成和创作上的完全成熟。可见李悔吾是认为小说产生于后汉的。当然，后汉至唐代的作品只是“粗具小说的规模，大体符合小说的基本条件，但同时又是不成熟的”。任何比喻都是蹩脚的，李悔吾先是说先秦两汉是“萌芽时期”，对于一种植物而言，既然已经萌芽了，这个生命就已经独立开始了，也就是说，先秦两汉时期就已经有了小说；但后面又说此时期只是“孕育”着小说艺术因素，如果是“孕育”，那么它就还没独立出来，还是一颗种子，也就是还没到萌芽阶段。而且“萌芽”只适用于植物，但“童年”则是用来指人类；“萌芽”是指植株，而后面的“成熟”则适用于果实——这些不同范畴的比喻混淆在一起，根本不可能表达出一个清晰的概念，更不用说后一个阶段的“后汉”已经包括在前一个阶段的“两汉”之中了。

1994 年出版的吴志达《中国文言小说史》，第一章是“中国的前小说”，第二章是“汉魏六朝的杂传体小说”，可见作者是把先秦作为前小说时期，汉代作为小说的起点。第二章“汉魏六朝的杂传体小说”论述的第一部作品是《燕丹子》，作者在书中也明确说《燕丹子》“是人们公认的现存最早的一篇小说”[③]。当然作者在这里用“公认”二字有些乐观。

1995 年出版的杨义《中国古典小说史论》导言的第二部分是“小说发端于战国”，因而此著是认为小说起源于战国。在具体论述时，作者通过分析《汉书·艺文志》著录的小说十五家来说明自己的观点。《汉志》中的十五家小说是按照时间顺序排列的，前面的九家，“多注称‘依托’或‘古史官记事’，当是战国游士之风至汉初黄老之风的产物，因为这些

① 李悔吾：《中国小说史漫稿》，湖北教育出版社 1992 年版，第 1 页。

② 同上书，第 2 页。

③ 吴志达：《中国文言小说史》，齐鲁书社 1994 年版，第 42 页。

时期的风气比汉武‘独尊儒术’之后更有利于小说家滋生”①。之后作者引用了《吕氏春秋·本味》篇中转录的《伊尹说》中的“空桑生伊尹”的故事，来说明先秦时期的《伊尹说》是小说。后面作者还重点分析了《晏子春秋》，认为它虽然未被目录学家们置于小说目录之中，但它是“我国最早的一部短篇小说集”，它的“许多篇章已经具备叙事的必要成分，已经毫无逊色地位居最早的短篇小说精品之列”。② 不过作者虽然把《晏子春秋》作为中国最早的一部短篇小说集，但只是认为它应该成书很早（《史记·管晏列传》中已著录），却没有说明它的具体成书时间；而《中国古典小说史论》的第一章所论述的是《山海经》，第二章论述的是《穆天子传》，在后文中也没有对《晏子春秋》进行集中论述，可见作者对这部中国最早的短篇小说集并不重视。

1996 年王恒展的《中国小说发展史概论》出版，其第一章是“引论”，第二章是“中国小说的孕育时期——先秦”，第三章是“中国小说的产生暨雏形时期——两汉”，因而该著是把两汉作为中国小说的产生时期。在对作品进行具体分析时，虽然也论述了《汉书·艺文志》著录的小说作品，但因为这些作品都已亡佚，所以在后文中着重论述了《燕丹子》《神异经》《西京杂记》这三部可以确定为汉人的著作。其中《燕丹子》是其论述的第一部作品，因而《中国小说发展史略》是以《燕丹子》作为中国小说起点的。

1996 年张国风所著的《中国古代小说史话》出版，该著作的第一部分是“源远流长”，其中第一小节是“原始的浪漫激情——上古神话”，但作者没有明言神话是小说，而从其“上古神话包含的奇特的想象、夸张的风格，对后世的诗歌、散文、小说和戏曲产生了深远的影响”③ 来看，可见作者认为神话是小说的渊源；第二小节是“讽刺小说之滥觞”，所论述的内容是先秦的诸子散文和历史散文中的寓言。作者认为，这些寓言“是最早的叙事文学，它在叙事写人、虚构情节等方面，都已经具备了作为小说的基本要素”④。既然作者说它们是“最早的叙事文学”，又

① 杨义：《中国古典小说史论》，中国社会科学出版社 1995 年版，第 6 页。

② 同上书，第 7—8 页。

③ 张国风：《中国古代小说史话》，商务印书馆 1996 年版，第 16 页。

④ 同上书，第 17—18 页。

“具备了小说的基本要素”，那么在作者看来，它们就应该是小说了；而且作者此节的题目是“讽刺小说之滥觞”，而据1989年版《辞海》，“滥觞”的意思就是“起源，开始”，所以作者应该是认为小说起源于先秦诸子散文和历史散文中的寓言。

2002年，陈文新在《文言小说审美发展史》第一章“志怪小说的萌芽与生长”的概述部分认为，志怪小说成熟最早，战国时代的《汲冢琐语》《山海经》等，虽然“标志着志怪小说的初步阶段”，但它们只是“准志怪小说”，还不是真正的志怪小说；两汉时期的《括地图》《神异经》《十洲记》《异闻记》等“属于基本成熟的志怪小说”，因而陈文新认为小说当始于两汉时期。

2007年李剑国和陈洪主编了四卷本的《中国小说通史》，其中第一卷基本上是李剑国所写。此卷第二编第一章是“小说的发端：最早的一批小说与准小说”，认为：“战国时期出现了最早的一批小说和准小说，由于这些小说多数在文体上还不很成熟，兼之很难考证出它们的确切年代，因此我们无法确指哪部小说是最早的一部。”[①] 作者在此章中分别论述了杂传小说《穆天子传》、“古今纪异之祖”《汲冢琐语》、“古今语怪之祖”《山海经》等。其中“从小说文体看，《穆天子传》确实已经具备基本的小说因素”[②]，“它的出现标志着小说文体的初步形成以及杂传小说的形成，在小说史上可谓意义重大”[③]，而“《汲冢琐语》是最早的杂史体志怪小说”[④]，因而这两部作品都是小说；但《山海经》则“缺乏独立的叙事品格”，它作为小说“还很幼稚，只能看做是体制不纯的准小说”[⑤]。不过不管怎样，作者把战国作为中国小说的起点，这是毫无疑问的。

2007年，刘勇强在《中国古代小说史叙论》第一章中把汉代之前作为“小说文体的孕育”阶段。从他“即使我们不认为早期的一些叙事文学就是小说，为了认识古代小说的特点和发展方向，也应当从小说或叙事文学的萌芽时期开始探寻”[⑥] 的论述来看，他不认为先秦时期有小说。第

① 李剑国、陈洪：《中国小说通史》，高等教育出版社2007年版，第63页。
② 同上书，第73页。
③ 同上书，第74页。
④ 同上。
⑤ 同上书，第87页。
⑥ 刘勇强：《中国古代小说史叙论》，北京大学出版社2007年版，第34页。

二章“中国小说的原初形态”开头就说：“汉魏六朝时期出现了大量的小说作品，尤其是魏晋南北朝时期，更堪称中国古代小说创作的第一个高峰”①，看来作者是把汉代作为中国小说的起点了。

第三节　中国小说起源的确切时间

从上面两节的内容中可以看出，小说的起源时间众说不一，从远古的神话传说一直到宋仁宗时，前后跨越了数千年。之所以跨度如此之大，其原因是多方面的。笔者认为，要确定中国小说的起源，首先要明确以下五个问题。

第一，中国古代小说类型的多样性。

中国古代小说有多种类型，《红楼梦》这部几乎完全符合西方小说定义的是一种类型，《三国演义》这部七实三虚的历史演义是一种类型，三言二拍这些白话短篇小说是一种类型，《聊斋志异》这种“才子之笔”的文言小说是一种类型，《阅微草堂笔记》这种“著书者之笔”的文言小说是一种类型，《娇红记》这种夹杂了很多诗歌的中篇传奇小说是一种类型，《玉梨魂》这种中西合璧的哀情小说是一种类型，这些都是没有异议的。《世说新语》虽然生动传神但是篇幅太小、记言性强、纪实性强，尽管几乎所有的小说史都说它是小说，但毕竟是有争议的；《山海经》虽然是中国古代保存神话最多的典籍，但它很少有叙事，说它是一种小说类型，也争议很大。齐裕焜在《中国古代小说演变史》的绪论中承认有志人小说，但在具体论述时却忽略了志人小说，这就是没有认识到《世说新语》作为一种小说类型的独立性；李剑国在《中国小说通史》中说《山海经》是“准小说”，并不承认它是一种正式的小说类型。很多小说史把中国先秦、两汉、魏晋南北朝作为中国小说的孕育期、萌芽期、童年期、前小说期，很大原因上觉得此时期的小说作品不能纳入今天的小说类型中。

不认可唐前的作品是正式的小说类型，是因为受了西方小说观念的影响，尽管这种影响之深刻很多学者并没有充分认识到。其实中国古代的小说与西方的小说虽然在塑造人物形象上、在虚构性上具有共通之处，但在

① 刘勇强：《中国古代小说史叙论》，北京大学出版社2007年版，第66页。

叙事的强度和长度上、在虚构的程度上、在篇幅的长短上都有很大的差别。而只要是通过记言、记事来塑造人物形象的具有虚构特征的散文性的非剧本的文学作品，就应该算是小说。

第二，中国古代小说作品的先行性和小说概念的后起性。

杨义在《中国古典小说史论》中说："最早的小说不是先有文体定义，才去写作的，而是已经在写小说、却不知自己写的是小说的自在状态中，开始了自己文体发生学的最初行程。"① 确实，中国古代是先有了小说作品，之后才有了作为文体的小说概念。但我们今天的小说研究者们往往陷入了这样一个误区，那就是研究小说只研究小说概念产生之后的小说。《汉书·艺文志》中最早分析了小说家，被有些学者认为是小说概念出现的标志，于是很多小说研究者就从《汉志》著录的十五家小说开始研究。如果明确了小说作品的产生先于小说概念的产生，那就应该把眼光投向更久远的年代，从中华文明最早的典籍开始研究，看它们是否具有虚构性和形象性的特征。

第三，中国早期的小说作品不仅见于子部的小说家类中，也不仅见于杂史、杂传中，还见于其他的经史子集中。

经史子集的分类标准不是文学体裁，这是没有异议的；既然它们不是按照文学体裁分类，那么我们在确定其中的文学类别时，就要打破经史子集的限制。这个道理很容易理解，但在具体操作时却偏差很大，往往有很多雷区。例如小说只能在子部的小说家类、史部的杂史杂传中寻找，不能到正史中寻找，也不能到经部中寻找。一些研究者们反对到正史、经部中寻找小说的理由，是如果这样去做，那就乱套了。这样的理由是不成立的。一部作品是不是小说，要看它是否符合小说的定义，看它与那些被公认为小说的作品是否具有同样的性质，而不是其他的理由。笔者认为，经部中的《左传》是用散文写成的具有一定虚构特征的文学作品，而且它塑造出了很多鲜明的人物形象，这样的作品与同类的小说作品具有完全相同的性质，因而《左传》应该是小说。位列正史之首的《史记》中的本纪、世家、列传，作者在写作时基本以塑造人物形象为中心，非常注重细节描写，运用了明显的虚构手法，它所塑造出的鲜活人物形象举世罕见，因而它也是小说。我们在确定小说作品时，一定要突破经史子集的限制。

---

① 杨义：《中国古典小说史论》，中国社会科学出版社1995年版，第7页。

第四，中国先秦时基本上没有文体观念，后人整理而成的先秦典籍，很多具有总集的特征，因而即使一些典籍整部书不都是小说，但其中的一些章节可以是小说。

有些学者认为必须整部书都是小说，才算是出现了小说，这种观点是荒谬的。这是因为先秦时没有文体观念，现在的小说、散文、诗歌、戏剧的四分法，先秦人并不知道，他们怎么会按照小说的体裁特征来编集呢？比如《韩非子》中收录了韩非的所有作品，其中有纯粹的说理文，这些当然不是小说；但其中有些文章是韩非子编写整理的寓言故事，这些故事具有鲜明的叙事特征和人物形象，也具有一定的虚构性，把它们单独抽出来，集中在一起，就是一部精美的短篇小说集。

第五，小说可以是"述朝政军国者"。

《四库全书总目》说："今以述朝政军国者入杂史，其参以里巷闲谈、词章细故者，则均隶此门。《世说新语》，古俱著录于小说，其例明矣。"这种说法在当今的研究者中也有认同者。这种说法也是不成立的。比如《三国演义》，所述何尝不是"朝政军国"，但它是公认的小说。

明确了以上五点，就可以确定中国小说的起源时间了。

小说是通过记言、记事来塑造人物形象的具有虚构特征的散文性的非剧本文学作品。在现存中国古籍中，最早的诗歌总集是《诗经》，最早的散文集是《尚书》。《诗经》中的诗体小说暂且不论，那么《尚书》中有没有小说呢？答案是肯定的。比如《金縢》篇：

> 既克商二年，王有疾，弗豫。二公曰："我其为王穆卜。"周公曰："未可以戚我先王。"公乃自以为功，为三坛同墠。为坛于南方，北面，周公立焉。植璧秉珪，乃告太王、王季、文王。
>
> 史乃册，祝曰："惟尔元孙某，遘厉虐疾。若尔三王是有丕子之责于天，以旦代某之身。予仁若考，能多材多艺，能事鬼神。乃元孙不若旦多材多艺，不能事鬼神。乃命于帝庭，敷佑四方，用能定尔子孙于下地，四方之民罔不祗畏。呜呼！无坠天之降宝命，我先王亦永有依归。今我即命于元龟，尔之许我，我其以璧与珪，归俟尔命；尔不许我，我乃屏璧与圭。"
>
> 乃卜三龟，一习吉。启籥见书，乃并是吉。公曰："体！王其罔害。予小子新命于三王，惟永终是图。兹攸俟，能念予一人。"

公归，乃纳册于金滕之匮中。王翼日乃瘳。

武王既丧，管叔及其群弟乃流言于国，曰："公将不利于孺子。"周公乃告二公曰："我之弗辟，我无以告我先王。"周公居东二年，则罪人斯得。于后，公乃为诗以贻王，名之曰《鸱鸮》。王亦未敢诮公。

秋，大熟，未获，天大雷电以风，禾尽偃，大木斯拔，邦人大恐。王与大夫尽弁，以启金縢之书，乃得周公所自以为功代武王之说。二公及王乃问诸史与百执事，对曰："信。噫！公命我勿敢言。"

王执书以泣，曰："其勿穆卜！昔公勤劳王家，惟予冲人弗及知。今天动威，以彰周公之德，惟朕小子其新逆，我国家礼亦宜之。"

王出郊，天乃雨，反风，禾则尽起。二公命邦人，凡大木所偃，尽起而筑之。岁则大熟。①

这则500多字的文章，完全符合今天的小说定义。

首先，它是典型的叙事之作。因为武王重病不愈，太公、召公要占卜，被周公阻止；但周公自己筑坛祷告占卜，情愿代替武王去死；占卜的结果是吉，于是武王病愈；武王后来去世，即位后的成王因为听信管叔等人的流言而怀疑周公，周公被迫东征；两年后天降灾难，成王占卜时发现了周公当初愿意替武王去死的祷词，感动泪下；于是成王到郊外祭天，天灾立即消除。这个故事结构完整，开端、发展、高潮、结尾俱全；并且情节曲折，称得上是跌宕起伏。

其次，它具有鲜明的人物形象。文章中人物形象最鲜明的是周公。当太公、召公要为武王占卜时，被周公以"未可以戚我先王"的理由阻止，但周公并不是不去占卜，他是用一种牺牲自己的方式去占卜，这表明了周公的机智和勇于牺牲的精神；当成王对他产生怀疑时，周公采取了东征避开的态度，这表明了周公的忍让和顾全大局。文章对成王这一人物形象的塑造也很成功。当年幼的成王听信流言，对周公产生怀疑时，他并没有采取激进的措施；当周公离开京城两年后，写了一篇《鸱鸮》来告诫成王时，成王也没有责备周公；当成王发现了周公的无私和勇于献身的事实

① 《金縢》全文据中华书局影印的阮元《十三经注疏》本标点。

后，就立即潸然泪下，改正了错误。

最后，它具有明显的虚构性。文章写成王怀疑周公时，“天大雷电以风，禾尽偃，大木斯拔”；当成王迎接周公回来时，“天乃雨，反风，禾则尽起”，这些异象，具有志怪小说的特征，显然是传说虚构之词。

以上三个特征，再加上它的散文性，就使得《金縢》成为当之无愧的小说作品。

与成书于春秋战国之际的《论语》《左传》相比，《金縢》的语言堪称古朴，甚至有些句子算得上是佶屈聱牙。虽然我们多认为《古文尚书》中有伪作，但一般认为《今文尚书》皆为先秦古文；特别是《今文尚书》中的《周书》前十六篇，一般认为是西周的文献，而《金縢》就是这十六篇中的一篇。

因而中国小说的起源时间，应该是西周时期，其代表作就是《尚书》中西周时期写成的《金縢》。

第三章

小说史研究中进化论思想的反思

第一节　鲁迅的小说进化论反思

鲁迅的《中国小说史略》虽然出版九十多年了，但它依然是迄今为止影响最大的小说史。正因为其影响深远，使得其中的优点和缺点都被无限放大了。鲁迅是进化论者，他的《中国小说史略》中也有明显的进化论思想，而这进化论思想一直影响着中国的小说史写作。

鲁迅进化论对小说史写作最大的负面影响，是他在论述唐前小说时，对唐前小说的贬低。

《中国小说史略》第八篇“唐之传奇文（上）”开篇：

> 小说亦如诗，至唐代而一变，虽尚不离于搜奇记逸，然叙述宛转，文辞华艳，与六朝之粗陈梗概者较，演进之迹甚明，而尤显者乃在是时则始有意为小说。①

这段话中，鲁迅评价六朝小说所用的词，一是“搜奇志逸”，二是“粗陈梗概”。其中“搜奇志逸”也是唐传奇的特点，暂且不论，下面从两个方面单论“粗陈梗概”。

第一，六朝小说都是“粗陈梗概”之作吗？

鲁迅以唐传奇的“叙述宛转，文辞华艳”与六朝小说的“粗陈梗概”相比，以此显示唐前小说的落后。不错，六朝小说确实有粗陈梗概者，但有没有不粗陈梗概者呢？当然有，在《中国小说史略》中，鲁迅就引用

---

①　鲁迅：《中国小说史略》，人民文学出版社 2006 年版，第 71 页。

了一些例文。例如下面是第五篇《六朝之鬼神志怪书》（上）中所引的吴均《续齐谐记》中的一篇：

阳羡许彦于绥安山行，遇一书生，年十七八，卧路侧，云脚痛，求寄鹅笼中。彦以为戏言，书生便入笼，笼亦不更广，书生亦不更小，宛然与双鹅并坐，鹅亦不惊。彦负笼而去，都不觉重。前行息树下，书生乃出笼谓彦曰，“欲为君薄设。”彦曰，“善。”乃口中吐出一铜奁子，奁子中具诸肴馔。……酒数行，谓彦曰，“向将一妇人自随。今欲暂邀之。”彦曰，“善。”又于口中吐一女子，年可十五六，衣服绮丽，容貌殊绝，共坐宴。俄而书生醉卧，此女谓彦曰，“虽与书生结妻，而实怀怨，向亦窃得一男子同行，书生既眠，暂唤之，君幸勿言。”彦曰，“善。”女子于口中吐出一男子，年可二十三四，亦颖悟可爱，乃与彦叙寒温。书生卧欲觉，女子口吐一锦行障遮书生，书生乃留女子共卧。男子谓彦曰，“此女虽有情，心亦不尽，向复窃得一女人同行，今欲暂见之，愿君勿泄。”彦曰，“善。”男子又于口中吐一妇人，年可二十许，共酌，戏谈甚久，闻书生动声，男子曰，“二人眠已觉。”因取所吐女人，还纳口中。须臾，书生处女乃出谓彦曰，“书生欲起。”乃吞向男子，独对彦坐。然后书生起谓彦曰，“暂眠遂久，君独坐，当悒悒耶？日又晚，当与君别。”遂吞其女子，诸器皿悉纳口中，留大铜盘可二尺广，与彦别曰，“无以藉君，与君相忆也。”彦大元中为兰台令史，以盘饷侍中张散；散看其铭题，云是永平三年作。①

这篇小说，虽然句式简单，情节也有些重复，但至少不是“粗陈梗概”。

六朝小说也有文辞华艳者，例如在《六朝之鬼神志怪书》（下）中，鲁迅就说《拾遗记》“文笔颇靡丽”，下面是鲁迅所引《拾遗记》之文：

少昊以金德王，母曰皇娥，处璇宫而夜织，或乘桴木而昼游，经历穷桑沧茫之浦。时有神童，容貌绝俗，称为白帝之子，即太白之精，降乎水际，与皇娥宴戏，奏便娟之乐，游漾忘归。穷桑者，西海

① 鲁迅：《中国小说史略》，人民文学出版社2006年版，第48—49页。

之滨，有孤桑之树，直上千寻，叶红椹紫，万岁一实，食之后天而老。……帝子与皇娥并坐，抚桐峰梓瑟，皇娥倚瑟而清歌曰，“天清地旷浩茫茫，万象回薄化无方，浛天荡荡望沧沧，乘桴轻漾著日傍，当其何所至穷桑，心知和乐悦未央。”俗谓游乐之处为桑中也，《诗》《卫风》云“期我乎桑中”，盖类此也。……及皇娥生少昊，号曰穷桑氏，亦曰桑丘氏。至六国时，桑丘子著阴阳书，即其余裔也。……

这段引文中的“处璇宫而夜织”“乘桴木而昼游”等叙述语言，“天清地旷浩茫茫，万象回薄化无方，浛天荡荡望沧沧，乘桴轻漾著日傍”等诗歌，都堪称文辞华艳。

但鲁迅的论述还不止这些。前文曾经提到，《中国小说史略》第四篇《今所见汉人小说》中有“现存之所谓汉人小说，盖无一真出于汉人，晋以来，文人方士，皆有伪作，至宋明尚不绝”之语，那么那些所谓的汉人小说，也是六朝人的作品了。这些作品中多有非“粗陈梗概”者。例如鲁迅就说托名班固的《汉武帝内传》，“于王母降特详”，其文“繁丽而浮浅”[①]——既然是“特详”，既然是“繁丽”，那就不是“粗陈梗概”了。鲁迅的引文是：

到夜二更之后，忽见西南如白云起，郁然直来，径趋宫庭；须臾转近。闻云中箫鼓之声，人马之响。半食顷，王母至也。县投殿前，有似鸟集，或驾龙虎，或乘白麟，或乘白鹤，或乘轩车，或乘天马，群仙数千，光曜庭宇。既至，从官不复知所在，唯见王母乘紫云之辇，驾九色斑龙。别有五十天仙，……咸住殿下。王母唯扶二侍女上殿，侍女年可十六七，服青绫之袿，容眸流盼，神姿清发，真美人也！王母上殿，东向坐，著黄金褡（襹），文采鲜明，光仪淑穆，带灵飞大绶，腰佩分景之剑，头上太华髻，戴太真晨婴之冠，履玄璚凤文之舄，视之可年三十许，修短得中，天姿掩蔼，容颜绝世，真灵人也！

帝跪谢。……上元夫人使帝还坐。王母谓夫人曰，“卿之为戒，言甚急切，更使未解之人，畏于意志。”夫人曰，“若其志道，将以

① 鲁迅：《中国小说史略》，人民文学出版社2006年版，第35页。

身投饿虎，忘躯破灭，蹈火履水，固于一志，必无忧也。……急言之发，欲成其志耳，阿母既有念，必当赐以尸解之方耳。”王母曰，“此子勤心已久，而不遇良师，遂欲毁其正志，当疑天下必无仙人，是故我发阆宫，暂舍尘浊，既欲坚其仙志，又欲令向化不惑也。今日相见，令人念之。至于尸解下方，吾甚不惜。后三年，吾必欲赐以成丹半剂，石象散一。具与之，则彻不得复停。当今匈奴未弥，边陲有事，何必令其仓卒舍天下之尊，而便入林岫？但当问笃志何如。如其回改，吾方数来。”王母因拊帝背曰，“汝用上元夫人至言，必得长生，可不励勉耶？”帝跪曰，“彻书之金简，以身佩之焉。”

这段引文确实“繁丽”，即使唐传奇中如此繁丽的文字也不多见，它怎么会是“粗陈梗概”之文？

当然除了鲁迅的这些引文，唐前小说中还有很多绝非“粗陈梗概”者，例如《燕丹子》和《吴越春秋》，这在下文还有详论。

第二，“粗陈梗概”就是落后、就是幼稚吗？

鲁迅在上面的论述中用了“演进”一词。“演进”就是演化进步之意，表明了他的进化论思想。“进”是“先进”，跟它相对的词是“落后”，后世小说史著者以“孕育”“萌芽”“童年”“幼稚”等词来评价唐前的小说，就是由此而来的。

那么粗陈梗概就是落后吗？就是幼稚吗？当然不是。鲁迅之所以得出这样的结论，是因为他没有尊重中国小说类型的多样性，也就是没有考虑到篇幅短小的《世说新语》等世说体、《搜神记》等搜神体小说是迥异于唐传奇的小说文体。用唐传奇的小说标准来苛求其他的小说类型，是不可能得出公正结论的。

下面是鲁迅在《六朝小说和唐代传奇文有怎样的区别?》一文中的一段话，明显是以唐传奇作为对照物，来贬低《世说新语》：

单从上面这些材料来看，武断的说起来，则六朝人小说，是没有记叙神仙或鬼怪的，所写的几乎都是人事；文笔是简洁的；材料是笑柄，谈资；但好像很排斥虚构，例如《世说新语》和裴启《语林》记谢安语不实，谢安一说，这书即大损声价云云，就是。

唐代传奇文可就大两样了：神仙人鬼妖物，都可以随便驱使；文笔是精细，曲折的，至于被崇尚简古者所诟病；所叙的事，也大抵具有首尾和波澜，不止一点断片的谈柄；而且作者往往故意显示着这事迹的虚构，以见他想象的才能了。①

在《中国小说史略》第七篇“《世说新语》与其前后”中，鲁迅以“从残小语”来概括《世说新语》：

汉末士流，已重品目，声名成毁，决于片言，魏晋以来，乃弥以标格语言相尚，惟吐属则流于玄虚，举止则故为疏放，与汉之惟俊伟坚卓为重者，甚不侔矣。盖其时释教广被，颇扬脱俗之风，而老庄之说亦大盛，其因佛而崇老为反动，而厌离于世间则一致，相拒而实相扇，终乃汗漫而为清谈。渡江以后，此风弥甚，有违言者，惟一二枭雄而已。世之所尚，因有撰集，或者掇拾旧闻，或者记述近事，虽不过丛残小语，而俱为人间言动，遂脱志怪之牢笼也。②

判断一部小说是否优秀，不能看它是否符合某种小说体裁，而应该看它是否成功地塑造了人物形象。而《世说新语》虽然文笔是简洁的，虽然材料是笑柄、谈资，是断片的谈柄，是丛残小语，虚构性不强，但它所塑造的成功人物形象，举世罕见，绝不逊色于唐传奇，为什么不承认它是成功的成熟的小说呢？

鲁迅说唐传奇叙述宛转，文辞华艳，文笔精细、曲折，“大率篇幅曼长，记叙委曲”③，这种小说符合西方小说的观念，而与之相反的《世说新语》当然就不符合西方小说观念了。

其实，华艳、精细、曼长是一种美，简洁、概括、片段也是一种美，只不过它们是不同类型的美。这就如同工笔画是一种美，写意画也是一种美。厚此薄彼，以此攻彼，是偏执的做法。

鲁迅自己也说，《世说新语》“记言则玄远冷俊，记行则高简瑰

① 鲁迅：《鲁迅全集》（第6卷），人民文学出版社2005年版，第335页。

② 鲁迅：《中国小说史略》，人民文学出版社2006年版，第60页。

③ 同上书，第71页。

奇”①，这种美学风格，是篇幅曼长、华艳精美的唐传奇能够具有的吗？

以上仅仅是用鲁迅自己文章中的论据来分析进化论思想的缺陷。其实还有一些唐前的作品，其篇幅曼长于唐传奇，其文词华艳于唐传奇，但鲁迅未加论述。例如《吴越春秋》和《燕丹子》。

《吴越春秋》成书于汉代，堪称为中国最早的历史演义，其篇幅长达四万余字，具有明显的虚构性和叙事性，文词华艳，诗歌、骈句、韵语比比皆是；而唐传奇中篇幅最长的《游仙窟》，字数也不到九千，而一般的唐传奇只不过千字左右。《燕丹子》的成书年代争论不一，但成书于唐前是毫无疑问的。《燕丹子》三千余字，篇幅比一般的唐传奇要长，而它全篇中的骈句很多，称之为文辞华艳是毫不过分的。但鲁迅对这两篇重要的小说著作，在整部《中国小说史略》中都没有进行具体论述，只是在第二篇“神话与传说”中，简单地提了一提：

> 他如汉前之《燕丹子》，汉杨雄之《蜀王本纪》，赵晔之《吴越春秋》，袁康，吴平之《越绝书》等，虽本史实，并含异闻。若求之诗歌，则屈原所赋，尤在《天问》中，多见神话与传说……②

这两部本可以在小说史上大书特书的小说作品，在鲁迅笔下，只是两部与《天问》地位相似的神话和传说的载体而已。

鲁迅为什么不论述这些篇幅长于唐传奇、文辞华艳于唐传奇的唐前小说呢？具体原因不得而知，但毫无疑问的是，如果他论述这些作品，那对他的小说进化论是很大的打击。

第二节　鲁迅《史略》之后中国小说史著作中的进化论反思

鲁迅《中国小说史略》之后，出现的首部重要的小说史著作是1927年出版的范烟桥《中国小说史》。范氏《中国小说史》第二章为“小说混合时期”，即周秦时期，因为此时期没有文体观念，也就是范氏所言“周

---

① 鲁迅：《中国小说史略》，人民文学出版社2006年版，第61页。

② 同上书，第21页。

秦之际，本无所谓小说也”，所以他把此时概括为“小说混合时期”是客观的结论。但范氏马上就说“惟诸家著述中，具小说之雏形者，颇不为少”①，这就是进化论的言论了。为何非说此时的作品只是“具小说之雏形”呢？其实《尚书》中的《金縢》就比后世的很多所谓的小说作品更有小说韵味。作者说：“此一时期，小说与其他文学作品，混合而不能分立。盖其结构与思想未能整个完成故也。”② 其实现在已知的中国文学体裁分类是汉末曹丕的《典论·论文》，此前四百年的先秦时期基本上没有文学体裁的观念，因而当时不仅小说与其他文学作品“混合而不能分立”，而且诗歌、散文也分别与其他文学作品“混合而不能分立”。作者说当时的小说“其结构与思想未能整个完成”，难道诗歌和散文的“结构与思想”在当时就完成了吗？要知道，先秦时期的人们虽然没有小说的文体概念，但也没有诗歌、散文的文体观念。先秦诗歌以四言诗和骚体诗为主，而唐代是中国诗歌的繁荣期，唐诗的众多品类并不见于先秦，因而如果说中国小说在先秦时“结构和思想”未能完成，那么中国诗歌的“结构和思想”在先秦时也未完成。但人们承认先秦的诗歌类型是成熟的诗歌，却不认为先秦的小说类型是成熟的小说。也就是说，先秦的诗歌不是幼稚的，不适合于进化论，但先秦的小说是幼稚的，还需要“进化”。在第三章《小说演进时期》的开始，范氏说“唐以前之小说，多为杂记体，未能抉取人生片段，尽力描写，即结构体裁，亦不完善，至唐始渐达到真善美之焦点”③，这些议论也是以唐代小说之标准来绳《搜神》《世说》等小说，也是进化论观点。如果以范氏后文中论及的章回小说、元杂剧来衡量唐传奇，那么唐传奇也是“结构体裁，亦不完善”。

1935年出版的谭正璧《中国小说发达史》，其基本观点承袭了鲁迅《中国小说史略》，只是论述更为细致。例如在论述唐传奇时，谭氏说“传奇的起源，当然是六朝鬼神志怪书的演进”，唐传奇作者因为是“有意为小说”，“致使文言小说踏进了黄金时代；然亦因有意为小说，致使文字易朴质为华艳，叙述由直接而宛转，遂与一般社会逐渐隔绝，由六朝的平民的志怪书，进而为唐代的贵族的传奇了”；“更以它们的技术与取

① 范烟桥：《中国小说史》，苏州秋叶社1927年版，第7页。

② 同上。

③ 同上书，第44页。

材而论，亦与前此的志怪书不同。不但书写宛转，而其对象亦扩大，由琐碎而变为有条理可寻，由混杂而渐趋于分析”。[①] 从这些论述中可以看出鲁迅进化论的影响。

1939 年出版的郭箴一《中国小说史》是抄袭之作，也不能避免进化论思想，书中竟然出现了“汉魏六朝实无小说，只有一些零碎的笔记，可以勉强算作小说”[②] 的议论。

1960 年出版的北京大学中文系 1955 级编写的《中国小说史稿》，在当时影响很大。此书的绪论中有下面的论述：

> 我们在本书中把中国古典小说的历史划分为三个大时期和八个小阶段。第一个时期是中国小说的准备时期，包括先秦两汉的神话、传说、寓言、故事、史传文学等。第二个时期是中国古典小说产生、发展、成熟的时期，包括魏晋小说和唐宋传奇。第三个时期是中国古典小说大繁荣的时期，从宋元话本开始。[③]

从小说的准备时期，到小说的产生、发展、成熟时期，再到大繁荣时期，这是一个标准的进化论进程。书中还说到了宋元时期，“起自民间的‘说话’，代替衰朽了的文言小说”，新兴的事物代替衰朽的，这正是用进化论模式来解释小说史现象。

1978 年，北京大学中文系的《中国小说史》出版。此书第二章“魏晋南北朝小说”中说此期的小说，“在艺术上，这个时期的小说虽然还不成熟，但开始有了较完整的结构，也注意到人物性格的刻画，出现了一些比较精彩的篇章”[④]，此处的“不成熟”“开始”“较完整”“注意到”“比较精彩”等词汇，都表示作者在字斟句酌地向人们说明此时是发展的初期阶段。之后在论述唐传奇时，在引用了鲁迅的“演进之迹甚明”之后，接着说“唐传奇的出现是中国小说史上的一次大飞跃，它标志着中国小说进入了成熟的阶段”[⑤]。既然此时已是成熟的阶段，那么此时的小

---

① 谭正璧：《中国小说发达史》，上海光明书局 1935 年版，第 137—138 页。

② 郭箴一：《中国小说史》，中国社会科学出版社 2010 年版，第 26 页。

③ 北京大学中文系：《中国小说史稿》，人民文学出版社 1973 年版，第 12 页。

④ 北京大学中文系：《中国小说史》，人民文学出版社 1978 年版，第 19 页。

⑤ 同上书，第 40 页。

说就应该具有中国小说的典型特色，但作者在论述到宋元话本时，又有以下的论述：

> 为了紧紧扣住听众的心弦，做到引人入胜，话本作者总是创造出丰富曲折而又惊心动魄的故事情节，并且把环境的描写、人物心理的刻画，与情节的发展和人物的行动紧密结合起来，共同为表现人物性格和主题思想服务，而很少孤立地、静止地描写周围环境和刻画人物的心理活动。这就形成了中国古典小说在艺术表现方面的显著特色。例如短篇话本《简帖和尚》……①

这段话从情节、环境、人物的角度来评析话本小说，其评价标准显然是西方的。不过既然此时才“形成了中国古典小说在艺术表现方面的显著特色”，那么唐代为什么又是小说的成熟期呢？在前文的论述中，作者认为，唐传奇只是“我国古典小说史上的一大跃进”，只是“摆脱了魏晋南北朝小说那种粗陈梗概的写法，转向对现实生活作较深入细致的描写”，只是“塑造了较鲜明的人物形象”② 而已。这里的“较深入细致”“较鲜明”，虽然与唐代这个小说的“成熟”阶段很不相称，但作者也是无可奈何的，因为按照进化论思想，唐传奇只能是阶段性的，它不能比后世的话本小说艺术性更高。

1990 年出版的侯忠义《中国文言小说史稿》（上册），也是贯穿了进化论思想。在前言的最后一段，作者说“我国的小说发展到唐五代，可以视作一个阶段，即我国小说从产生、发展到成熟的阶段”③。作者在具体论述时，也自觉地运用了进化论理论。例如在阐释“南北朝志怪小说思想艺术特点及对后世的影响”时，说当时的爱情小说“从情节的丰富、叙述的细致来说，使人感到真实可信，比魏晋小说有了明显的进步”；在艺术上，南北朝志怪小说“普遍地描写细致了，叙述故事有曲折性了，文字篇幅加长了，并且文辞华丽、生动、形象，这对魏晋志怪来说是个发展，对唐传奇来说又是先驱”。这些论述，指出小说在不断地发展进步，

---

① 北京大学中文系：《中国小说史》，人民文学出版社 1978 年版，第 83—84 页。

② 同上书，第 51 页。

③ 侯忠义：《中国文言小说史稿》（上册），北京大学出版社 1990 年版，“前言”第 7 页。

而每一个中间环节，对前一个环节而言是继承和发展，对后一个环节而言是先驱和铺垫。这些都是进化论言论。其实文言小说即使到了清代的《聊斋志异》，其艺术特色也很难说超过了《左传》和《史记》。

鲁迅进化论思想的偏颇，主要表现在他以唐传奇的艺术成就来贬低六朝小说，他的这一观点几乎影响了其后每一部小说史的写作，《中国文言小说史稿》也未能例外。侯忠义在论述唐传奇的艺术成就时，先引用了鲁迅“叙述宛转，文辞华艳，与六朝之粗陈梗概者较，演进之迹甚明”的言论，之后进行了具体论述。在论述唐传奇的体裁时，作者认为唐传奇“体裁从笔记体发展到故事体，这是小说体裁发展过程中的一大进步”，而“篇幅短小，叙述简单，情节单纯，人物模糊”的六朝小说，“只能算是‘片段的谈柄’，而不能成为结构完整的作品”；在论述传奇的虚构时，作者认为这是“小说创作的一大飞跃”。当然唐传奇即使具有如此高的艺术成就，它也只能是一个过程，它也只能是“孕育产生了代表我国文言短篇小说最高成就的《聊斋志异》”而已。

1990年出版的齐裕焜《中国古代小说演变史》，其绪论把中国古代小说的发展分为六个时期，分别是准备期（从远古到先秦两汉）、成熟期（魏晋至唐）、转变期（宋元）、繁荣期（明代）、高峰期（清初至清中叶）、演进期（1895—1911）。这个论述框架也是进化论的。作者在具体论述时，说魏晋南北朝时期的志怪志人小说“渐渐从野史杂传中分离出来，开始走向独立的文学形式，展现了中国小说的雏形”，它们的“形式也比较简单，只是‘粗陈梗概’而已”；而唐代小说则“艺术上篇幅加长了，描写细致，情节曲折，人物形象也较鲜明，是成熟的短篇小说”[①]。这样的议论，显然也是来自于鲁迅。

1991年，徐君慧的《中国小说史》出版。此书的第一章是“小说的起源”，写的是先秦阶段；第二章是“小说的雏形”，写的是魏晋南北朝阶段；第三章是“小说的开始”，写的是唐代；第四章是“白话小说的兴盛”，写的是宋代。从这四章的章目来看，小说的起源、雏形、开始、兴盛，非常条理有序，是按照进化论思想来安排的。不过按照进化论思想，在第四章的“白话小说的兴盛”之后，就应该是“中国小说的衰落”了，但中国小说在后面还有很长的一段历史，其中还有更优秀的小说作品，显

① 齐裕焜：《中国古代小说演变史》，敦煌文艺出版社1999年版，第2—3页。

然是不能“衰落”的。于是后面几章，作者不得不放弃了一些进化论思想，后面几章的章目就分别是“历史小说的代表——《三国演义》”“英雄传奇小说的代表——《水浒传》”“其他历史小说”“神魔小说的代表——《西游记》”“其他神魔小说”，等等。这是作者在按照不同的题材来论述小说。不过作者在用“世情小说的崛起——《金瓶梅》”“世情小说发展的历程”“古典小说的顶峰——《红楼梦》”这三章来论述世情小说时，又不自觉地运用进化论了。该著作的最后一章是“顶峰之后的古典小说”，这是该小说史的最后一章，但此时的小说创作已经是低谷了，在“为小说新的转化准备条件”[①] 了。

徐著的进化论思想，在其论述小说在唐代飞跃发展的原因时，表现得非常清楚：

> 小说的源泉是神话传说，寓言故事，历史传记。从初民在劳动休息时用讲故事以消遣，到有文字记载，经过长期酝酿，发展到魏晋南北朝时，已具备了小说的雏形。六朝的志怪、志人小说，特别是后期和隋代的作品，在刻画人物，摹描细节，编织故事，组织结构等方面，都有了一定的规模。进一步发展到唐代，加以其后的适宜，正如树木从萌芽，茁干，添枝，发叶，吐蕾，已到开花结果时候了。[②]

把小说史比喻为“萌芽，茁干，添枝，发叶，吐蕾，开花，结果”，于是就把丰富的千变万化的原生态的小说史变得简单化了，线条化了。

1992年，李悔吾的《中国小说史稿》出版，其目录为：

> 第一章　中国小说的萌芽期——神话、寓言、散文、宗教迷信与传说中的小说艺术因素
>
> 第二章　中国小说的童年期——志人与志怪小说
>
> 第三章　文言短篇小说的成熟期——唐人小说
>
> 第四章　文言短篇小说的延续与发展——宋、元、明、清的文言短篇小说

---

① 徐君慧：《中国小说史》，广西教育出版社1991年版，第524页。

② 同上书，第65—66页。

第五章　文言短篇小说的高峰——聊斋志异

这前五章所论述的是文言小说，分别是萌芽期、童年期、成熟期、发展期和高峰，这也是一个符合进化论的写作思路。

李著第二章的开始有以下论述：

> 谁都承认，在中国小说发展史上，小说经历了由量变到质变的过程。这种“质变”的主要标志，就是虚构；没有虚构，就不是严格意义上的小说，因而也就不能成为独立的文体。

其中所说的“小说经历了由量变到质变的过程”，就是一个进化论的结论。作者说小说“质变”的主要标志，就是“虚构”，但“虚构”这个词本身就是含混不清的，因为虚化到什么程度才算是虚构，这是没法衡量的。用一个模糊的概念作为“质变”的标准，是无法确定是否发生了质变的。

1994 年出版的吴志达《中国文言小说史》，在前面有一个很长的绪论。绪论的第三部分是“文言小说的源流及其基本特征”，文中认为：“事物的发展，往往不是先有其名后有其实，而是在客观世界上先存在某种事物，才产生与其相应的概念，而概念的外延和内涵也会有发展变化”①，这一认识是符合事实的。但作者说：“凡是一种文体，都不是骤然产生的。尤其是像文言小说这样最有中国特色的小说，由原始的萌芽状态发展到成熟，乃至达到这一文学样式的艺术高峰，其间几经融汇变化，吸取了神话、寓言、史传文学、诗歌等各种文学艺术的精华，才出现唐人传奇、《聊斋志异》等高标格的作品。”② 这样的论述就是进化论的腔调了。在绪论的第四部分“文言小说的发展历程”中，作者把文言小说的历史分为五个阶段，分别是“先秦至西汉：前小说时期”“东汉至南北朝：文言小说的雏形时期”“隋唐五代：文言小说由成熟到鼎盛的黄金时期”“宋元：承袭唐人馀绪而渐趋萧条的时期”“明清：文言小说由复苏而推向新的艺术高峰的时期”，这一分期法虽然有些波折，但也基本上符合进

① 吴志达：《中国文言小说史》，齐鲁书社 1994 年版，第 6 页。

② 同上。

化论思想。其中作者把先秦至西汉作为前小说时期，也就是此时还没出现小说，因为这时的创作者们“根本无意创作小说”，但吴志达前面已经说“事物的发展，往往不是先有其名后有其实”，先秦西汉的创作者们既然还不知道小说之名，他们只能“无意创作小说”，那么他们无意创作的小说就不是小说了吗？判断一部作品是否小说，不是依据作品本身，而是依据作者是否有意创作这种文体，这种思维方式是值得商榷的。

1996 年出版的王恒展的《中国小说发展史概论》，共分为八章，分别是：

第一章　引论
第二章　中国小说的孕育时期——先秦
第三章　中国小说的产生暨雏形时期——两汉
第四章　笔记小说的成熟和史传小说的发展时期——魏晋南北朝
第五章　文言小说的全面成熟和通俗小说的产生时期——唐五代
第六章　中国小说的通俗化时期——宋金元
第七章　中国小说的雅化时期——明清
第八章　中国小说的变革时期——近代以降

这八章的设置，是以时间为经，以小说文体、文风为纬，很下了一番心思。前面五章中出现的“孕育”“产生”“雏形”“发展”“成熟”等字眼儿，表明作者依然在进化论的束缚中。但后三章分别为中国小说的通俗化时期、雅化时期、变革时期，概括得非常到位，符合小说史事实。

2007 年出版的李剑国、陈洪主编的《中国小说通史》，在对唐前的小说进行分期时，认为“战国秦汉属于小说的形成期，魏晋南北朝及隋是古小说的兴盛期”，而兴盛期的小说“艺术表现力逐渐提高，尤其是南北朝和隋朝的进步尤为明显，许多优秀作品改变了粗陈梗概的叙事方法，而向精致化的方向发展”①，这些论述都表现出了进化论思想；但下面一段话最能看出鲁迅进化论思想的影响：

古小说经历了战国、两汉、魏晋南北朝大约千年漫长时间的酝

① 李剑国、陈洪：《中国小说通史》（先唐卷），高等教育出版社 2007 年版，第 58—59 页。

> 酿，在唐代终于成熟，唐代成为中国古代小说史上划时代的一个时期。由于小说观念和审美观念的变革，唐代小说中的一批优秀之作摆脱了先唐古小说的幼稚状态，在形式和内容上获得了突破，基本具备了近代意义的小说特征，产生了一种崭新的小说文体——唐传奇。①

“千年漫长时间的酝酿”“唐代终于成熟”“先唐古小说的幼稚状态”，这些关键论断都与进化论思想关系密切。

2007年出版的刘勇强的《中国古代小说史叙论》中说“本书并不完全认同中国古代小说到明代中叶才成熟的观点，不过，即使我们以宋元的说话艺术作为中国古代小说发展到高潮的一个标志，那么至迟从魏晋时代就出现了小说原初形态的作品，却历经了近一千年才步入这一高潮阶段，确实是小说史研究不能回避的一个问题”②。从魏晋时的“小说原初形态”，宋元和明代中叶的小说高潮，其进化论思想也是非常明显的。刘著上编是“从肇始到成熟：两大系统及其演进概说”，从这个题目就可以看出作者是按照进化论的观点来组织材料进行论述的。后面各章的题目，分别是“小说文体的孕育”“小说的原初形态”“文言小说的文体独立”“说唱艺术的初潮”“说话艺术的繁荣”等，所勾勒出的也是一个从无到有、从小到大、从初始到繁荣的进化论过程。

第三节　在小说史写作中如何运用进化论思想

小说史写作中进化论思想的泛滥，使得中国的小说史著作不能客观地反映中国小说的真实面貌；进化论思想的机械运用，甚至使得很多小说史中出现了自相矛盾或者标准不一的现象。例如刘勇强在《中国古代小说史叙论》中论述到魏晋南北朝时，就说这一时期堪称“中国古代小说创作的第一个高峰”，似乎此时期的小说作品已经相当高妙了；但作者在后面马上就说此时期的小说“从文体上看，还没有完全成熟，也许可以称之为小说的原初形态”③，这样的论述与“第一个高峰”就自相矛盾。

---

① 李剑国、陈洪：《中国小说通史》（唐宋元卷），高等教育出版社2007年版，第401页。

② 刘勇强：《中国古代小说史叙论》，北京大学出版社2007年版，第14页。

③ 同上书，第66页。

小说史写作可以运用进化论，但这种运用是有限度的。要在小说史写作中恰当运用进化论，就要破除以下误区。

第一大误区：相对于诗歌、散文，小说是后起的文体。

很多研究者认为，与诗歌、散文相比，小说是后起的文体。这种观点是否正确，完全可以进行讨论。他们认为，中国诗歌成熟较早，先秦的《诗经》《楚辞》就是非常成熟的诗歌了；散文也成熟很早，即使《尚书》还佶屈聱牙，但《论语》《左传》《战国策》《史记》都是非常优秀的散文；至于小说，汉代班固《汉书·艺文志》中才正式提出来，之后经过了漫长时间的发展，到明清时才到达顶峰。但这完全是一种误解。先秦西汉时期，固然没有小说这种文体观念，但同时也没有诗歌、散文的文体观念，因而在文体观念上，在先秦，小说和诗歌、散文是平等的。既然西汉之前的人没有文体观念，那么从主观上看，作者们既然可以无意识地创作诗歌散文，那么他们也可以无意识地创作小说。从客观上看，既然西汉之前的人没有文体观念，那么先秦西汉哪些作品是诗歌，哪些作品是散文，哪些作品是小说，那就只能是后人的主观意识了。主观意识与客观事实是两回事儿。

先秦确实已经有了“诗”这个词，但先秦文献中的“诗”，并不是一个文体概念。即使到了汉代，《说文解字》解释“诗”为“志也”，毫无文体观念；“诗”是“从言寺声”，则“诗”有“言”之义，但这只能说明“诗”为出口之言耳。《说文解字》之前的《毛诗序》说得更清楚一些：“诗者，志之所之也。在心为志，发言为诗。”这样的解释倒是把“言”和“志”统一起来了，但这一解释也与文体无关。

班固《汉书·艺文志》中出现了“小说家”，让很多论者以此为起点来论述小说概念；但《汉志》中也同时出现了“诗赋略”，其地位与“诸子略”同等。《诗赋略》中包括屈原赋、陆贾赋、荀卿赋、杂赋、歌诗五类，其中的赋占了四类，歌诗仅仅一类。被我们当作诗歌的《离骚》，在这里被当作赋了。至于《诗经》，它在《汉志》中被安排在了《六艺略》的“诗”中，这里的“诗”与“易”“书”“礼”“乐”“春秋”“论语”“孝经”“小学”并列，当然与文体无关。需要特别指出的是，《汉志》中并没有“散文”这一类，甚至连“文”都没出现。因而现在的研究者们如果认为《汉志》把“小说家”列为一类，于是才有了小说这种文体观念；那么《汉志》未出现“散文”这一类，是不是就可以认为当时还没有“散文”这一文体观念呢？然后进一步认为，中国的散文后起于小说呢？

认为小说是后起的文体，使得小说只好在诗歌和散文的挤压下，从无到有、从小到大、从幼稚到成熟地成长，这已经成了小说史写作的定式。只有破除这一定式，才能破除小说写作中进化论思想的泛滥。

第二大误区：写军国大事的不是小说，小说是稗类，只能写琐屑小事。

前文中曾经提到，《四库全书总目》中说，“今以述朝政军国者入杂史，其参以里巷闲谈、词章细故者，则均隶此门”，也就是把那些写“朝政军国”归入杂史之类，而小说的内容是“里巷闲谈、词章细故”。此处的“里巷闲谈”与《汉志》中的“街谈巷语，道听途说”相类似。又有不少研究者认为《汉志》说小说出自于稗官，于是称小说为“稗类”。而“稗”是一种生长在稻田中的形状似稻但又不是稻的野草、杂草，于是小说就与“野”“杂”“琐小”等语词联系在一起了，与朝政军国大事就有区别了。

但小说果真只能写琐屑小事，一旦内容是朝政军国等大事就不是小说了吗？答案当然是否定的。例如《三国演义》，它所写的主要是军国大事，但谁能否认它是小说呢？

其实中国人重视历史，也津津乐道于历史，讲史是宋代话本的重要内容，中国第一部长篇章回小说就是《三国演义》，后来又有了跟各朝各代相对应的演义小说，这一现象的出现绝不是偶然的。

先秦西汉是中国文化的奠基时期，后世中国文化的重史传统也是在此时形成的。但先秦时期的史学著作，尽管所写的是朝政军国大事，但因为当时没有自觉的文体意识，作者们并不排斥虚构，从《左传》《国语》到《战国策》《史记》皆是如此。

第三大误区：一部小说描写越细致，情节越曲折，篇幅越长，就越优秀。

这是鲁迅《中国小说史略》所开创的小说进化论思想，前文中已经进行了批驳。我们必须承认不同小说具有不同的审美特征，它们是不可替代的，不能厚此薄彼。但近几年仍然有些小说史著作持此论调。例如2007年出版的李剑国、陈洪主编的《中国小说通史》（唐宋元卷），就有如下的论述：

本来六朝志人因其记实性的、片段式的生活场景描写，在小说的审美性上就无法与六朝志怪媲美。[①]

六朝志人小说以《世说新语》为代表，它虽然在纪实的程度上与六朝志怪不同，虽然所写的是片段式的生活场景，但“以玄韵为宗，非纪事比”的《世说新语》，具有独特的美学特征，它的“小说的审美性”不仅丝毫不亚于六朝的志怪，而且丝毫不亚于唐传奇，即使全盛时期的明清小说，包括《红楼梦》在内，也不能掩盖《世说新语》的独特光芒。一个小说史作者如果有了进化论思想，把虚构程度高、情节完整性强、描写细致、篇幅长等指标作为优秀小说的评选指标之后，就会陷入很多误区，那么他写出的小说史就不能客观反映历代小说的成就和价值。

第四大误区：小说是通俗文学，不是高雅文学，所以那些高雅的能登大雅之堂的就不是小说。

以小说为通俗文学，这是一大习惯。谭正璧在《中国小说发达史》前言中说：“编者素嗜通俗文学，于小说尤有特殊爱好。”[②] 可见在潜意识中，谭正璧是把小说作为通俗文学的。一旦有了这样的意识，小说史家们就只能在通俗文学中寻找小说，这就限制了小说史作者的眼光，使得小说的外延受到了限制。

但并非所有的小说都是通俗的。王恒展在《中国小说发展史概论》中，就指出明清时期是中国小说的雅化时期。确实，《红楼梦》的高雅，绝非一般的诗歌所能比，我们能说《红楼梦》不是小说吗？其实不仅明清，六朝时期的《世说新语》，鲁迅说它“记言则玄远冷俊，记行则高简瑰奇”，虽然是散文，却具有诗的品格，它也是高雅的。因为小说必须是通俗的，而《左传》被高置于经部之中，于是《左传》就被绝大多数小说史家们排除在小说之外了；《史记》是正史，它也不是通俗文学，于是它也不能是小说。至于《尚书·金縢》，不仅位列经部，而且文字高古，与通俗文学毫不沾边，它就更不能是小说了。

以上四个误区，几乎成了小说史家撰写小说史的潜在前提；而以这四

① 李剑国、陈洪：《中国小说通史》（唐宋元卷），高等教育出版社 2007 年版，第 402 页。

② 谭正璧：《中国小说发达史》，上海光明书店 1935 年版，第 2 页。

个误区作为潜在前提，就使得很多小说史陷入了小说的概念越辨越混乱、确定小说的标准无法统一的困境。远的暂且不论，近两年出版的最有分量的小说史著作，当推刘勇强的《中国古代小说史叙论》和李剑国、陈洪的《中国小说通史》，而刘著中就出现了下面的言论：

> 在中国古代的叙事文中，又不只小说才有虚构，一些史传甚至也有虚构成分。虽然在这一点上它们可能符合上述小说定义，但并不能算作小说。①

一部作品符合小说的定义，那它就是小说，这是符合逻辑的；但它们符合小说的定义，却不能算作小说，这是违反基本的逻辑规律的。

至于李著，其观点更值得商榷：

> 其次，小说的体制原则，说的是小说文体是独立的文体，也就是说小说文本是独立的文本。文体和文本的独立对于小说非常重要，凡是夹杂在史书子书中的某些叙事段落不能当作小说作品。时下许多文言小说作品选本和鉴赏辞典，常常从《左传》《礼记》《战国策》《韩非子》《韩诗外传》《淮南子》《列女传》《新序》《说苑》《论衡》《风俗通义》等书中选取故事。这很成问题，你可以说它们包含有小说因素，但这些书本身并不是小说。孤立地看，这些作品有的确实小说意味很浓，甚至超出了小说书中的某些故事。但这也没办法，只能怪它投错了胎。从不是小说书的书中硬往外拉扯小说作品，反映着理论上的混乱，只能把小说这盆水搅浑。试想，如果这样做，我们的小说史该如何写呢？②

有一些作品它们本身“小说意味很浓”，也就是具备了小说的特点，它们“甚至超出了小说书中的某些故事”，那就是它们比小说更像小说了；但它们虽然达到了小说的要求，它们却不能是小说，这就很滑稽了，不管它们是因为什么理由而不能位列小说之中，这样的议论都是反人类思维的。

---

① 刘勇强：《中国古代小说史叙论》，北京大学出版社2007年版，第2页。

② 李剑国、陈洪：《中国小说通史》（先唐卷），高等教育出版社2007年版，第20页。

作者说“但这也没办法，只能怪它投错了胎”，此处的“没办法”是不讲理的说法，“投错了胎”则是比喻。作者得出这一结论的前提，是史书子书不是小说书，那么其中的叙事段落就不能是小说；可是史书子书的划分，并不是按照小说、诗歌、散文的文体进行的，他的理由并不成立。作者说“从不是小说书的书中硬往外拉扯小说作品，反映着理论上的混乱，只能把小说这盆水搅浑”，但作者这样做，更反映出了理论上的混乱，也把小说这盆水搅得更浑了。作者还说：“试想，如果这样做，我们的小说史写作该如何写呢?”问题是我们给小说史的写作设置了如此多的误区，即使我们写出了小说史，这样的小说史也是不符合逻辑的，会被人认为小说史的研究和写作是不顾事实的。

因而小说史中的进化论思想是可以运用的，但必须在破除以上四大误区的基础上运用。

第四章

中国小说史上的初祖现象

李悔吾在《中国小说史漫稿》中有以下论述：

> “四大奇书”在所属的各类题材的小说中独占鳌头：《三国演义》既是小说史上第一部长篇小说，也是一部历史小说的典范；《水浒传》既是小说史上第一部全面描写农民起义的大著，也是一部英雄传奇的典范；《西游记》既是第一部长篇神魔小说，也是一部神魔小说的典范；《金瓶梅》既是第一部写世情的长篇小说，又是第一部由文人独力创作的成功的长篇小说。它们各自开创了一个长篇小说的创作领域。①

在这段论述中，李悔吾认为《三国演义》《水浒传》《西游记》《金瓶梅》这四大奇书，既是各自所在小说类型中的第一部作品，又是此类小说类型中的“独占鳌头”的最好作品。一种类型的文学作品中的第一部，同时也是最好的一部，这种现象可称为“初祖现象”。

后来者居上是进化论思想的核心，初祖现象显然是逆进化论的。

但文学史上的初祖现象是普遍存在的。《诗经》是最早的四言诗，后世的四言诗再也未能超过它；《离骚》是最早的骚体诗，后世的骚体诗也未能超过它。小说史上的初祖现象更为突出。我们可以用齐裕焜《中国古代小说演变史》中的相关内容进行分析。

《中国古代小说演变史》把中国古代的小说进行了分类介绍。这些分类较为杂糅，并不精致，但大致厘清了中国古代小说的主要类型。这些小

① 李悔吾：《中国小说史漫稿》，湖北教育出版社 1992 年版，第 9 页。

说除了志怪小说的早期作品大多散佚暂且不论之外，其他类型小说的第一部作品大致如下：传奇小说是《古镜记》，白话短篇小说集是《三言》《二拍》，历史演义小说是《三国演义》，英雄传奇小说是《水浒传》，神魔小说是《西游记》，人情小说是《金瓶梅》①，讽刺小说是《儒林外史》，公案小说是《施公案》，公案侠义小说是《三侠五义》。在以上10类小说中，大概只有《古镜记》被认为不是唐传奇的最佳作品（实则《古镜记》也有其他唐传奇所不具有的独到艺术成就），但其他9类作品的初祖之作都是此类小说中最成功的作品。

齐裕焜的这部初版于1990年的《中国古代小说演变史》，虽然后来经过了1999年的第二版和2002年的第三版，但依然存在着较大的局限性。比如作者虽然在绪论中多次提到"志人小说"，但在具体章目中并没有出现"志人小说"这一门类；元、明时期出现了一批中篇传奇小说，在当时后世都产生了巨大影响，但《中国小说演变史》对此也未进行论述；至于民国初年出现的那些风靡天下的鸳鸯蝴蝶派文言小说，在书中更是毫无涉及。志人小说中"世说体"小说代表作《世说新语》，元明中篇传奇小说的代表作《娇红记》，鸳鸯蝴蝶派小说的代表作《玉梨魂》，都是此类小说中的第一部作品，也都是此类小说中最优秀的作品。

由此可见，某类小说中的第一部作品往往是此类小说中最优秀的作品。这一命题的成立，标志着进化论规律在小说史上是基本不成立的。

初祖现象的产生有充分理由。从作品本身来看，一部作品之所以能够成为此类作品的开山之祖，正是因为它突破了以前的束缚，从而具有开创性。具有开创性的作品，它无所依傍，较为自由，成一家之言。而后续之作必须在前作的规范下进行创作，就多了很多束缚，难有新意。从作者的角度来看，那些能够开创一种新的文学体裁的作家，内心有勃勃生气，手中有生花妙笔，而一腔情意在现有的文学体裁中不能得以痛快表现，这才独创一种新的体裁来承载自己内心的感情、思绪和志向。后来的作者目羡前人，于是有意无意地模仿，但无论其写作技法还是要表现的情思都与前人类似。后来者意在摹拟，作者先给自己定下了一个框框，就只能是亦步亦趋，难以充分释放出自己的才华，其作品也就很难超过前人了。

---

① 齐裕焜把《红楼梦》归入人情小说，但笔者认为《红楼梦》与《金瓶梅》差异甚大，且有多种续作，可脱离人情小说而自成一体。

下面以《世说新语》《古镜记》《三国演义》《水浒传》《聊斋志异》《儒林外史》《红楼梦》《玉梨魂》等为例分析小说史上的初祖现象。在具体分析时，着重论述这些作品应有的文学史地位，以及一般文学史、小说史所忽略的艺术特色。

第一节　世说体小说之祖《世说新语》

《世说新语》虽然经过宋人的修订，但基本上保留了它原有的体例。它不是志人小说的第一部作品，却是"世说体"小说的第一部作品。与传统志人小说以时间为序不同，《世说新语》的编排特点是分门隶事、以类相从，也就是把相关材料按照德行、言语、政事、文学、方正、雅量等36个主题进行排列，其中前四个主题是《论语》中记载的孔门四科。

鲁迅在《六朝小说和唐代传奇文有怎样的区别?》中，用"断片的谈柄"来概括六朝小说。这一概括极为精确，用来评价《世说新语》最为恰当，因为《世说新语》三十六门确实是由一小段一小段的"谈柄"排列而成的。但这些琐屑零碎的谈柄却塑造出了生动鲜明的人物形象，而且这些人物形象在它成书后一千五百多年的时间里一直被人所喜爱、模仿、羡慕和尊崇，这不能不算是小说史上的一大奇迹。

其实，我们不妨用"断片的谈柄"来概括《世说新语》这类小说的文体。为了称呼的方便，可以径称为"断片"的文体。这种"断片"文体，为中国古代小说所独有，具有独到的文体价值。

一　单条"断片"的文体价值——强调某个人物的特定形象特征

一条"断片的谈柄"，在塑造鲜明的人物形象方面有其他小说文体所不能有的经济之处。例如下面是《世说新语·俭啬》中的一则只有16字的"谈柄"：

王戎有好李，卖之，恐人得其种，恒钻其核。[1]

---

① 本书所引《世说新语》原文均引自余嘉锡《世说新语笺疏》（修订本），上海古籍出版社1993年版，不一一注明。

这样的逸事确实是绝佳的谈资：王戎是竹林七贤之一，名人逸事自古至今都是街头巷尾议论的焦点；而世袭侯爵且官至刺史、将军、尚书、司徒等显位的王戎，家里当然不缺钱花，《世说新语》中也说他“既贵且富”（《俭啬》），他却把他家的李子拿到外面去卖，这是什么心理呢？王戎又唯恐别人买去他的李子后，会留下核来种植，这样他家的好李子就在别人家开花结果了，以后就卖不出好价钱了，这是王戎不能忍受的。于是聪明的王戎想了一个绝招，把他要卖的李子全都钻了核，这样别人即使买了也不能种了。当然这种做法太小气了，所以这条故事被列入了《世说新语》的《俭啬》篇。

这则“谈柄”虽然只有16个字，但把王戎聪明而俭啬的形象特点刻画得非常到位，使得王戎高贵的社会地位与他的小气行为形成了鲜明对比，而王戎的小气与他的小聪明也相得益彰。

正因为它短，它才如此成功。

因为它短，它就纯净，它就不蔓不枝，以16字的篇幅只写了王戎的一件逸事，只突出了王戎的一个性格特点。这种突出就是一种强调，这种强调就突出了人物的性格特征。这样的一则小品文，虽然不能显示一个人物的复杂性格特征，却特别强调了人物的一个性格特征，这就是它在塑造人物形象上的独到之处。因而通过这则小品文，我们说不能发现王戎的整体形象，那是可以的；但我们不能说它所塑造的人物特征是不鲜明的。

从读者的角度来看，因为这则小品文不记载别的事，当然就没有其他的事来吸引读者的注意力，这就使得读者可以全神贯注于这则小事，从而对人物形象的这一特点产生了深刻印象。这也是“世说体”小说独到的作用，是其他小说文体不能具有的。

对于读者来说，这样的小品文还会产生“言有尽而意无穷”的效果。不错，这则小品文不仅是“谈柄”，而且还是“断片的谈柄”，而“断片”的艺术手法一般不用于小说，而是用于诗歌。这是因为小说除了需要复杂的人物形象，还需要有翔实的故事背景、完整的故事情节，后两者跟“断片”恰好是矛盾的，因而“断片”一般不用于小说。诗歌则不然，诗歌由于文体的限制，它只能攫取断片的意象。因为诗歌是断片的意象，就使得读者在阅读诗歌时，可以用自己的想象把这些断片的意象连接起来，用想象把这些断片之间的空白填充起来，从而使得诗歌韵味无穷，能够令人咀嚼再三。这就是诗歌的魅力所在。而《世说新语》虽然是小说，但它恰恰具有“断片”的特征，从而使得它也具有诗歌的审美特点。这正是“世说体”小说最大的优势。

以上面的“王戎有好李”为例，在区区16字中，它省略了很多情节，比如王戎家的好李是怎么来的，他家这种好李的产量是多少，他是如何去卖的，他又是如何担心的，又是怎样钻核的，钻核的后果如何，以及这个事件发生的时间和地点，全都没有交代。但读者可以凭借自己的想象把那些空白填补起来，也就是把这些“断片”串联起来；因为空白较多，于是在这个想象、串联的过程中，读者可以充分融合进个人的不同生活经验，充分发挥自己的想象，从而使得这个阅读过程成为开放性的，甚至是有滋有味的，咀嚼不尽的。这样的境界，正是由“断片的谈柄”的特点所决定的。当然它也正因为具备了这样的境界，才耐得住千百年来历代读者的“咀嚼”，成了千百年来历代读者的绝佳“谈柄”。

这一字数极少的“断片的谈柄”体例，使得《世说新语》中的每则小品文都具有诗歌语言的精练。例如前面我们分析的这16个字，每个字都是不可缺少的：“王戎”是事件的主人公，“有好李，卖之”是故事发生的前提，“恐人得其种”是故事的关键，“恒钻其核”是故事的中心，这些字中的每一个都是不能去掉的。这种语言的精练，是由“断片的谈柄”这一文体所决定的，它也是诗歌所特有的。

二　“断片”的合力之一——表现魏晋名士的群体时代特征

《世说新语》36门，每门都由若干条长短不一的“断片的谈柄”组成，这是《世说新语》的结构。这36个主题，分别是德行、言语、政事、文学、雅量、识鉴、赏誉、品藻、规箴、捷悟、夙慧、豪爽、容止、自新、企羡、伤逝、栖逸、贤媛、术解、巧艺、崇礼、任诞、简傲、排调、轻诋、假谲、黜免、俭啬、汰侈、忿狷、谗险、尤悔、纰漏、惑溺、仇隙，这些正是魏晋名士们的36个时代特征。因为每门中的不同“谈柄”都具有共同的主题，这样每门中不断出现的“谈柄”实际上是在重复同一个主题，这种重复也是一种强调，加深了读者对这一主题的印象。例如上文中分析的“王戎有好李”条，就出自《俭啬》门中。《俭啬》门中共有九个“断片的谈柄”，它们分别是：

1. 和峤性至俭，家有好李，王武子求之，与不过数十。王武子因其上直，率将少年能食之者，持斧诣园，饱共啖毕，伐之，送一车枝与和公，问曰："何如君李？"和既得，唯笑而已。

2. 王戎俭吝，其从子婚，与一单衣，后更责之。

3. 司徒王戎既贵且富，区宅僮牧、膏田水碓之属，洛下无比。契疏鞅掌，每与夫人烛下散筹算计。

4. 王戎有好李，卖之，恐人得其种，恒钻其核。

5. 王戎女适裴頠，贷钱数万。女归，戎色不说。女遽还钱，乃释然。

6. 卫江州在寻阳，有知旧人投之，都不料理，唯饷"王不留行"一斤。此人得饷，便命驾。李弘范闻之曰："家舅刻薄，乃复趋使草木。"

7. 王丞相俭节，帐下甘果，盈溢不散。涉春烂败，都督白之，公令舍去，曰："慎不可令大郎知。"

8. 苏峻之乱，庾太尉南奔见陶公。陶公雅相赏重。陶性俭吝，及食，啖薤，庾因留白。陶问："用此何为？"庾云："故可种。"于是大叹庾非唯风流，兼有治实。

9. 郗公大聚敛，有钱千万，嘉宾意甚不同。常朝旦问讯，郗家法，子弟不坐，因倚语移时，遂及财货事。郗公曰："汝正当欲得吾钱耳！"乃开库一日，令任意用。郗公始正谓损数百万许，嘉宾遂一日乞与亲友，周旋略尽。郗公闻之，惊怪不能已已。

以上九条分别写了和峤、王戎、卫展、王导、陶侃、郗愔这六位小气鬼的事迹。除了王戎，富比王侯的和峤"性至俭"，他家中也有好李，他的妻弟王武子来要，和峤只是小气巴巴地给了几十个；王武子生气了，竟然领着一些爱吃李子的少年拿着斧头来到了和峤的李园中；在大吃一顿之后，他们竟然把李树给砍伐了；伐完李树，王武子特意送了一车李树枝给和峤，并且故意问和峤："何如君李？"这时小气的和峤什么也说不出，只能苦笑而已。卫展在寻阳当官，有故人来投奔他，他不理故人，只是送给故人一斤药草"王不留行"，表示他不留故人之意；故人得到了这一斤"王不留行"之后，立即离开了寻阳；卫展的外甥听说之后，嘲笑舅舅说"家舅刻薄，乃复趋使草木"。贵为丞相的王导也是俭啬之人。有一次他帐下有很多干果，小气的他不舍得分给别人吃；到了春天，这些干果都溃烂了，手下的都督问他怎么办，他只好吩咐把果子都扔了。苏峻作乱时，太尉庾亮奔逃到陶侃那里，天性俭吝的陶侃在吃饭时，招待庾亮吃薤，庾亮就把薤白留下；陶侃就问庾亮，你留下它干什么呢？庾亮说因为这薤白可以种；于是陶侃叹服不已，认为庾亮不仅风流倜傥，而且能做实事。郗愔是小气鬼，很爱聚敛，家中有钱千万；他的儿子郗超很看不上父亲的这个习气，有一次早晨和郗愔谈话，谈了很久，终于谈到了家中的财货，郗愔说："我就知道你想要我的钱！"为了显示自己的不小气，一整天都打开钱库，让儿子随便拿用；郗愔觉得这次会损失数百万钱，没想到郗超用这一天的时间，把钱送给了他的亲友们，钱库基本上空了；郗愔听说后，"惊怪不能已已"。

这六人都是当时的名士，都官至高位，他们似乎没有必要也不应该俭啬，但作者却津津有味地把这些名士们俭啬的事迹聚集在一起，组成了《俭啬》篇，向读者展示出了这些名士们的这一特征。因为这一特征与这些名士们的名气和地位是不相称的，所以这一特征的展现丰富了魏晋名士的人物形象，让我们知道虽然有些魏晋名士豪华奢侈，但也有一些名士是俭啬小气的。

因为篇幅所限，上面的分析选择了只有九条故事的《俭啬》篇。《俭啬》篇只有九条，里面具有俭啬特征的人物也只有六个，可见《俭啬》虽然是当时一些名士的形象特征，但不是名士们的普遍特征。那么当时名士们的普遍特征是什么呢？《世说新语》36门中，有三门超过了100条，分别是《赏誉》156条、《言语》108条、《文学》104条。《赏誉》是赞美品评人物，《言语》是记载隽言妙语，《文学》是谈论玄学儒学，它们确实是最鲜明的魏晋时代特征。其他内容较多的篇章，分别是88条的《品藻》、66条的《方正》、65条的《排调》、53条的《任诞》、47条的《德行》、42条的《雅量》、39条的《容止》，它们也是魏晋风流的主要特征。其他篇尽管内容较少，也不可忽略，因为它们记载的都是魏晋士人的事迹，体现的也是魏晋名士的形象特征。尽管这些特征不是主流，但也是对主流特征的补充和衬托。因而《世说新语》36门是一个整体存在，我们要把它们当作一个整体来看待。只有如此，才能正确评价《世说新语》的价值，才能全面理解"断片的谈柄"这一文体的独特作用。

三　“断片”的合力之二——表现某个人物形象的复杂性

单条“断片”可以突出强调某个人物的特定特征，这使得人物的特定形象特征尽管是鲜明的，却是单调的。但若把散落在《世说新语》全书中的跟这个人物形象相关的多条“断片”合在一起，这个人物形象就不是单调的了。

例如《俭啬》篇的九条“断片”中，王戎独占四条，分别是2、3、4、5条。这四条合起来看，王戎的吝啬鬼形象就更为突出，也更为丰富了。王戎非常富贵，以至于“区宅僮牧、膏田水碓之属，洛下无比”，这样他家的券契簿籍就非常多，于是王戎和他的夫人就经常晚上“烛下散筹算计”。其实这事完全可以让他的手下人来做，但官至司徒的王戎却不辞劳苦，和夫人亲自摆下算筹算来算去。在这亲自算来算去的过程中，可以知道王戎的俭啬、他对财富的渴望是发自内心的。当然也从中可见王戎和夫人在俭啬上的志同道合和相得益彰。另外这则故事还有一个精彩之处，那就是“烛下”。试想夜晚之时，烛光之下，司徒大人和夫人一起悄悄而专心地计算着他们的财富，这样的细节，格外突出了他们的贪婪及吝啬。用“烛下”这样的细节描写来表现人物的性格特点，是小说笔法。一般而言，一个人即使对别人小气，对自己的子女还是大方的，但王戎不是这样。王戎的侄子结婚，王戎虽然是洛阳首富，却仅送给侄子一件单衣作为贺礼，可见他的俭吝确实与众不同；但即使这一件单衣，后来王戎竟然又要了回来。王戎对自己的侄子是如此，那对自己的女儿又怎样呢？他的女儿嫁给了裴頠，向王戎借了几万钱；于是当女儿回娘家时，王戎的脸色就很难看；深知父亲秉性的女儿立即明白了原因，她马上就还上了钱，王戎的脸色立即就“释然”了。

《俭啬》篇中关于王戎的这四则故事，如果单独看，写的都是王戎的俭啬；如果把它们合起来考察，会发现它们分别从不同的角度表现出了王戎的俭啬特点，从而使得王戎的这一特点丰富了很多，复杂了很多。

但王戎除了俭啬，他还有其他鲜明的形象特征，这些特征散见于《世说新语》的其他门类中。例如下面是《德行》篇的第17条：

王戎、和峤同时遭大丧，俱以孝称。王鸡骨支床，和哭泣备礼。武帝谓刘仲雄曰：“卿数省王、和不？闻和哀苦过礼，使人忧之。”

> 仲雄曰："和峤虽备礼，神气不损；王戎虽不备礼，而哀毁骨立。臣以和峤生孝，王戎死孝。陛下不应忧峤，而应忧戎。"

此条在《德行》篇中，所写的是当然美德，此处突出的是王戎的孝：和峤哀苦过礼，让皇帝担忧；但刘仲雄说皇帝应该担心的是王戎，因为和峤神气不损，但王戎却"哀毁骨立"；所以和峤仅仅是"生孝"，但王戎却是"死孝"。可见王戎虽然吝啬小气，却是难得的大孝子。

王戎不仅是大孝子，他对自己的儿子也是一往情深。下面是《伤逝》篇中的第 4 条：

> 王戎丧儿万子，山简往省之，王悲不自胜。简曰："孩抱中物，何至于此？"王曰："圣人忘情，最下不及情；情之所钟，正在我辈。"简服其言，更为之恸。

儿子去世了，当父亲的"悲不自胜"，山简就劝他，说"孩抱中物，何至于此？"王戎的回答堪称千古名言："情之所钟，正在我辈。"

这条故事在《晋书》中是发生在王衍身上的，但《世说新语》的作者把它记在王戎身上。如此一来，就把王戎上对父亲的孝情、下对儿子的慈情都表达了出来，使得王戎的形象特征更为丰富。

王戎对朋友也是一往情深。例如下面这条"谈柄"也出自《伤逝》门：

> 王濬冲为尚书令，著公服，乘轺车，经黄公酒垆下过，顾谓后车客："吾昔与嵇叔夜、阮嗣宗共酣饮于此垆，竹林之游，亦预其末。自嵇生夭、阮公亡以来，便为时所羁绁。今日视此虽近，邈若山河。"

身穿公服的王戎，乘车看见了当初他和嵇康、阮籍一起饮酒的酒垆，立即回忆起他的亡友，情不自禁地向车上的客人说起了他们当初的酣畅之饮、竹林之游。今昔对比，酒垆在，人已亡，使得多情的王戎虽然站在酒垆面前，却有"邈若山河"之感。这样细腻而凄伤的感觉，只有对朋友怀有至为深厚的感情，才能具有。

在《世说新语》中，王戎还有其他的鲜明特征。例如王戎七岁时，就发生了两件事：

> 王戎七岁，尝与诸小儿游。看道边李树多子折枝。诸儿竞走取之，唯戎不动。人问之，答曰："树在道边而多子，此必苦李。"取之，信然。
>
> 魏明帝于宣武场上断虎爪牙，纵百姓观之。王戎七岁，亦往看。虎承间攀栏而吼，其声震地，观者无不辟易颠仆。戎湛然不动，了无恐色。

以上两条都出自《雅量》门。第一条是说王戎和小伙伴们一起在外面游玩，看见道旁的李树上有很多李子，其他小孩都竞相去摘李子，只有王戎不去。有人问他为什么不去，他说："树在道旁而多子，此必苦李。"事实也确实如此。从这条"断片的谈柄"中可知，王戎自幼就聪明过人，善于推理。另一条是写王戎和大家一起看老虎，老虎"攀栏而吼，其声震地"，使得"观者无不辟易颠仆"，但王戎"湛然不动，了无恐色"。这条说明王戎自幼就雅量过人。尽管有人考证王戎七岁时应是正始年间，而不是魏明帝时，因而这则记载不实；但这些"断片的谈柄"存在的价值，乃在塑造人物形象，并非记录史实。而且此处的失误，恰好证实这些故事是"谈柄"——在人口之间谈来谈去，这才称得上是"谈柄"；但只要谈来谈去，就必然失实，这就使得《世说新语》具有了虚构这一小说特征。此处的"王戎观虎"条是如此，前文中提到的"情之所钟，正在吾辈"也是如此。

作为竹林七贤之一的王戎，相貌也非常出众，《容止》门中裴令公就称赞他"眼烂烂如岩下电"；他对别人的品评在当时也广为流传，例如《德行》门中就收录了他评论嵇康的"与嵇康居二十年，未尝见其喜愠之色"，《赏誉》门中收录了他评论山涛的"如璞玉浑金，人皆钦其宝，莫知名其器"、评论阮武的"清伦有鉴识，汉元以来未有此人"、评论王衍的"太尉神姿高彻，如瑶林琼树，自然是风尘外物"等；而且王戎虽然没有与他的好友阮籍一起醉卧美貌的酒妇侧，但他也有放荡不计礼节之事，《任诞》篇中就记载了他的这一特征：

裴成公妇，王戎女。王戎晨往裴许，不通径前。裴从床南下，女从北下，相对作宾主，了无异色。

一大早，王戎就跑到了女儿女婿家里；他也不让人通报，就直接跑到了女儿女婿的床前；还在床上的女儿女婿分别从床的北侧和南侧下床，宾主之间，竟然面无异色。这一“断片的谈柄”，表现出了王戎任诞的特征。

上面这条“断片的谈柄”表现出王戎与他女儿女婿与众不同的关系，另外王戎与他夫人之间的关系也很特别。下面是《惑溺》篇中的一条：

王安丰妇常卿安丰。安丰曰：“妇人卿婿，于礼为不敬，后勿复尔。”妇曰：“亲卿爱卿，是以卿卿；我不卿卿，谁当卿卿?”遂恒听之。

“卿”作为面对面的称呼词，一般是上称呼下、君称呼臣，在中国古代这个男尊女卑的社会里，王戎的妻子总是称呼王戎为“卿”，使得王戎很不舒服，他就对妻子说：“女人称呼丈夫为‘卿’，这是不符合礼仪的，是不敬的，以后不要这样叫我了。”不料他的妻子说：“亲卿爱卿，是以卿卿；我不卿卿，谁当卿卿?”王戎无以反驳，以后只好任凭妻子这样称呼他。这条“断片的谈柄”在后世脍炙人口，使得“卿卿”一词成了夫妻之间的专称和昵称。

前文中以“王戎有好李”“与夫人烛下散筹算计”等“断片的谈柄”分析了王戎的俭啬特点。但出人意料的是，如此俭啬的王戎，却能拒收数百万巨财。下面是《德行》门中的一条：

王戎父浑有令名，官至凉州刺史。浑薨，所历九郡义故，怀其德惠，相率致赙数百万，戎悉不受。

王戎的父亲去世之后，他原来管辖过的州郡很感激他的德惠，于是就自发凑集了数百万巨金送给王戎来办丧事，但被王戎一概拒绝。另外《雅量》篇中也记载了王戎拒绝接受刘肇价值昂贵的筒中笺布的事。读了这两条“谈柄”，我们不由觉得奇怪：这样的事，一个俭啬的人怎么能做到呢?所以《世说新语》充分塑造出了王戎性格的复杂性，我们不能单纯以

“俭啬”来评价他。

由上面的分析可知，如果把《世说新语》中所有与王戎相关的“断片的谈柄”集合起来进行考察，就可以对王戎有一个立体的全面的理解，而王戎这个人物形象也就丰满而复杂了。如果说《世说新语》这种“断片的谈柄”不能创造丰满而复杂的人物形象，那对《世说新语》是不公平的。

因而我们对《世说新语》的文学价值要重新评价。实际上，“断片的谈柄”这一文体，以《世说新语》最为典型，这一文体在后世也被广泛模仿，例如自唐朝至清代，陆续出现了《大唐新语》《续世说》《南北史续世说》《明世说新语》《儿世说》《新世说》《今世说》《女世说》等仿作，这些小说都被称为“世说体”。实际上这一文体还可以有很多变异，因为这一文体的本质特点是“断片的谈柄”。“断片的谈柄”，只包含了两个要素，一是“断片”，二是“谈柄”。既然是“断片”，那它就长短不拘；既然是“谈柄”，那就众口流传，就必须是有趣的事迹和言论，当然众口流传之下也难以确定真假。“断片”是指形式而言，“谈柄”是指内容而言。形式上长短不拘，作者在写作时也就有话则长无话则短，自由自在不受拘束；内容上的有趣和真假不定，也让作者可以专心于有趣而不必计较真假。因而“断片的谈柄”这一体例，不仅可以用来概括分门别类的“世说体”，还可以用来概括中国古代所有的笔记小说。即使到了现代，萧红写的《回忆鲁迅先生》，也是一件件脑中的往事陆续写来，有话则长无话则短，顺笔而写不受拘束，因而才写得灵透，才写得韵味悠长情深意切。萧红的这篇文章，就可以看做“断片的谈柄”这一文体的变体。

第二节　唐传奇开山之作《古镜记》

齐裕焜在《中国古代小说演变史》中，说《古镜记》“与‘粗陈梗概’的六朝志怪相比，还是有较大的进步”，而《补江总白猿传》“虽然它在题材上仍不脱六朝志怪小说的怪异色彩，但在艺术表现上已初具传奇小说的规模”，《游仙窟》则“已基本上摆脱了志怪小说的神怪气息，开始着眼于‘人事’的描写，完成了由志怪小说到传奇小说的过渡”。[1] 这

① 齐裕焜：《中国古代小说演变史》，敦煌文艺出版社2002年版，第49—50页。

三段叙述次序井然，从“较大的进步”到“初具传奇小说的规模”再到“完成了由志怪小说到传奇小说的过渡”，是进化论的步调。不过《古镜记》与《补江总白猿传》《游仙窟》相比，虽然没有摆脱“志怪小说的神怪气息”，但无损它的唐传奇地位，因为后世的很多唐传奇也具有“神怪气息”，例如牛僧孺的《元无有》、沈亚之的《秦梦记》、韦瓘的《周秦行纪》等都是如此。

早在1929年出版的汪辟疆《唐人小说》中，汪先生就认为《古镜记》是唐传奇的开山之作：

> 古今小说纪镜异者，此为大观矣。其事有无，姑勿论。即观其侈陈灵异，辞旨诙诡，后人摹拟，汗流莫及。上承六朝志怪之余风，下开有唐藻丽之新体。询唐人小说之开山也。①

齐裕焜认为《古镜记》是“一篇用若干个有关镜子的志怪故事贯串而成的作品，作者有意创作的意识并不明显，它还带有六朝志怪小说的痕迹”，所以对它评价不高。这些理由是不成立的，因为《儒林外史》也是由若干个故事贯串而成的作品，却无损其为杰作；《聊斋志异》也带有志怪小说的痕迹，无损其文学史地位。汪辟疆说此作“后人摹拟，汗流莫及”，对《古镜记》评价非常之高，可知“初祖现象”适用于《古镜记》。

《古镜记》中出现了“大业十三年七月十五日”这一具体的日期，则王度写作此文必在此日期之后；而“大业十三年”是隋朝的最后一年。作者在小说中又有“王室如毁，生涯何地”之语，此文必写于隋朝最后一年或者唐朝最初几年的战乱之时。因而《古镜记》是唐代小说的开山之作。

《古镜记》的结构堪称精妙。这篇近四千字的小说，是由十多个故事组成的。这些故事作者写得有详有略，布置恰当。前几个故事是作者所身历，以时间为序，层次分明，是以第一人称的口吻写成的；后几个故事则是作者的弟弟王勣所经历，是用王勣向王度介绍的口吻来写的。这些故事的主题都是关乎古镜的特异功能，因而故事虽多，却有同一个主脑，使得

---

① 汪辟疆：《唐人小说》，上海古籍出版社1978年版，第12页。

所有的故事成为一个有机的整体。这些故事之前，也就是在小说的开头，作者详细介绍了古镜的来历、尺寸、花纹，点出了其神异之处；这些故事之后，也就是在小说的结尾，作者介绍了古镜的悲鸣咆吼而去，可见首尾的设置也颇具匠心。而且作者在文中两次用了倒叙的手法。第一次是在开篇，作者说："今度遭世扰攘，居常郁怏，王室如毁，生涯何地？宝镜复去，哀哉！"既然此时宝镜已离他而去，那么后面几个故事的叙述就都是倒叙了；第二次是王勣归来后，向王度介绍他的离奇遭遇，他说的几个故事也是倒叙。因而《古镜记》是作者精心构思而成，绝非粗制。

鲁迅说唐传奇虽然"不离于搜奇记逸"，但"叙述宛转"，且"文辞华艳"，这三条标准，《古镜记》都当之无愧。我们可以通过《古镜记》中的第一个故事来分析这一特点：

> 大业七年五月，度自御史罢归河东，适遇侯生卒，而得此镜。至其年六月，度归长安。至长乐坡，宿于主人程雄家。雄新受寄一婢，颇甚端丽，名曰鹦鹉。度既税驾，将整冠履，引镜自照。鹦鹉遥见，即便叩首流血，云："不敢住。"度因召主人问其故，雄云："两月前，有一客携此婢从东来。时婢病甚，客便寄留，云：'还日当取。'比不复来，不知其婢由也。"度疑精魅，引镜逼之。便云："乞命，即变形。"度即掩镜，曰："汝先自叙，然后变形，当舍汝命。"婢再拜自陈云："某是华山府君庙前长松下千岁老狸，大行变惑，罪合至死。遂为府君捕逐，逃于河渭之间，为下邽陈思恭义女，思恭妻郑氏，蒙养甚厚。嫁鹦鹉与同乡人柴华。鹦鹉与华意不相惬，逃而东，出韩城县，为行人李无傲所执。无傲，粗暴丈夫也，遂劫鹦鹉游行数岁。昨随至此，忽尔见留。不意遭逢天镜，隐形无路。"度又谓曰："汝本老狐，变形为人，岂不害人也？"婢曰："变形事人，非有害也。但逃匿幻惑，神道所恶，自当至死耳。"度又谓曰："欲舍汝，可乎？"鹦鹉曰："辱公厚赐，岂敢忘德。然天镜一照，不可逃形。但久为人形，羞复故体。愿缄于匣，许尽醉而终。"度又谓曰："缄镜于匣，汝不逃乎？"鹦鹉笑曰："公适有美言，尚许相舍。缄镜而走，岂不终恩？但天镜一临，窜迹无路。惟希数刻之命，以尽一生之欢耳。"度登时为匣镜，又为致酒，悉召雄家邻里，与宴谑。婢顷大醉，奋衣起舞而歌曰："宝镜宝镜，哀哉予命！自我离形，而今几

姓？生虽可乐，死必不伤。何为眷恋，守此一方！”歌讫，再拜，化为老狸而死。一座惊叹。

此篇乃为记怪之作，自然是“搜奇志逸”；此篇中鹦鹉、王度和程雄共开口十二次，鹦鹉的来历、现状、心理、神态、命运，都在对话中一层层显现明晰，使得此段叙述堪称“叙述宛转”；鹦鹉所说的“数刻之命，以尽一生之欢”，以及奋衣而舞所歌的“宝镜宝镜，哀哉予命！自我离形，而今几姓？生虽可乐，死必不伤。何为眷恋，守此一方！”堪称为“文辞华艳”。

但《古镜记》更为难得的是它已注重在小说中营造诗歌的韵味。使小说有诗歌的韵味，特别是有诗歌凄凉的意韵，是唐传奇作者们的普遍追求，也是唐传奇的一大特色，这一特色在《古镜记》中有着突出表现。例如在上面的引文中，化身为美女的狐狸精鹦鹉，虽然她选择了死亡，但在就死之前，她说“惟希数刻之命，以尽一生之欢”，此处的“数刻”和“一生”，对比鲜明，令人心惊；大醉之后，她所唱的“自我离形，而今几姓”，其中包含了多少人事变迁；“生虽可乐，死必不伤”，对于死，她是何等乐观；“何为眷恋，守此一方”，这是何等的通达。她唱完之后，再拜，然后就化为老狸而死，留下了一座惊叹。此言此歌此境，令人欷歔不已，回味不尽。再如在小说的结尾，作者写道：

大业十三年七月十五日，匣中悲鸣，其声纤远，俄而渐大，若龙咆虎吼，良久乃定。开匣视之，即失镜矣！

时间如此确切，给人真切之感；而宝镜在匣中发出悲鸣之声，已令人心悲；其鸣声始则纤远，一会儿就洪大起来，就像是龙在咆哮虎在怒吼，令人撼惊不已。那声音过了良久才停下来，这时王度打开镜匣，宝镜已经不见了。文章至此结束，但在读者脑中，那宝镜发出的声音似乎依然不绝，那宝镜的神异功能也在这不绝的声音中得到重温。

第三节　长篇章回小说之祖《三国演义》

明代四大奇书，是指《三国演义》《水浒传》《西游记》《金瓶梅》。

它们是中国古代小说中的重要作品，也是各小说史重点论述的对象。这四部小说分别是各自小说类型的开山之作，也是各自小说类型的巅峰之作，后世同类小说皆不能与之并列。

李剑国、陈洪主编的《中国小说通史》（明代卷）曾对明代四大奇书的范型意义进行集中说明：

《三国演义》成为“历史演义”类的范型，主要在以下三个方面为后来者树立了仿效的榜样：1. 以史籍的编年体为结撰全书的基本框架，辅之以记事本末体与列传体。2. “七实三虚”的取材原则，即大的历史事件、主要的人物取之于史册，具体的过程、小的插曲和次要的人物则不妨向壁虚构。3. 有鲜明的倾向性，无论是叙事的态度、立场，还是穿插于全书的评论，都毫不掩饰自己的爱憎，甚至直接出面进行评判。后世的列朝演义虽然没有一部能望《三国》之项背，但大多可以看出在这三个方面对其学习模仿的痕迹。

《水浒传》成为“英雄传奇”类范型地方主要是：1. 有一个历史背景，但不十分在意背景的真实程度。2. 集中刻画几个人物，其中或为历史实有或为虚构。3. 主要的人物形象是超凡的，其经历带有历险性质。4. 故事情节富有戏剧性，重巧合，节奏快。这一范型深得英雄传奇文类的精髓，可以说古今中外的英雄传奇，成功者概莫能外——尤其是后面三个特点。直至现代，无论是《林海雪原》，还是金庸的系列作品，其实都可以看到《水浒传》艺术范型的投影。

《西游记》之成为“神魔”类小说范型，主要可以归结为：1. 有一定的宗教色彩，但不十分认真。2. 神魔都有人的品性、情感，基本循人的行为方式做事。3. 神魔世界以人类社会为样板来进行虚构。4. 有较鲜明的是非褒贬。不过，《西游记》的成功还得力于他充溢全书的幽默、机智，以及强烈的英雄主义色彩，这些就不是后继者所能望其项背的了。

《金瓶梅》之为世情小说的范型，其意义则在于：1. 作家把目光投射到现实的社会、人生。2. 以家庭生活为主要描写对象，男女恋情与婚姻生活成为叙事的焦点。3. 以写实手法来刻画人物，人物的感情世界成为表现的重点。人们说“没有《金瓶梅》就不会有《红楼梦》”，就是在《金瓶梅》开创了一条新的创作道路，建立了一种前所未有的作品模式的意义上来讲的。[①]

以上的论述，认为四大名著分别在历史演义小说、英雄传奇小说、神魔小说、世情小说中具有开创性的范型意义，同时也指出《三国演义》和《西游记》是同类小说中的最优秀者：在论述《三国演义》时，作者指出“后世的列朝演义没有一部能望《三国》之项背”；在论述《西游记》时，指出《西游记》的范型意义为后世神魔小说所继承，但它“充溢全书的幽默、机智，以及强烈的英雄主义色彩”，这些就“不是后继者所能望其项背的了”。其实无论是后世的长篇英雄传奇小说，还是长篇世情小说（《红楼梦》除外，它非一般的世情小说），也都不能望《水浒传》《金瓶梅》之项背的。

四大奇书分别建立了历史演义小说、英雄传奇小说、神魔小说、世情小说的范型，这是其文学史意义；但四大奇书之所以被称为“奇书”，更重要的原因是它们所记载的奇人奇事。作为第一部长篇历史演义小说，《三国演义》成功塑造了一批帝王将相的形象。这些帝王们的雄才大略、武将们的勇猛绝伦、谋士们的绝妙智谋折服了一代代读者，无论这些读者是雅是俗，在朝在野。作为第一部英雄传奇小说，《水浒传》塑造出了108个草莽英雄，他们或者倒拔垂杨柳，或者火烧草料场，或者打虎景阳冈，或者智取生辰纲，一个个虎虎有生气，数百年来脍炙人口。作为第一部神魔小说，《西游记》中出现了众多的仙佛魔怪，大闹天宫的孙悟空，好吃懒做的猪八戒，一心向佛的唐僧，忠实憨厚的沙僧，加上法力无边的如来佛，拦路的各种妖怪，相助的观音菩萨和各路神仙，这些形象也具有永恒的生命力。作为第一部长篇世情小说，《金瓶梅》写了一个男人和他的女人们的家庭故事，小说中的人物形象性格鲜明，他们或阴险狠毒，或嫉妒淫荡，或温柔贤淑，或刚烈知耻，最后他们或淫荡而亡，或悲伤而死，或自杀身亡，被杀而死，大多不得善终，令人吁叹不已。这四部作品在塑造人物形象方面的成就有口皆碑，各种文学史、小说史对此论述颇多，此不赘言。

林庚说：“章回的确立，《三国》《水浒》《西游》从此乃成为一切长

① 李剑国、陈洪：《中国小说通史》，高等教育出版社2007年版，第908页。

篇小说的鼻祖。”[①] 章回小说是中国古代长篇小说的唯一形式，而《三国演义》则是中国章回体小说的开山之作。研究和介绍《三国演义》的著作和论文汗牛充栋，似乎各个方面都有涉及；但若抛开西方小说观念的规范，从中国小说的民族特色出发来审视《三国演义》，依然能够发现一些亮点，依然能够消除一些偏见。

一 《三国演义》回目和回末对句独特的文体特点

章回小说的叙事格式是分回标目，其题目多是七言，从现有的文献资料看，宋代的文言小说集《青琐高议》《绿窗新话》《醉翁谈录》是它直接的源头。刘斧的《青琐高议》每篇都有正题和副题，其正题与唐代小说的篇名没有多大区别，多为人名或事名，但副题基本上是七言。《青琐高议》前集、后集、别集共143篇，其副标题为七言的137篇，所占比重高达95.8%[②]，显然是作者有意为之。但这些标题多为粗糙之作，可见它们或者没有经过作者的精心锻造，或者它们的作者真的是那些“俚儒野老”。例如卷一《李相》篇的副题为“李丞相善人君子”，语句平平，只是用来点题。再如《东巡》篇的副题为“真宗幸太岳异物远避”，为了容纳更多的内容，作者用了九言句，而这一标题除了介绍故事的各个要素，在辞藻上毫无亮点可言。另如《紫府真人记》的副标题为“杀鼋被诉于阴府”，这个七言标题与前两个的体例又有所不同，它没有主语，而且还出现了“于”这个虚词。另外有一些副标题根本不像小说标题，例如卷五《名公诗话》的副标题是“本朝诸名公诗话”，虽然也是七个字，但它显然不是小说题目，而且在这个副标题中出现的“名公诗话”与正标题完全重复。卷二《王荆公》的副题“不以军将妻为妾”、《司马温公》的副题“不顾夫人所买妾”、《张文定》的副题“用大桶载公食物”，等等，它们的拟写都很随意，而且毫无文采可言。至于后集卷一《议医》的副标题“论医道之难精”，从题目看就不是小说，只是一篇议论，但作者竟然堂而皇之地给它设置了正副标题。后集卷五《隋炀帝海山记》（上）的副题“记炀帝宫中花木”虽是七字句，但这样的题目也是索然无味，毫

① 林庚：《中国文学史》，清华大学出版社2009年版，第361页。

② 秦川在《明清拟话本章回本小说中七言标题回目形式溯源》（《光明日报》2002年9月11日）中说“《青琐高议》正题下所用副题均为七言”，这是不正确的。

无诗意可言。当然《青琐高议》中也有一些副标题较为成功，例如卷一《颜鲁公》的副题“颜真卿罗浮尸解”，卷二《群玉峰仙籍》的副题“牛益梦游群玉宫”，卷七的“周生切脉娶孙氏”，卷八的《吕先生记》的副题“回处士磨镜题诗”，后集卷一《狄方》的副题“李主遣鬼取名画”，它们都是主语、谓语、状语、补语层次分明，虽然没有什么诗意，但已较为工整，很像后世章回小说的回目了。

《绿窗新话》全书共154篇。这些作品内容较为简单，只是一些小说名篇的故事梗概，例如千余字的唐传奇名篇《封陟》，就被压缩成了200多字的短文。作者在缩编正文的同时，给每篇小说都设置了一个七言标题。与《青琐高议》不同，《绿窗新话》没有两个标题，它完全抛弃了唐人传奇《古镜记》《任氏传》等含有“记”“传”之类的三言、四言题目，全书统一采用了“刘阮遇天台女仙”“裴航遇蓝桥云英”这样的七言句。《绿窗新话》的篇目经过了作者的精心推敲，因为它的篇目不仅全都是七言的，而且还大致两两对偶，上面所举两例就是对偶的，它们是小说集中第一篇和第二篇的篇目。第三篇、第四篇的题目是“王子高遇芙蓉仙”和“闲鸡君遇西真仙”，第五篇、第六篇的题目是“封陟拒上元夫人”“陈纯会玉源夫人”，也是基本上对偶的。

《醉翁谈录》的标题也值得注意。《醉翁谈录》分为甲、乙、丙、丁等十集，每集两卷，每卷下又有“舌耕叙引”“私情公案”“烟粉欢合”等名目，每目下有一篇或数篇作品，其中每篇作品都有一个篇名（戊集“烟花品藻”“烟花诗集”除外）。而这些篇名中有不少七言句，例如甲集卷二中有“张氏夜奔吕星哥”，乙集卷一中有“林叔茂私挈楚娘”“静女私通陈彦臣”“宪台王刚中花判”，乙集卷二中有“唐宫人制短袍诗”“金陵真氏有诗才”“王氏诗回吴上舍”，其他各卷中也多有出现。这些七言篇名多达34个，约占全部81篇（不含附录10篇）的42%。七言标题这高达42%的比例，是书中其他四言、五言、六言、八言、九言、十言标题不能相比的。

章回小说七言标题的另一个源头是元杂剧。元杂剧的格式，是在剧本的最后出现题目和正名，而这题目和正名多是七言的，而且这两个句子多是对偶句。例如《窦娥冤》的题目是“秉鉴持衡廉访法”，正名是“感天动地窦娥冤”；《汉宫秋》的题目是“沉黑江明妃青冢恨”，正名是“破幽梦孤雁汉宫秋”。

在白话小说中，宋代的《大唐三藏取经诗话》已开始分段标目，例如“行程遇猴行者处第二”“入大梵天王宫第三”等。但第一部明确分回标目的长篇小说，是《三国演义》。

《三国演义》的分回标目也有一个过程。今存最早的《三国演义》刊本，是嘉靖本《三国志通俗演义》，它共分为24卷，每卷10则，每则有目，共有240目，各目都是七言单句。后来出现的《李卓吾先生批评三国志》，合240则为120回，回目也由原来的单句合并成双句。但现在一般见到的《三国演义》文本，是清初的毛评本《三国志演义》。毛氏父子对《三国演义》改动颇大，每回的标题也是其改动的主要内容。其《凡例》云：

> 俗本题纲，参差不对，杂乱无章，又于一回之中，分上下两截。今悉体作者之意而联贯之，每回必以二语对偶为题，务取精工，以快悦者之目。

毛氏父子对《三国演义》回目的加工非常成功，堪称章回小说回目的典范，下文所分析的回目和回末对句就是毛评本中的。标准的章回小说不仅在每回的开头有回目，在每回的结尾还有回末对句。回目和回末对句虽然都是对偶句，但它们具有不同的特征，它们与一般诗歌中的对偶句也有不同的文体特征。

第一，回目具有出色的叙事性。

回目最主要的功能就是叙事。

《三国演义》一共120回，每回的回目都是对偶句。对偶句是律诗的主要形式，律诗中的颔联和颈联是必须要对偶的。律诗一般分为五律和七律，但章回小说的回目多是七字对偶句，这主要是七字对比五字对容量大的缘故。虽然七字句仅多出了两个字，但比起五字对来，字数却多出了40%，这就使作者在构造回目时从容了很多。不过七字对虽然是《三国演义》回目的主要形式，却不是唯一的形式。在这120个回目中，实际上七字对只有89对，其他31个回目是八字对。之所以多出了一个字，之所以使作者宁肯牺牲回目上的一致性，也是因为八字对的容量比七字对更大。

那么为什么作者要尽量增加回目上的字数呢？归根结底，是由小说这种叙事性文体以及回目的叙事功能所决定的。小说是叙事性文体，在每一回中都容纳了大量的故事情节，而回目又必须尽量交代清楚每回的主要内容，这样多出来的两三个字就非常重要了。《三国演义》120 回，看起来篇幅很长，但它是历史小说，从汉末到晋初尽管只有不到一百年的历史，但那是一个风云动荡历史事件非常密集的时期，要把这时期所有的事件浓缩在 120 回书中，就必然导致每回书的叙事密度都很大，从而导致了回目内容的拥挤。

值得注意的是，出现在《三国演义》回目中的词没有一个虚词，全都是实词。阅读作为叙事文学的小说，读者的阅读期待就是什么人做了什么事，所以作为回目，它必须尽量交代清楚事件主人公的姓名，或者是字号、代称，而姓名、字号或代称的字数少则一字，多则三字（120 回《三国演义》中，只有倒数第二回的回目中没有出现表示人物的名词或代词）。然后就要交代清楚发生了什么事。这不是一个动词就能交代明白的，还要有这个动词所指向的对象即宾语，要有这个动词的修饰词即状语。有时这个动词还是个关系词，那就要把发生关系的双方人物都要交代出来，例如“太史慈酣斗小霸王，孙伯符大战严白虎”，上、下联各八个字，其中有六个字被人物姓名占去了，另外两个字一个是动词，一个是修饰动词的状语。这八个字的各个构成部分都不能去掉：去掉任何一个人名，事件都交代不清楚；去掉动词，就没有点明事件；而去掉状语，句子就没有了生气。

回目必须要交代清楚人物和事件，这就使作为回目的对偶句与一般诗歌中的诗句有了区别。因为一般来说，在诗歌、小说、戏剧、散文中，诗歌是最偏重于抒情的，但回目的作用既然是要交代清楚人物和事件，它实际上已相当于一个事件的纲要，它也就基本上属于叙事文学的范畴了。但它内容上虽然是叙事的纲要，形式上仍然是诗歌形式的对偶句，这就决定了回目作为一种特殊的文体在中国文学中具有独特的美学价值和实用价值，同时也折射出了中国观众独特的审美视角和接受能力。

第二，回末对句是灵活的，不局限于叙事。

与回目相对，《三国演义》每回回末一般也有一个对偶句，例如第二回的结尾是这样的：

……傍边一人鼓掌大笑曰：“此事易如反掌，何必多议！”视之，乃曹操也。正是：

欲除君侧宵人乱，须听朝中智士谋。

不知曹操说出甚话来，且听下文分解。

这里的“欲除君侧宵人乱，须听朝中智士谋”对仗工整，也是对句。但这些回末对句与回目相比，则有很大不同。回目基本上只有叙事功能①，但回末对句则比较灵活，除了叙事，它还可以用来抒情、议论。

《三国演义》的回末对句中有一些句子很有抒情性，例如第五十一回的“几郡城池无我分，一场辛苦为谁忙”，第九十三回的“可怜魏将难成事，欲向西方索救兵”等，就在叙事中夹杂着感慨。但这样的句子非常少。因为《三国演义》毕竟是历史演义，它的回末对句虽然也是诗歌的形式，但它既不像回目句那样完全是叙事，也不像一般的诗歌那样偏重于抒情，它基本上更偏重于议论。例如第五回的“擒贼定须擒贼首，奇功端的待奇人”就是个议论性格言，而第六回的“玉玺得来无用处，反因此宝动刀兵”也是议论性十足。这是因为历史本身虽然令人感慨，但它更给人启示，令人深思。特别是《三国演义》这样一部历史演义的压卷之作，其中人物斗智斗勇，精彩纷呈，但智勇者不一定获胜，正义者不见得善终，是很令人深思的，也容易令人在深思中生发议论。

但即使同是叙事，回末对句和回目句也有很大不同：回目的叙事性很强，而回末句的叙事性则较弱。像前面提到的“欲除君侧宵人乱，须听朝中智士谋”这一回末对句，虽然其中也有“宵人”“智士”等表示人物的名词，但这些名词只是些笼统的概念，并不是具体的人物姓名，这就与回目很不相同；而且这里用的是“欲……须……”这个主观色彩浓厚的议论性句型：这一句型是用来表示条件复句的，是“如果……那么……”的意思，它表示出现在句中的这两个分句所表示的事件可以是不确定的。这样的句型不可能出现在回目中。除了句型的差异，在用词的选择上二者也有明显不同：回目句中一般不会出现连词等虚词，但回末句中却可以出

① 回目中有时通过所选词汇的褒贬等来表达作者的感情倾向，例如用“贼”来称呼董卓、曹操，就表明了作者对二人的贬斥。详见李金坤《务取精工　以快读者——毛本〈三国演义〉回目艺术审美》〔《松辽学刊》（社会科学版）1994年第2期〕中的分析。

现虚词，除了上面提到的“欲……，须……”外，还有第三回的“丁原仗义身先丧，袁绍争锋势又危”中的“又”，第五回的“擒贼定须擒贼首，奇功端的待奇人”中的“定须”，第六回的“玉玺得来无用处，反因此宝动刀兵”中的“反因”，第十回的“本为纳交反成怨，那知绝处又逢生”中的“本为”“那知”，第三十八回的“只因不用锦帆贼，至令冲开大索船”中的“只因”“至令”等，它们都是用来表示条件复句、转折复句、并列复句或者因果关系的虚词，而这些虚词在回目中是不可能出现的。

当然，作为一部历史演义小说的回末对句，《三国演义》中也出现了大量具体的名词和动词，但即使在回末句中出现了这类客观性的词汇，它也往往具有很大的主观性和模糊性，从而削弱了其叙事性。例如第三回的回末句是“丁原仗义身先丧，袁绍争锋势又危”，这里的“丁原仗义”“袁绍争锋”是对具体事件的交代，但“身先丧”的悲剧下场则与“仗义”这一英勇行为形成了鲜明落差，令人感到了作者的惋惜之情，而这种主观的惋惜之情在回目中是很难出现的；同时，这里的“仗义”二字作为叙事也是很模糊的，这就与本回回目中交代同一事件的句子（“议温明董卓叱丁原，馈金珠李肃说吕布”）颇有不同，回目中的句子对所发生事件的描述要客观得多，也清晰具体得多。

第三，回末句的作用是承前启后。

《三国演义》回目句的主要作用是标题和纲目——看了回目之后，读者就能知晓这一回的主要内容。而回末对句的主要作用则是“承前启后”，也就是它既是本回的结尾，同时又是下回的引起。所以章回小说的回末对句在小说结构中发挥着很大作用。回末对句常用的造句方式就是其出句总结上文，而其对句提示下文。例如第七回的回末对句是：“追敌孙坚方殒命，求和桓阶又遭殃”，这里的上句“追敌孙坚方殒命”是总结了本回的主要事件，而下句“求和桓阶又遭殃”则是向读者提示了下一回的内容，所以在这对句之后就是“未知桓阶性命如何，且听下文分解”。

要考查章回小说回末对句的作用，应该结合这个对句后面的两个散句来进行。我们以上面提到的第七回回末对句“追敌孙坚方殒命，求和桓阶又遭殃”后面的散句“未知桓阶性命如何，且听下文分解”为例来分析。人命关天，所以到了生死关头的情节往往最引人注意。而作者在这里故意卖关子，偏偏不说出刘表是否斩了桓阶，这就给读者留下了悬念，使读者欲罢不能；而如果想知道事件的具体结果，就只好阅读下一回。其实下一回中蒯良和刘表的对话只有两问两答而已，然后刘表就“遂送桓阶回营，相约以孙坚尸换黄祖”，总共只有 130 多字，桓阶也没有什么危险，小说很快就转到了“王司徒巧使连环计，董太师大闹凤仪亭”上面去了。所以如果仅仅从故事情节来看，这样的回末设置纯粹是人为地割断故事情节，是弊大于利的。但这种弊大于利的手法却被章回小说普遍采用，说明其有着充分的存在理由。

其实，中国章回小说本来就脱胎于话本，在它身上经常可以看到话本小说的影子。例如每回书最后的“且听下文分解”这六个字，除了在第 120 回中因为没有下文而没有出现外，它在前面 119 回中整整出现了 119 次。可我们是在读小说，是在看书，但这 119 次却都是“且听下文分解”，也就是说，写书人其实是想象着自己是在说书，为了下一次多来一些观众，他就要想方设法设置悬念、卖关子——所以我们看“且听下文分解”前面的那个散句一般都有“未知”“不知”“如何”“怎生”“若何”等表示疑问的词。应该承认，虽然这样设置回末的方式有些生硬，但它确实是很好的吸引听众的手段，所以它能被广泛接受也就可以理解了。当它一旦被普遍接受后，它就形成了一个惯例，最终成为一种文化范式根植于人们意识之中，并被章回小说所遗传，于是我们就见到了现在这种形式的章回小说。

回目句和回末对句作用的不同，不仅决定了它们内容和形式的不同，也决定了它们所采用的叙事视角的巨大差异。从叙事角度来说，每个回目实际上都是对本回所发生事件的精确概括，这个概括必须是确切的，所以这些回目都是史官式的全知视角；而回末则多采用限知视角，例如第三回“丁原仗义身先丧，袁绍争锋势又危”，其前句是对本回已发生事件的概括，是采用全知视角；而其后句则交代不清，到底袁绍“势危”到什么地步那是不清楚的，而读者要想知道“毕竟袁绍性命如何”，那就必须“且听下文分解”。这里的限知视角实际上也是由回末对句的作用所决定的：要是告诉读者具体结果，那谜底就被破解了，悬念就无从产生了，而它“启下”的作用也就消失了。

第四，回目句和回末句的语言具有明显差异。

由于功能不同和作用不同，导致了回目和回末对句在语言表达上的明显差异。

首先，是句子类型和词汇类型的不同。回目都是陈述句，没有什么抒情议论成分，并且其词汇都是实词；而回末对句则出现了抒情句和议论句，其中表示并列关系、转折关系、条件关系、因果关系的虚词也大量出现。这一点前面已有论述，不再赘言。

其次，修辞手法的差异。毛氏父子对《三国演义》的回目进行了加工："每回必以二语对偶为题，务取精工。"于是《三国演义》的回目就都成工整的对偶句了。但相对于《三国演义》回目句单一的对偶（有时也用倒装），回末句的修辞手法则要丰富得多，除了对偶之外，还有数量众多的比喻，甚至对比、用典、设问、夸张等手法也出现了。回末句中的比喻不仅数量多，而且大多精彩、灵活，例如第二十二回"犬豕何堪共虎斗，鱼虾空自与龙争"，就在形象的比喻中表达了深刻的人生见解；而第二十六回"欲离万丈蛟龙穴，又遇三千狼虎兵"，则用"蛟龙"和"狼虎"来形容对手之凶猛，形象生动，入木三分；有些比喻句给人似曾相识之感，例如第七十六回"龙游沟壑遭虾戏，凤入牢笼被鸟欺"，就很像民间流传的熟语"龙游浅水遭虾戏，虎落平阳被犬欺"。对比句如第十九回的"乞哀吕布无人救，骂贼张辽反得生"，想活命的反被杀，想痛快求死的反而活下来，对比鲜明，给人留下了深刻印象。有些语句还用历史典故进行类比，例如第十六回的"秦晋未谐吴越斗，婚姻惹出甲兵来"，第一百一十三回"乐毅伐齐遭间阻，岳飞破敌被谗回"就是。另外作者有时还有夸张滑稽之语，例如第八回的最后写董卓拿着画戟追吕布时却被李儒撞倒，这时用了"冲天怒气高千丈，仆地肥躯做一堆"作为这一回书的结句。细加玩味，就会发现这一结句的高明之处：对比鲜明，滑稽如画，讽刺效果明显，令人忍俊不禁。

这些修辞手法令读者获得美的享受，而它们又以诗句的形式表现出来，共同出现在章回小说每回的结尾处，使这些回末对句具有独特的美学特征，在中国文学中也具有独特的美学价值。

再次，由于词汇密度太大，导致了回目句词汇的拥挤和变形；而回末对句则要从容顺畅得多。回目因为要尽量容纳更多的信息，导致了它里面的实词非常密集。而实词多了，在安排它们时会导致语句的变形。例如第一回的回目是"宴桃园豪杰三结义，斩黄巾英雄首立功"，这里的前三字"宴桃园"和"斩黄巾"是状语，第四、第五两字"豪杰"、"英雄"是主语，后三字"三结义""首立功"是谓语。其状语各是一个词组，而且这两个词组看似结构相同，实则差别很大："宴桃园"是"动词＋地点状语"的结构形式，而"斩黄巾"则是"动词＋宾语"的结构形式。这两句中的谓语"三结义""首立功"也对仗工整，其实也是很不相同的："三结义"实际上是"三个人结义"的意思，而"首立功"则是"第一次立功"的意思，也就是说，这里的"三"和"首"虽然都是在动词的前面，也都是状语，但"三"实际上直接修饰"人"，只是间接修饰"结义"而已；但"首"则直接修饰"立功"。从这一个简单的例子我们就可以看出在回目中实词们是如何拥挤，而这些对句又是如何扭曲变形。这种现象在回末句中是并不突出的。

第五，回目和回末对句具有"实"与"虚"的区别。

通过上面的分析，我们可以发现《三国演义》的回目句和回末对句因为其功能的不同，而表现出了不同的特点：回目句的主要特点是"实"，而回末句的主要特点是"虚"。回目句无一例外都是陈述句，是在实实在在地介绍人物、地点、事件，完全是在叙事，其叙述视角也是老老实实的史官式的全知视角；一百二十对回目对句完全由实词构成的，竟然没有出现一个虚词；为了增大信息量的密度和精确度，为了尽量在回目中多安排几个实词，毛氏父子不仅使得有些回目扭曲变形，而且在这些句子中还出现了31个八言对句；就修辞手法来说，回目句中所用的对偶、倒装等手法也是修辞中不影响事件准确性的手法。回末句虽然也以陈述句为主，但尽量出现了一些感叹句和设问句；如果说回目句都是并列复句，那么回末句则出现了不少条件复句、转折复句；回末句虽然不乏叙事，但并非全是叙事，其中也有抒情和议论；回末句很少实实在在地采用全知视角来介绍人物、事件，而是多采用限知视角来设置悬念；与回目句中都是实词不同，回末句中出现了不少虚词；就修辞手法来看，回末句中出现的大量比喻，以及用典、夸张等，都使其叙事功能虚化了，因为任何比喻都是蹩脚的，用典故也只能是间接叙事，而夸张则是事实的变形。就文体特点而言，回目句和回末对句虽都是以诗句的形式出现，但回目只是小说情节的纲目，它起到了目录、标题的作用，叙事性很强；而回末对句则具有浓厚的抒情色彩，它的抒情性比较突出。

因为回目是"实"的，所以在章回小说中它一直受到重视，是章回小说中不可缺少的重要构成部分，作者们也努力把回目推敲得精妙夺目；但回末对句是"虚"的，所以它的随意性较强，也不很被人重视，甚至在一些章回小说中就被省略了。例如在《红楼梦》中，其回目句可谓精彩绝伦，但其回末句则基本被取消了，偶尔出现几对也是比较随意的。

二　《三国演义》扁平人物论

有人认为《三国演义》的人物特征比较单一，这是其人物塑造方面的败笔。如果用西方的小说观念来分析，《三国演义》中的人物形象是扁形的，而不是圆形的。不可否认，《三国演义》中的人物形象具有明显的脸谱化特征，作者在竭力塑造诸葛亮之智、关羽之勇、曹操之奸，他们三个人也分别成了智、勇、奸三种品质的载体。但奇怪的是，虽然作者塑造的人物形象如此扁平，但《三国演义》依然被中国人广泛认可，并世代流传，这只能说明《三国演义》的人物塑造是成功的。所以还是应该从事实出发，具体分析《三国演义》扁平人物的存在价值。

扁平的人物形象虽然抹去了人物形象的复杂性，但也强调了人物形象的某个突出特征。而这种突出人物形象某个特征的手法，是一种类型化的写作手法，是有其存在价值的。每个人都有其突出的性格特征，或细腻，或直爽，或忠厚，或勇猛，或智慧，或好客，或坦荡，或奸邪，或吝啬……这些具有相同性格特征的人往往具有近似的思维方式、行为方式，认识清楚他们的性格特征，就可以根据其特点推断他的言语行为，并采取适当的交往方式。因而总结归纳出一个人的突出性格特征，不仅具有认识意义，还具有行为指导意义。从这个意义上讲，《三国演义》给我们提供了多种具有鲜明性格特征的人物类型。例如一提到诸葛亮，他就是智慧的化身，于是后世聪明多智的人往往被称为“小诸葛”，而“三个臭皮匠，顶个诸葛亮”这个俗语也是从这个角度创造出来的；张飞则是勇猛的化身，“猛张飞”可以用来形容所有威猛的人；另外曹操的奸诈、鲁肃的宽厚、周瑜的气量狭窄等，都在中国人心目中成为定式。

现实生活中的人物都是复杂的，性格也不是一成不变的，扁平的人物形象则与之相反，可见扁平的人物形象是经过了艺术的抽象加工的。这种艺术加工，对于《三国演义》来说，是被动的，而不是主动的。这是因为《三国演义》是一部世代累积型的作品，“或谑张飞胡，或笑邓艾吃”，唐朝李义山诗中的张飞、邓艾形象，与明清时期《三国演义》中的基本相同。因而《三国演义》中人物形象的脸谱化特征，是中华文化千百年积淀的产物，它身上带有中华文化的基因，是中华文化的集中表现，表现出了中国人的普遍思维特征。这种思维特征，实际上就是一种诗性思维。诗性思维是一种超自然的思维方式，它对事物特征的反映是片面的、跳跃的、感性的，而不是全面的、连贯的、理性的。好人全好坏人全坏，攻其一点不及其余，以具象代替抽象，以比喻代替说理，用感性代替理性，用直觉武断代替逻辑推理，这种思维方式深入到了中国人的骨髓里，通过各种载体各种方式表现出来，从日常生活到学术研究到政治决策，无时不在无地不在。因而应该以宽容之态度来对待《三国演义》中的扁平人物。

但《三国演义》虽然写出了曹操的狠毒奸诈，也写出了他的雄才大略、知人善任；虽然写出了关羽的勇猛无敌，也写出了他的狂傲自大；虽然写出刘备的从谏如流，也写出了他在关键时刻的刚愎自用……可见《三国演义》所刻画的人物性格也有一定的张力。

这种张力在其他三大奇书中也有表现。例如《水浒传》中的鲁智深虽然看似鲁莽，但也有细心的时候；《西游记》中的如来佛虽然法力无边，是唐僧和大众膜拜的对象，但他也纵容弟子们收取贿物；《金瓶梅》中的西门庆虽然阴险狠毒，但他对宋蕙莲、李瓶儿也有真情。

四大奇书中的这种张力虽然不如《红楼梦》，但也非后世的继作、续作、仿作所能及。

但四大奇书的读者们也是在诗性思维的文化氛围中的长大的，他们往往根据自己惯有的诗性思维在自己心目中加工四大奇书中的人物形象，于是四大奇书中的那些在人物塑造方面的张力在读者对扁平人物的期待视野中，往往被忽略了。

第四节　长篇英雄传奇小说之祖《水浒传》

《水浒传》是中国长篇英雄传奇小说的第一部作品，也是此类小说中影响最大、艺术成就最高的作品。各种文学史、小说史都指出了《水浒传》的艺术成就，本书不再重复。《水浒传》作为中国古代最为杰出的长篇英雄传奇小说，它是中国文化的重要载体，因而我们可以从文化的角度来审视它，可以把用它作为标本来剖析中国文化的特点。本节着重从血腥和诈骗的角度来分析《水浒传》这样的英雄传奇小说对中国人的深刻影响。

2015 年初，日本人质汤川遥菜和后藤健二先后被极端恐怖组织“伊斯兰国”斩首，消息传出，举世为之震惊。人们之所以震惊，就是因为发生了“斩首”这样野蛮、血腥的行为，而这样的行为是与文明社会格格不入的。“伊斯兰国”组织之所以被称为极端恐怕组织，也是因为他们喜欢使用这种血腥手段来对付异己。这样的血腥行为由来已久，而且在漫长的历史长河中一直被很多人广泛认可。下面是《水浒传》中的一段：

> 那妇人见头势不好，却待要叫，被武松脑揪倒来，两只脚踏住他两只胳膊，扯开胸脯衣裳，说时迟，那时快，把尖刀去胸前只一剜，口里衔着刀，双手去斡开胸脯，取出心肝五脏，供养在灵前。肐查一刀，便割下那妇人头来，血流满地。四家邻舍，吃了一惊，都掩了脸，见他凶了，又不敢劝，只得随顺他。①

这是武松杀嫂的具体描写。武松在《水浒传》中是正面形象，“武松打虎”不仅是《水浒传》中最精彩的描写之一，也被各种口头文学尽情演绎。但就是这样一个打虎英雄，却把一个美丽的活生生的少妇当众毁灭了：第一步是把她“脑揪倒来”；第二步是“两只脚踏住他两只胳膊”；第三步是“扯开胸脯衣裳”；第四步是“把尖刀去胸前只一剜”；第五步是“双手去斡开胸脯”；第六步是“抠出心肝五脏”；第七步才是“肐查一刀，便割下那妇人头来”。这样的杀人方式，极为血腥，极为恐怖，极为野蛮，即使那些当今的极端恐怖组织也望尘莫及。

但这样的行为在小说中是被肯定的，因为被杀的潘金莲不仅与西门庆通奸，而且与西门庆一起，毒杀了武大郎。当然不仅武松这种非法的行为是血腥的，即使官府的判决，也是如此的血腥。在后文中，因为要留作证人而没被武松杀死的王婆，最后也被官府剐了。显然在作者看来，这样的血腥杀人、血腥刑法，是应该有的，是应该肯定的。

作者对这些血腥行为的肯定，在《水浒传》中随处可见。例如武松在鸳鸯楼上的一场大杀戮，不仅杀死了想害死他的蒋门神、张都监、张团练，还杀死了无辜的张都监夫人、养娘玉兰以及一些丫鬟妇女等人。他在杀张都监夫人时，“劈面门剁着，倒在房前声唤。武松按住，将去割头时，刀切不入。武松心疑，就月光下看那刀时，已自都砍缺了”——杀

① 施耐庵：《水浒传》（上），山东文艺出版社 2007 年版，第 292—293 页。

人到了把刀都砍缺的程度，可见当时的血腥程度。但作者对这一血腥场面是肯定和赞美的：当杀死蒋门神等三人时，武松不是急切地脱身逃命，而是“见桌子上有酒有肉”，于是“拿起酒钟子，一饮而尽”，并且“连吃了三四钟”，这是何等从容；之后他“去死尸身上割下一片衣襟来，蘸着血，去白粉壁上大写下八字”，这八个大字是：“杀人者打虎武松也”，这样的行为，何等光明磊落！又是何等得意潇洒！在武松又杀了两个人后，作者用“血溅画楼，尸横灯影”这样的漂亮对偶句表示了总结和赞赏；这时武松对自己说：“一不做，二不休。杀了一百个，也只是这一死。”这样的话，在作者看来，应该是写出了武松的“豪气”。之后武松用砍缺的刀杀死了夫人，换刀之后，又痛快利索地杀死了多个妇女：玉兰是被“心窝里搠着”，两个小丫头是被“一朴刀一个”，此外武松还“寻着了两三个妇女”，她们也都被“搠死了在房里”。这时武松才对自己说：“我方才心满意足。”一个“心满意足”，道出了武松这个大“英雄”的杀人狂本质——这样的心态，这样无节制的滥杀，与极端恐怖组织有何区别？

作者通过他的如花妙笔，以赞赏的口吻生动鲜明地描绘了武松的“英雄”行为；但作者唯恐读者不明白他对武松的赞赏，在这段灭门大屠杀之后，还出现了一个“有诗为证”。这首诗是：

> 都监贪婪甚可羞，谩施奸计结深仇。岂知天道能昭鉴，渍血横尸满画楼。①

这首诗在谴责张都监的“贪婪”时，肯定了武松的杀人行为。特别是诗中出现的“天道”一词，把武松“渍血横尸满画楼”的血腥行为上升到了合乎“天道”的地步了。

剐也是最为血腥的行为之一，《水浒传》对此也有具体的描写，这次持刀剐人的是“英雄”李逵：

> 宋江便问道：“那个兄弟替我下手？”只见黑旋风李逵跳起身来，说道：“我与哥哥动手割这厮！我看他肥胖了，倒好烧吃。”晁盖道：“说得是。教取把尖刀来，就讨盆炭火来，细细地割这厮，烧来下

① 施耐庵：《水浒传》（上），山东文艺出版社 2007 年版，第 336 页。

酒，与我贤弟消这怨气。”李逵拿起尖刀，看着黄文炳笑道：“你这厮在蔡九知府后堂，且会说黄道黑，拨置害人，无中生有撺掇他！今日你要快死，老爷却要你慢死！”便把尖刀先从腿上割起，拣好的就当面炭火上炙来下酒。割一块，炙一块，无怎时，割了黄文炳。李逵方才把刀割开胸膛，取出心肝，把来与众头领做醒酒汤。众多好汉看割了黄文炳，都来草堂上与宋江贺喜。有诗为证：

文炳趋炎巧计乖，却将忠义苦挤排。奸谋未遂身先死，难免剜心炙肉灾。①

长得较为肥胖，竟然成为被“烧吃”的理由，这是李逵的逻辑；“细细地割这厮，烧来下酒”，才能“与我贤弟消这怨气”，这是晁盖的逻辑；“今日你要快死，老爷却要你慢死”，这话是行刑者李逵“笑”着说的；然后他就“把尖刀先从腿上割起，拣好的就当面炭火上炙来下酒”，并且“割一块，炙一块”，而用炙烤了的黄文炳肉片来下酒的是在场全体梁山“好汉”们；直到黄文炳身上的肉都被割尽之时，“李逵方才把刀割开胸膛，取出心肝，把来与众头领做醒酒汤”。在这一血腥过程完成之后，“众多好汉看割了黄文炳，都来草堂上与宋江贺喜”，于是这血腥行为就以“贺喜”作为结尾了。后面“有诗为证”批判黄文炳趋炎附势，设计陷害“忠义”，显然是把宋江当作正面人物，而黄文炳则是罪有应得，不值得同情。在此之前，宋江为了杀黄文炳，派人攻打无为军，他们到了黄文炳家里，“见一个，杀一个，见两人，杀一双。把黄文炳一门内外，大小四五十口，尽皆杀了，不留一人”，已经滥杀了无辜。其实宋江题反诗是真，宋江有反叛之心是真，宋江结交晁盖等梁山之人是真，黄文炳向官府告发宋江并无不妥之处。但强盗自有强盗逻辑，在《水浒传》中，那就是顺我者昌，逆我者亡；顺我者对，逆我者错；我就是天，我在替天行道，所以我的一切言语都是正确的，我的一切行为都是正义的。

如果说上面所列举的武松、李逵的杀戮行为针对的是个别人、个别家庭，那么第三十四回宋江们为了逼迫霹雳火秦明归顺梁山，竟然杀了青州城外数百人家，那就是反人类的集体杀戮行为了：

① 施耐庵：《水浒传》（上），山东文艺出版社2007年版，第449—450页。

五位好汉都送秦明下山来，相别了，交还马匹、军器。秦明上了马，拿着狼牙棒，趁天色大明，离了清风山，取路飞奔青州来。到得十里路头，恰好巳牌前后，远远地望见烟尘乱起，并无一个人来往。秦明见了，心中自有八分疑忌。到得城外看时，原来旧有数百人家，却都被火烧做白地。一片瓦砾场上，横七竖八，杀死的男子妇人，不记其数。秦明看了大惊。打那匹马在瓦砾场上跑到城边，大叫开门时，只见门边吊桥高拽起了，都摆列军士旌旗，擂木炮石。秦明勒着马，大叫："城上放下吊桥，度我入城。"城上早有人看见是秦明，便擂起鼓来，呐着喊。秦明叫道："我是秦总管，如何不放我入城?"只见慕容知府立在城上女墙边，大喝道："反贼，你如何不识羞耻！昨夜引人马来打城子，把许多好百姓杀了，又把许多房屋烧了，今日兀自又来赚哄城门。朝廷须不曾亏负了你，你这厮倒如何行此不仁！已自差人奏闻朝廷去了，早晚拿住你时，把你这厮碎尸万段!"秦明大叫道："公祖差矣！秦明因折了人马，又被这厮们捉了上山去，方才得脱。昨夜何曾来打城子?"知府喝道："我如何不认的你这厮的马匹、衣甲、军器、头盔！城上众人明明地见你指拨红头子杀人放火，你如何赖得过！便做你输了被擒，如何五百军人没一个逃得回来报信？你如今指望赚开城门取老小。你的妻子今早已都杀了。你若不信，与你头看。"军士把枪将秦明妻子首级挑起在枪上，教秦明看。秦明是个性急的人，看了浑家首级，气破胸脯，分说不得，只叫得苦屈。城上弩箭如雨点般射将一来，秦明只得回避。看见遍野处火焰尚兀自未灭。①

如果说林冲的逼上梁山是官府所逼，那么秦明的逼上梁山则是被宋江们所逼；在林冲的逼上梁山中，死去的仅仅是林冲的妻子和丈人，而且其妻子是自杀，丈人是病死；但在秦明的逼上梁山中，死去的不仅是秦明的妻子，还有几百家男男女女；并且秦明妻子的被杀是中了宋江们的计策，几百家无辜百姓的被杀完全是宋江们这些号称是“替天行道”的“英雄们”所为。仅仅为了逼迫一个人上梁山，就在一夜之间烧毁了数百个民居，杀死了数百家“好百姓”，这样的行为，比高俅父子迫害林冲的行为要恶劣

① 施耐庵：《水浒传》（上），山东文艺出版社2007年版，第372—373页。

百倍！人们往往谴责高俅父子迫害林冲，使得林冲走投无路之后投奔梁山，那么为什么不谴责宋江们迫害秦明，使得秦明走投无路不得不归顺梁山呢？其中原因值得深入挖掘。

还有更恶劣的杀戮行为，那是宋江们在攻打北京大名府时的所作所为。这次战役，宋江等梁山“好汉”们集体出动。当他们即将攻下大名府时，城里的“杜迁、宋万去杀梁中书老小一门良贱，刘唐、杨雄去杀王太守一家老小”；城中的柴进和蔡福已经降顺了梁山，他们的家在城内，所以深知宋江们秉性的柴进竟然对蔡福说：“你快跟我去家中保护老小！”这才使得他们两家避免了劫难。但其他百姓就没有这么幸运了。当他们两人收拾好了“家资老小”，准备“同上山寨”时，蔡福对柴进说：“大官人可救一城百姓，休教残害。”于是柴进赶紧去找军师吴用。但“比及柴进寻着吴用，急传下号令去，教休杀害良民时”，已是“城中将及伤损一半”了。此时作者竟然用这样半调侃的笔调来写这场大屠杀、大抢劫：

> 烟迷城市，火燎楼台。千门万户受灾危，三市六街遭患难。鳌山倒塌，红光影里碎琉璃；屋宇崩摧，烈焰火中烧翡翠。前街傀儡，顾不得面是背非；后巷清音，尽丢坏龙笙凤管。斑毛老子，猖狂燎尽白髭须；绿发儿郎，奔走不收华盖伞。耍和尚烧得头焦额烂，麻婆子赶得屁滚尿流。踏竹马的暗中刀枪，舞鲍老的难免刃槊。如花仕女，人丛中金坠玉崩；玩景佳人，片时间星飞云散。瓦砾藏埋金万斛，楼台变作祝融墟。可惜千年歌舞地，翻成一片战争场。①

小说中可以有这样的血腥描写，但作者对这样的血腥场面应该是谴责的，不应该是赞赏的，更不应该是调侃的。这是区分作者是文明之人还是野蛮之辈的标志；读者对这样的血腥描写也应该是谴责的，而不应该是赞赏的，这也是区分读者是文明还是野蛮的标志。不幸的是，《水浒传》的作者对这样的血腥描写赞不绝口，很多读者们对这样的血腥场面也津津乐道。

除了血腥，《水浒传》中值得谴责的还有诈骗。下面是第七回“豹子

---

① 施耐庵：《水浒传》（下），山东文艺出版社 2007 年版，第 737—738 页。

头误入白虎堂”的一段描写，从中可见高俅的诈术之深：

那一日，两个同行到阅武坊巷口，见一条大汉，头戴一顶抓角儿头巾，穿一领旧战袍，手里拿着一口宝刀，插着个草标儿，立在街上，口里自言语说道：“不遇识者，屈沉了我这口宝刀。”林冲也不理会，只顾和智深说着话走。那汉又跟在背后道：“好口宝刀，可惜不遇识者！”林冲只顾和智深走着，说得入港。那汉又在背后说道：“偌大一个东京，没一个识的军器的！”林冲听的说，回过头来，那汉飕的把那口刀掣将出来，明晃晃的夺人眼目。林冲合当有事，猛可地道：“将来看！”那汉递将过来。林冲接在手内，同智深看了。但见：

清光夺目，冷气侵人。远看如玉沼春冰，近看似琼台瑞雪。花纹密布，鬼神见后心惊；气象纵横，奸党遇时胆裂。太阿巨阙应难比，干将莫邪亦等闲。

当时林冲看了，吃了一惊，失口道：“好刀！你要卖几钱？”那汉道：“索价三千贯，实价二千贯。”林冲道：“值是值二千贯，只没个识主。你若一千贯肯时，我买你的。”那汉道：“我急要些钱使，你若端的要时，饶你五百贯，实要一千五百贯。”林冲道：“只是一千贯，我便买了。”那汉叹口气道：“金子做生铁卖了，罢，罢！一文也不要少了我的。”林冲道：“跟我来家中取钱还你。”回身却与智深道：“师兄且在茶房里少待，小弟便来。”智深道：“洒家且回去，明日再相见。”林冲别了智深，自引了卖刀的那汉，到家去取钱与他，将银子折算价贯，准还与他。就问那汉道：“你这口刀那里得来？”那汉道：“小人祖上留下。因为家道消乏，没奈何，将出来卖了。”林冲道：“你祖上是谁？”那汉道：“若说时，辱没杀人。”林冲再也不问。那汉得了银两自去了。林冲把这口刀翻来覆去看了一回，喝采道：“端的好把刀！高太尉府中有一口宝刀，胡乱不肯教人看，我几番借看，也不肯将出来。今日我也买了这口好刀，慢慢和他比试。”林冲当晚不落手看了一晚，夜间挂在壁上，未等天明，又去看那刀。[①]

① 施耐庵：《水浒传》（上），山东文艺出版社2007年版，第83—84页。

陆谦是林冲的好友，他深知林冲的天性和爱好，知道林冲会对宝刀痴迷，于是投其所好，不由得林冲不上当。卖刀的大汉第一次开口，说的是“好不遇识者，屈沉了我这口宝刀”，这时正与鲁智深边走边说的林冲根本没理会他；大汉跟在林冲背后第二次说话，是“好口宝刀，可惜不遇识者”，依然没有引起林冲的注意。等到他第三次说“偌大一个东京，没一个识的军器的”时，林冲终于回过头来。此时大汉把刀掣将出来，宝刀明晃晃的光芒吸引了林冲。然后大汉跟林冲讨价还价时的那个认真劲儿，在林冲家里唯恐辱没了自己的祖上而不敢说自己祖上姓名的可怜样儿，都使得这个骗局非常逼真。而文中写林冲竟然手捧宝刀“不落手看了一晚”，歇息之后把刀挂在壁上，“未等天明，又去看那刀”，一个对刀如此痴迷的人，怎么会不被奸诈小人牵着鼻子走，又怎么能够识破这样的圈套？

《水浒传》中，不仅林冲这样的正人君子容易被人算计，即使潘金莲这样聪明伶俐、有些心计的人也照样落入彀中。下面是王婆向西门庆介绍勾引潘金莲的计策：

> 王婆笑道：“……大官人你便买一匹白绫，一匹蓝绸，一匹白绢，再用十两好绵，都把来与老身。我却走将过去，问他讨茶吃。却与这雌儿说道：‘有个施主官人，与我一套送终衣料，特来借历头，央及娘子，与老身拣个好日，去请个裁缝来做。’他若见我这般说，不睬我时，此事便休了。他若说：‘我替你做。’不要我叫裁缝时，这便有一分光了。我便请他家来做。他若说：‘将来我家里做。’不肯过来，此事便休了。他若欢天喜地说：‘我来做，就替你裁。’这光便有二分了。若是肯来我这里做时，却要安排些酒食点心请他。第一日你也不要来。第二日，他若说不便当时，定要将家去做，此事便休了。他若依前肯过我家做时，这光便有三分了。这一日你也不要来。到第三日晌午前后，你整整齐齐打扮了来，咳嗽为号。你便在门前说道：‘怎地连日不见王干娘？’我便出来，请你入房里来。若是他见你入来，便起身跑了归去，难道我拖住他？此事便休了。他若见你入来，不动身时，这光便有四分了。坐下时，便对雌儿说道：‘这个便是与我衣料的施主官人。亏杀他！’我夸大官人许多好处，你便

> 卖弄他的针线。若是他不来兜揽应答，此事便休了。他若口里应答说话时，这光便有五分了。我却说道：'难得这个娘子与我作成出手做。亏杀你两个施主：一个出钱的，一个出力的。不是老身路岐相央，难得这个娘子在这里，官人好做个主人，替老身与娘子浇手。'你便取出银子来央我买。若是他抽身便走时，不成扯住他？此事便休了。他若是不动身时，事务易成，这光便有六分了。我却拿了银子，临出门对他道：'有劳娘子相待大官人坐一坐。'他若也起身走了家去时，我却难道阻当他？此事便休了。若是他不起身走动时，此事又好了。这光便有七分了。等我买得东西来，摆去桌子上，我便道：'娘子，且收拾生活，吃一杯儿酒，难得这位官人坏钞。'他若不肯和你同桌吃时，走了回去，此事便休了。若是他只口里说要去，却不动身时，此事又好了，这光便有八分了。待他吃的酒浓时，正说得入港，我便推道没了酒，再叫你买，你便又央我去买。我只做去买酒，把门拽上，关你和他两个在里面。他若焦燥，跑了归去，此事便休了。他由我拽上门，不焦燥时，这光便有九分了。只欠一分光了便完就，这一分倒难。大官人，你在房里，着几句甜净的话儿说将入去。你却不可燥暴，便去动手动脚，打搅了事，那时我不管。你先假做把袖子在桌上拂落一双箸去，你只做去地下拾箸，将手去他脚上捏一捏。他若闹将起来，我自来搭救，此事也便休了，再也难得成。若是他不做声时，此是十分光了。这时节，这时节，十分事都成了。这条计策如何？"西门庆听罢大笑道："虽然上不得凌烟阁，端的好计！"王婆道："不要忘了许我的十两银子。"①

这王婆的从一分光到十分光，是她勾引潘金莲十个步骤的预叙。她充分利用了潘金莲做的一手好针线的特长，又充分利用了潘金莲乐于助人的性格特征，还利用了潘金莲对她的信任，当然更充分利用了潘金莲婚姻生活的不幸。潘金莲最终完全按照王婆的计谋成了西门庆的情妇，并最终在王婆的唆使下、在西门庆的帮助下毒死了武大郎。其实在《水浒传》中，虽然貌美过人的潘金莲跟侏儒武大郎结婚多年，虽然她对武松动过情思，但她在落入王婆的圈套之前，并没有婚外情。因而可以说王

① 施耐庵：《水浒传》（上），山东文艺出版社 2007 年版，第 263—264 页。

婆为了得到西门庆的银子，用奸计使得潘金莲堕落成了奸妇，并进一步成为杀人犯。

这样的诈骗计策，是必须谴责的，最后潘金莲、西门庆都被复仇的武松杀死，王婆也被官府判了凌迟。但这些诈骗计策梁山好汉们使用起来更是得心应手。在《智取生辰纲》中，挑着酒的白胜和晁盖等人合伙上演了一出精彩的诈骗好戏，使得提防心十足的杨志也不得不上当，眼睁睁地看着他们把生辰纲劫去。复盘这个诈骗过程，会发现晁盖、吴用、白胜这些好汉们比陆谦、王婆要奸诈得多。晁盖们选择的时间是个烈日炎炎的中午，他们选择的地点是前不着村后不着店的黄泥岗，他们诈骗的对象是又累又困又渴的杨志等军士。当众军准备买酒解渴时，杨志打他们，说酒里面可能有蒙汗药，这是第一步；这时白胜装作无辜的样子进行辩解，这是第二步；晁盖等人要求买酒吃，这是第三步；白胜假装不卖，这是第四步；晁盖等说服了白胜，这是第五步；白胜说没有碗瓢，这是第六步；晁盖等拿出了自己的椰瓢吃酒，这是第七步；吃完一桶酒后又要求再吃另一桶，这是第八步；白胜不同意起了争执，这是第九步；一个客人趁白胜接酒钱之时偷舀了另一桶的一瓢酒要吃，这是第十步；白胜夺过瓢来把酒倒回桶里，这是第十一步；众军士请求老都管向杨志求情吃酒，这是第十二步；杨志同意吃酒，这是第十三步；白胜装作受了委屈故意不卖酒，这是第十四步；众军求他卖酒，这是第十五步；白胜依然不同意卖酒，这是第十六步；众军依然要求买酒，这是第十七步；白胜仍然不卖酒，这是第十八步；晁盖等人故作好心和不平上前劝白胜卖酒，这是第十九步；白胜还是故作生气不卖，这是第二十步；晁盖等人故作仗义把白胜推到一边让众军吃酒，这是第二十一步；众军没有喝酒的器具，这是第二十二步；晁盖等把椰瓢借给众军，这是第二十三步；杨志见众人吃了都没事，自己也忍不住吃了半瓢，这是第二十四步。即使不论这二十四步之前白胜和晁盖们的表演，也不论在这二十四步之后白胜如何潇洒地离去，单单这环环相扣堪称精妙的二十四步，就绝非陆谦的宝刀计、王婆的十光计所能相比了。

王婆诈骗是为了得到十两银子，晁盖等人诈骗是为了得到生辰纲。尽管晁盖等人说生辰纲是不义之财，那么晁盖等人通过欺骗抢劫这样不正当的方式获得了生辰纲，他们得来的就是正义之财吗？这顶多只是以暴易暴，以不义对付不义而已。因而晁盖等人的诈骗行为，与陆谦、王婆的诈骗行为并没有什么本质上的区别，都是为了个人的利益，都是为了获得财或色，而设置好了圈套，用诈骗的方式引诱别人上当。

如果说智取生辰纲所对付的还是官府，用他们的逻辑似乎还讲得通，那么宋江等人逼迫秦明投奔梁山所用的诈骗中，使得秦明一家和数百家无辜百姓全都丧命，这样的行为又如何解释？同样的计策，他们用过多次，逼迫徐宁、卢俊义入伙，也是用了这样的诈骗术。对于这样的诈骗术，也应该进行批判。所以我们批判的对象，不仅是陆谦、王婆，还有晁盖、宋江。

《水浒传》中血腥和诈骗往往同时存在。宋江们骗秦明入伙是集体作案的典型案例，杨雄大闹翠屏山是个体作案的典型案例。

杨雄和石秀在《水浒传》中也都是大“英雄”，但这两位大“英雄”曾经合伙诈骗并血腥杀害了两个弱女子。当石秀得知杨雄的妻子潘巧云与和尚私通之后，他先是杀了私通的和尚以及给和尚望风的头陀，又建议杨雄把潘巧云和丫环迎儿骗到偏僻的翠屏山对质。杨雄按计行事，谎称烧香还愿，把两个不知情的女子骗到了翠屏山。在翠屏山上，手握钢刀的杨雄仍然在诈骗，他对迎儿说：“实对我说，饶你这条性命。但瞒了一句，先把你剁做肉泥。”可是当迎儿把事实全都说出来后，杨雄依然是“手起一刀”，把迎儿“挥作两段”。看到迎儿被杀，被剥光了衣服捆在树上的潘巧云知道自己的下场只能更惨，她竟然央求石秀说：“叔叔，劝一劝。”其实她明知石秀不可能劝杨雄，因为是石秀给她剥去了首饰衣服，是石秀把刀递给了杨雄；但这时在翠屏山上，只有他们三人，她明知求石秀没用，但还是求了，可见她此刻的无奈和她对于生的无限渴望。这时杨雄动手了，他首先“把刀先斡出舌头，一刀便割了，且教那妇人叫不的”，其实当潘巧云和迎儿被骗到翠屏山时，她们就没有话语权了，她们的命运就任人宰割了。当潘巧云被割掉舌头不能说话之后，杨雄开始大骂，对潘巧云宣布她的罪名，一是“坏了我兄弟情分”，二是“久后必然被你害了性命”。坏了兄弟情分就是死罪吗？婚外情就必然要害了丈夫的性命吗？把可能当作必然，这是强词夺理。之后杨雄浑然不顾多年的夫妻之情，“一刀从心窝里直割到小肚子上，取出心肝五脏，挂在松树上”，之后又“将这妇人七事件分开了”，也就是把潘巧云肢解了。这就是杨雄和石秀这两位大“英雄”的“英雄”行为。这种行为在当代文明社会是为人不齿的，能够做出这样令人毛骨悚然的血腥行为的人是不配称为英雄的；可是他们依然被很多人赞为英雄，他们的诈骗行为和血腥行为依然被很多人津津乐道。

血腥行为，一旦被披上了“正义”的外衣，就取得了合法性；诈骗行为，一旦被戴上了“正义”的帽子，就变成了谋略。

宋江的事迹，在《宋史》中的《徽宗本纪》《张叔夜传》《侯蒙传》中都曾提到，在《三朝北盟会编》《建炎以来系年要录》等史籍中也有记载。从这些记载中，只能约略知道宋江等36人在北宋末年“转略十郡，官军莫敢撄其锋”，但后来他们在被张叔夜打败后投降，参加了征讨方腊的战役。宋江的部将可以确定姓名的，只有史斌和杨志。这些简单的史料经过了南宋和元代两朝的沉淀和发酵，在明朝时就定型为《水浒传》。因而《水浒传》中几乎所有的人物姓名和绰号、所有的故事情节都是凭空捏造出来的。可以说它凝聚了宋元明时期某些中国普通百姓的思想感情和审美趣味，是中国文化的一个载体。它是中国人民集体创造出来的，是中国文化的产物，但当它成型之后，它又强烈影响了中国人民，强烈影响了中国文化。在这个意义上，《水浒传》和《三国演义》非常类似。在《水浒传》和《三国演义》成书之后的大约五百年时间里，它们风靡天下，畅销不衰，使得每个中国人无论识字与否，都无不通晓《三国演义》《水浒传》，无不熟知这两部书中的计谋和血腥。因为中国人自幼就浸润在《三国演义》和《水浒传》中，因而这两部书实际上成了每个中国人开发心智的启蒙课本，这使得这两部书中的诈骗和血腥对中国人影响深远。

但我们现在的文学史和小说史，往往只介绍这些作品的优点，而忽略了这些作品的局限性，更不挖掘这些作品局限性的影响。以《水浒传》为例，尽管已经有了王学泰、李新宇的《〈水浒传〉与〈三国演义〉批判》，有了刘再复的《双典批判——〈水浒传〉和〈三国演义〉的文化批判》，但《水浒传》中的血腥和诈骗这些局限性，依然没有哪部小说史提及。这是小说史作者的失职。小说是文化产品，小说史不仅要写小说的艺术特点，还要写出小说的文化特点，这样对当下的中国社会、当今的中国人也许用处更大一些。王学泰《游民文化与中国社会》（增订版）书中指出《三国演义》和《水浒传》是游民情绪与游民意识的载体，此书最后附有黄远生的《游民政治》和杜亚泉的《中国政治革命不成就及社会革命不发生之原因》两篇文章，它们都论述了游民文化与中国政治的关系，其观点对中国当今的政治改革不无启发作用。但《水浒传》内涵非常丰富，它不仅可以让我们反思当今的政治，还可以让我们深入剖析我们的精神生活、物质生活中的方方面面，它在我们的文化反省中应该发挥更大的作用。所以我们在写作文学史、小说史时，不应该为名著讳，仅仅分析其优点，而不涉及它们的缺点。只有这样，我们才不辜负这些名著，这些名著也才能为当今社会、当今中国人民作出更大的贡献。

第五节　聊斋体小说之祖《聊斋志异》

《聊斋志异》被各文学史、小说史誉为中国文言小说的巅峰之作。例如齐裕焜在《中国古代小说演变史》中说：

> 《聊斋志异》是我国文言小说发展的高峰，它继承并发展了我国志怪、传奇小说的艺术传统，创作出了完美的文言短篇小说，在我国文言小说发展史上可以说是空前绝后的。[①]

《聊斋》一出，模拟者众多，例如沈起凤的《谐铎》、和邦额的《夜谭随录》、浩歌子的《萤窗异草》、冯起凤的《昔柳摭谈》、管世灏的《影谈》、宣鼎的《夜雨秋灯录》、吴芗厈的《客窗闲话》、王韬的《遁窟谰言》《淞隐漫录》等，但这些摹拟之作的成就都远不及《聊斋》。

鲁迅在《中国小说史略》中说《聊斋志异》“用传奇法，而以志怪”[②]，这一议论被公认为是聊斋体小说的文体特征。其中的“用传奇法”，是指唐传奇“描写委屈，叙次井然”的写作方法；“而以志怪”，则是指出了其内容特点。

但鲁迅的这一评述并不很恰当。

鲁迅《中国小说史略》成功的一个重要原因，就是书中多有名句。鲁迅有深厚的写旧体诗的功力，他的这些名句多是用写旧体诗句的方法写成的，多经锤炼，使得这些名句在书中堪称为“文眼”，令人在惊服其观点的同时，也咀嚼其文辞之美。但这些具有高度概括力的名句往往具有诗性特征，其语言并不准确严密，容易令人产生误解。比如此处的“用传

① 齐裕焜：《中国古代小说演变史》（修订本），敦煌文艺出版社 2002 年版，第 95 页。

② 鲁迅：《中国小说史略》，人民文学出版社 2006 年版，第 214 页。

奇法，而以志怪”，就容易产生两个误解：一是《聊斋志异》首创了“用传奇法，而以志怪”这一文体；二是唐传奇们只是用了“传奇法”的创作手法，但其内容不是志怪。

实际上，唐传奇才是第一批“用传奇法，而以志怪”的作品。志怪小说的鼎盛时期是魏晋南北朝，但那时的作品，无论《搜神记》还是《拾遗记》，都还不是“传奇法”。到了唐代，无论是初唐的《古镜记》《补江总白猿传》《游仙窟》，还是后来的《枕中记》《李章武传》《元无有》《任氏传》《南柯太守传》《周秦行纪》《东阳夜怪录》《湘中怨解》《柳毅》《蒋琛》，这些堪称为唐传奇名篇的作品，其手法固然是“传奇法”，其内容也都是“志怪”。

但鲁迅“用传奇法，而以志怪”中的“传奇”，并不专指唐传奇，更多的是指明代以来的《剪灯新话》之流的明代传奇之作。后人误解为唐传奇，那是不细读《中国小说史略》之故，这倒与鲁迅无关。鲁迅的原文说得非常清楚：

> 明初，有钱唐瞿佑字宗吉，有诗名，又作小说曰《剪灯新话》，文题意境，并抚唐人，而文笔殊冗弱不相副，然以粉饰闺情，拈掇艳语，故特为时流所喜，仿效者纷起，至于禁止，其风始衰。迨嘉靖间，唐人小说乃复出，书估往往刺取《太平广记》中文，杂以他书，刻为丛集，真伪错杂，而颇盛行。文人虽素与小说无缘者，亦每为异人侠客童奴以至虎狗虫蚁作传，置之集中。盖传奇风韵，明末实弥漫天下，至易代不改也。
>
> 而专集之最有名者为蒲松龄之《聊斋志异》。①

“传奇风韵，明末实弥漫天下，至易代不改也”，而《聊斋志异》正是“易代”之后的作品，正是这“传奇风韵，弥漫天下”的产物。不过鲁迅把《聊斋志异》置于那些“素与小说无缘”的文人们的“每为异人侠客童奴以至虎狗虫蚁作传”的专集之中，这恐怕是很多读者没有想到的。

在今人看来，“传奇”往往不自觉地被认为是唐传奇；但在鲁迅看来，传奇虽然唐代就有，但宋代、明代、清代也出现了很多。鲁迅曾有著

---

① 鲁迅：《中国小说史略》，人民文学出版社2006年版，第213页。

作《唐宋传奇集》，其中有两卷是宋人传奇；而上文的引文中也指出了明清时期也有传奇。

但宋代以后的传奇与唐代的很不相同。凌郁之有《走向世俗——宋代文言小说的变迁》一书，指出宋代文言小说已经世俗化了。宋代之后的明清文言小说也具有明显的世俗化特征。这是因为唐传奇的作者多是著名诗人（其中包括牛僧孺、元稹这样的显宦），他们以写诗的态度来写小说，其文笔自然高妙。但宋代的文言传奇小说作者多是俗儒，作品也多脱胎于通俗文学话本，其通俗性可想而知。至于明代的传奇，鲁迅评论瞿佑的《剪灯新话》为“文笔殊冗弱不相副”，已指出其笔力之弱；“粉饰闺情，拈掇艳语”，又指出其内容之俗。瞿佑之作是明代传奇中的上佳之作，其他作品与唐传奇的差距就更大了。这些传奇作品虽然品格不高，笔力冗弱，但其篇幅长于唐传奇，描写之细致具体胜于唐传奇，叙述之井然婉曲也胜于唐传奇。它们虽然是文言小说，但无论其篇幅、描写、结构、内容，都与白话小说更为相似。因而它们虽然名为“文言传奇”，但其内核却与白话相通，与明末清初的才子佳人小说相似。

明代这些与唐传奇相去甚远的通俗传奇作品，才是《聊斋志异》的真正母体。《聊斋志异》中的书生是男性，他们是才子；而《聊斋》中的花妖狐魅们多是女性，她们是佳人。所以《聊斋志异》实际是用文言写成的变异了的才子佳人小说。之所以说是“变异了的”，是因为小说中的女主人公不是现实中人，而是更有诱惑性的狐狸精。鲁迅说《聊斋志异》“独于详尽之外，示以平常，使花妖狐魅，多具人情，和易可亲”，就指出了这一特点。

因而用文言写成的具有志怪特征的才子佳人小说，才是《聊斋志异》的真正文体特征。

第六节　长篇讽刺小说之祖《儒林外史》

鲁迅在《中国小说史略》中说：

> 迨吴敬梓《儒林外史》出，乃秉持公心，指擿时弊，机锋所向，尤在士林；其文又感而能谐，婉而多讽：于是说部中乃始有足称讽刺

之书。[1]

恕是中国的传统美德，所以中国古代的讽刺小说很不发达，长篇讽刺小说就更为少见了。物以稀为贵，《儒林外史》作为中国古代的第一部长篇讽刺小说，其价值就在于此。

《儒林外史》之前，也出现了一些堪称为讽刺文学的作品，例如先秦《诗经》中的《伐檀》《硕鼠》，诸子百家中的“自相矛盾”“郑人买履”“刻舟求剑”等寓言，《史记》中的《滑稽列传》，孔稚珪的《北山移文》，侯白的《启颜录》，甚至到了清初还出现了刘璋的中篇讽刺小说《斩鬼传》，等等。但这些作品的讽刺性都不能与《儒林外史》相比。在《儒林外史》之后，也出现了《镜花缘》《官场现形记》《二十年目睹之怪现状》《孽海花》等具有讽刺、谴责性质的名著，但它们的成就也逊于《儒林外史》，所以鲁迅说“是后亦鲜有以公心讽世之书如《儒林外史》者”[2]。

《儒林外史》的成就，主要是塑造了一系列愚昧可怜的读书人形象。吴敬梓出身大家望族，其祖上考取进士者很多，他自幼也有志于考取功名。但他屡试不第，在父亲早亡之后，又受尽了族人的欺凌之苦，他自己不善经营，终于家产丧失殆尽，被迫离开家乡。坎坷的经历，不仅让他认清了大家族的炎凉，也让他认识到了科举制度对人性的戕害。他把他的认识发而为文，于是就有了《儒林外史》，就有了《儒林外史》中一系列可悲、可怜、可叹而又令人痛心的人物形象。

讽刺小说不是谩骂小说，也不同于谴责小说。例如第四十七回“虞秀才重修玄武阁，方盐商大闹节孝祠”中有下面一段：

> 方六老爷行了一回礼，拘束狠了，宽去了纱帽圆领，换了方巾便服，在阁上廊沿间徘徘徊徊。便有一个卖花牙婆，姓权，大着一双脚，走上阁来，哈哈大笑道：“我来看老太太入祠！”方六老爷笑容可掬，同他站在一处，伏在栏杆上看执事。方六老爷拿手一宗一宗的指着说与他听。权卖婆一手扶着栏杆，一手拉开裤腰捉虱子，捉着一

① 鲁迅：《中国小说史略》，人民文学出版社2006年版，第226页。

② 同上书，第231页。

个一个往嘴里送。

“宽去了纱帽圆领”的方六老爷，站在高阁之上，笑容可掬地同大脚权卖婆站在一起，他在“拿手一宗一宗的指着”下面的执事说给她听，她则“一手扶着栏杆”，一手竟然“拉开裤腰捉虱子”，而且还“捉着一个一个往嘴里送”。这等俗陋不堪的场景，竟然是发生在节孝祠中，而这个方六老爷，正是刚才送自己的母亲“方老太太入祠”的主角。刚才方老太太的亭子入祠时，这个方六老爷跟在亭子后，他后面是当地最为显赫的彭二老爷、彭三老爷、彭五老爷、彭七老爷，再其后是六七十位余、虞两家的举人、进士、贡生、监生，还有余、虞两家的六七十位秀才。而这余、虞两家的一百三四十位进士秀才们，都是自己家有入节孝祠的却不去参加，趋炎附势参加了方家的，而方家的主要人物就是这个毫无品位的方六老爷。这段文字被评为“作者虽以谑语出之，其实处处皆泪痕也”[①]，确实，这一百多位读书人，可谓斯文扫地，不知廉耻。吴敬梓也是读书人，他在这里画出了一幅群丑图，其内心之苦痛，可想而知。

《儒林外史》中，这样的笔法随处可见。小说除了楔子外，所写的第一个读书人是周进。六十多岁的周进已是花白胡子了，却连秀才都没考中，仍然被人称为“小友”，连进入贡院考举人的机会都没有。他跟着姊丈金有余来到省城，到了贡院门口，想进去看看，却被看门的大鞭子打了出来。晚间他央求金有余，金有余花钱买通了关系，领着周进进了贡院。周进一进号门，“见两块号板摆的齐齐整整，不觉眼睛里一阵酸酸的，长叹一声，一头撞在号板上，直僵僵不省人事”。众人把他救醒后，周进“看着号板，又是一头撞将去”。这次没死过去，只是“放声大哭起来”，众人劝也劝不住。而且“一号哭过，又哭到二号、三号，满地打滚，哭了又哭，哭的众人心里都凄惨起来”。最后他“哭了一阵，又是一阵，直哭的口里吐出鲜血来”。作者只是顺笔写来，但作者让一个六十多岁花白胡子的老头在地上打着滚儿哭，就把科举失利对周进的摧残折磨写了出来。最后周进在众商人的帮助下，捐了一个监生，参加了乡试，考中了举人，之后又考中了进士，平步青云，升了御史，被点为广东学道。

周进在广东又录取范进为秀才。54岁的范进“面黄肌瘦，花白胡须，

① 吴敬梓：《儒林外史》，齐鲁书社1994年版，第517页。

头上戴一顶破毡帽”，腊月里还“穿着麻布直裰，冻得乞乞缩缩”。等他交卷子时，“那衣服因是朽烂了，在号里又扯破了几块”。后来范进中举，中举之时他疯了，虽然他的疯病被胡屠户一巴掌打好了，但他的母亲又高兴死了。丧母之后的范进在汤知县家里吃饭，按照孝制，不能用豪华的餐具，他不敢用“银镶杯箸”，即使换了磁杯、象箸也不敢用，一直到换了白颜色的竹箸才肯用。但按照孝制，他应该吃素，这让汤知县很担心，因为他没准备素饭，可是范进竟然“在燕窝碗里捡了一个大虾元子放在嘴里”，其虚伪做作之态尽现。

高妙的文学家所塑造的人物形象，往往具有高度的概括性。《儒林外史》中的周进、范进等人物形象，虽然是具体的，但也是抽象的，也就是他们身上所表现出的一些共性，即使在今天看来，也依然具有讽刺意义。例如上面的范进吃大虾元子一段，卧闲草堂本就有以下评语：

> 上席不用银镶杯箸一段，是作者极力写出。盖天下莫可恶于忠孝廉节之大端不讲，而苛索于末节小数。举世为之，而莫有非之，且效尤者比比然也。[①]

即使在当今时代，不也是有很多人“于大端不讲，而苛索于末节小数”吗？不也是有很多事“举世为之，而莫有非之，且效尤者比比然也”吗？

周进、范进中举之前狼狈贫困，他们不得不放下身段，做一些自己不甘心做却不得不做的事。周进、范进不得不如此，吴敬梓恐怕也不得不如此[②]；因而吴敬梓是在写周进、范进，但也在写他自己，这才是《儒林外史》的“泪痕”所在。

读《儒林外史》读不到这一层，是不可能真正了解吴敬梓内心的伤痛的，也不可能了解《儒林外史》中周进、范进等形象的穿透力。这样的穿透力，只有这些超一流的文学作品才能达到，绝非后世的仿作者所能具有。

---

① 吴敬梓：《儒林外史》，齐鲁书社1994年版，第50页。

② 在吴敬梓29岁时，他为了能够参加乡试，不得不向主持科考的人员跪拜求情，但却遭到了严厉的呵斥；吴敬梓晚年时，据程晋芳《怀人诗》第十八首，处于“贫士无欢颜”、“短褐不得完”的境地，甚至“逝将乞食去”，到了不得不去乞食的地步。（程晋芳诗见陈美林《吴敬梓评传》，南京大学出版社1990年版，第305页）

儒林外史的结构非常独特，即它虽是长篇小说的篇幅，却由一些短篇小说构成。这一体制虽有其弊端，但也有其独到的长处，而《儒林外史》的内容恰恰能够充分发挥它的长处。这是《儒林外史》形式上的不可及处。

对《儒林外史》这种体制的批评，是从五四时期开始的。胡适在《五十年来中国之文学》中说《儒林外史》“没有布局，全是一段一段的短篇小说连缀起来的；拆开来，每段自成一篇；斗拢来，可长至无穷。这个体裁最容易学，又最方便。因此，这种一段一段没有总结构的小说体就成了近代讽刺小说的普通法式”①。鲁迅《中国小说史略》则说《儒林外史》：“惟全书无主干，仅驱使各种人物，行列而来，事与其来俱起，亦与其去俱讫，虽云长篇，颇同短制；但如集诸碎锦，合为帖子，虽非巨幅，而时见珍异，因亦娱心，使人刮目矣。”②

胡适、鲁迅的这一看法对后世颇有影响，很多小说史、文学史都这样评价《儒林外史》的结构。但这种观点是以西方的长篇小说标准来要求《儒林外史》的。西方长篇小说往往以一个或几个人物贯穿整部小说，而《儒林外史》则没有这样贯穿全篇的人物，它往往用三两回集中写一两个人物，后面的三两回又写另外的人物，这使得它就像是一些短篇小说的合集，此即鲁迅“虽云长篇，颇同短制”之意。

但用一些小故事构成一个长篇的文学作品在中国古代并不少见。《晏子春秋》是由一些小故事连缀而成的，而且它的各小故事之间没有关联。《古镜记》也是由几个小故事构成的，这些小故事以时间为序、以古镜为线索，集中为一个篇幅较长的小说，其结构与《儒林外史》相似。长篇小说中，较为典型的是《水浒传》的前半部分，它是由一个个英雄好汉的故事连缀而成的。所谓的鲁十回、林十回，就是指单独写鲁智深的十回、单独写林冲的十回。

判断一部作品的体制是否优秀，最主要的是看它能否承载精彩的人物形象，能否反映作者的思想，而不应该用某种特定的一成不变的模式作为标准来衡量。《儒林外史》这种“颇同短制”的长篇形式，能够塑造出一批令人印象深刻的人物形象，小说中的人物和情节，能够充分表达吴敬梓

① 李汉秋：《儒林外史研究资料》，上海古籍出版社1984年版，第273页。

② 鲁迅：《中国小说史略》，人民文学出版社2006年版，第227页。

的思想感情，那么吴敬梓选择这种体制就是正确的，不应该受到指责。而且，只有这种“颇同短制”的写作手法，才能最大限度地让更多的知识分子粉墨登场，才能在有限的篇幅内最大限度地展示知识分子的群体形象，也才能最大限度地反映出作者的讽刺之情和悲悯之心。另外，只用两三回的篇幅来刻画一个或者两个人物形象，作者就只能在这有限的篇幅内竭力突出这些人物最精彩的个性特征，从而给读者留下最深刻的印象（这是《世说新语》的写作手法）。从这些方面来看，这种“颇同短制”的体制，要优于那些用一两个人物贯穿全篇的体制。

张锦池在《论〈儒林外史〉的纪传性结构形态》中，仔细分析了吴组缃的“连环短篇”说，闲斋老人的“功名富贵”说，吴小如的“时间顺序”说，章培恒的“作者在写作时，对故事所发生的时间是经过精心考虑的”说，以肯定的态度深刻分析了《儒林外史》的这种体制。他认为：

> “时间顺序”是《儒林外史》情节结构的暗线（这是源于作者的史家态度），“功名富贵”是《儒林外史》情节结构的明线（这是源于作者的价值观念），“连环短篇”是《儒林外史》情节结构的外在特征（这是源于作者的人文精神）。[①]

于是这看似无结构的《儒林外史》，其实具有非常严密的结构。

第七节　红楼体小说之祖《红楼梦》

鲁迅在《中国小说史略》中评价《红楼梦》，说它“全书所写，虽不外悲喜之情，聚散之迹，而人物事故，则摆脱旧套，与在先之人情小说甚不同”[②]。郭英德在《四大名著讲演录》中则有更具体的论述：

> 《红楼梦》是从更深广的社会背景和哲学思考上去追究社会变迁、历史变迁背后的一些终极原因，追究人存在的价值，所以《红

① 张锦池：《论〈儒林外史〉的纪传性结构形态》，《文学遗产》1998年第5期。

② 鲁迅：《中国小说史略》，人民文学出版社2006年版，第239页。

楼梦》的思想主旨远远超出了人情小说的范围。[①]

既然《红楼梦》已经“摆脱旧套，与在先之人情小说甚不同”，既然它的“思想主旨远远超出了人情小说的范围”，那么就不应该把它与《金瓶梅》《玉娇梨》等世情小说列为同类，因而我们不妨把它称为“红楼体”小说。

至于《红楼梦》在中国小说史上的地位，请看文学史家夏志清在《中国古典小说史论》中的一段话：

即便是最好的现代小说，在广度和深度上也难以与《红楼梦》相匹敌。因为，出了少数例外，现代中国作家尽管拥有所有新的艺术技巧，但由于缺乏哲学方面的抱负和未能探索到更深的心理真实，依然更多的是传统主义者。一个精通传统文学的学者为了表示对当代中国作品的轻视，总会这样问：“近五十年来产生的作品哪一部能够同《红楼梦》相比?”但人们也可以针锋相对地反问：“在《红楼梦》产生以前，有哪部作品可以与它相比?”回答同样是否定的。[②]

确实，在《红楼梦》产生之后，没有哪部作品能够与之相比；在《红楼梦》产生之前，也没有哪部作品能够与之相比。因而《红楼梦》乃是中国古今小说第一奇书。

论述《红楼梦》的著作、文章非常之多，可以“汗牛充栋”来形容；在如此多的研究著作、文章中，《红楼梦》的艺术特色、思想内涵的各个方面无不被涉及、无不被充分挖掘，《红楼梦》的伟大成就也被充分肯定。例如郭英德就说：“关于《红楼梦》的艺术成就，我觉得，是怎么估计也不会过分的。”[③] 李劼在《历史文化的全息图像——论红楼梦》的“绪论”中有下面一段话：

这部伟大的巨著不仅具有《圣经》意味，而且具有莎士比亚的

① 郭英德：《中国四大名著讲演录》，广西师范大学出版社 2006 年版，第 260 页。

② 夏志清：《中国古典小说史论》，江西人民出版社 2001 年版，第 258 页。

③ 郭英德：《中国四大名著讲演录》，广西师范大学出版社 2006 年版，第 356 页。

丰富性，并且还具有卡夫卡那样的深度。就整个世界文化而言，此乃命运之作，而就其所属的民族文化而言，她则是该文化的一个精灵。人们过去虽然朦朦胧胧地感受到了她之于中国历史的终结意味，但却很少领略她之于中国历史的开天辟地界分性质，也即是说，所谓中国历史，就其文化意味而言，可简明扼要地划分为《红楼梦》之前的历史和《红楼梦》之后的历史。①

中国历史可以分为"《红楼梦》之前的历史和《红楼梦》之后的历史"，即使只有一个评论者这样说，也已经是中国小说中独一无二的荣耀了。

《红楼梦》的艺术成就和思想内涵，各研究著作论述甚多，其中任何一个方面，几乎都能够证明《红楼梦》是中国小说的巅峰之作。本节欲借此机会，以王国维的《〈红楼梦〉评论》为依据，从《红楼梦》的悲剧角度入手，来证明《红楼梦》的伟大之处。

《红楼梦》的悲剧性，今天的小说史中也多有论述。例如齐裕焜《中国古代小说演变史》中认为《红楼梦》有三层悲剧，即时代悲剧、文化悲剧和人生悲剧：

第一，从题材的表层意义看，是通过贾府的兴衰过程及宝、黛、钗的爱情婚姻悲剧写时代悲剧；第二，从题材的深层意义看，是通过几个女子的毁灭过程写文化悲剧；第三，从题材的象征意义看，则是通过由好到了、由色到空的变迁过程写人生悲剧。②

李剑国、陈洪主编的《中国小说通史》也把《红楼梦》中的悲剧归纳为三个层次，分别是爱情的悲剧、女儿的悲剧、家族的时代的悲剧。③

但这些后起的论述，都不如1904年王国维的《〈红楼梦〉评论》深刻。

按照王国维的说法，《红楼梦》是中国戏曲小说中独一无二的作品，因为它与中国的国民精神截然相反。王国维认为"吾国人之精神，世间

① 李劼：《历史文化的全息图像——论红楼梦》，新星出版社2006年版，第14页。

② 齐裕焜：《中国古代小说演变史》，敦煌文艺出版社2002年版，第431页。

③ 李剑国、陈洪：《中国小说通史》，高等教育出版社2007年版，第1396页。

的也，乐天的也”，因而“代表其精神之戏曲小说，无往而不著此乐天之色彩”，其具体表现就是“始于悲者终于欢，始于离者终于合，始于困者终于亨”，并以“《牡丹亭》之返魂，《长生殿》之重圆”为例来说明这一特点。但《桃花扇》和《红楼梦》不是这样的作品。不过《桃花扇》与《红楼梦》又有所不同，《桃花扇》是“政治的也，国民的也，历史的也”，《红楼梦》则是“哲学的也，宇宙的也，文学的也”。因而“大背于吾国人之精神”[①]，正是其价值所在。

一部文学作品，或者说一部稗类小说，竟然具有“大背于吾国人之精神”的特征，这是何等的大勇气！而它竟然达到了“哲学的也，宇宙的也，文学的也”的境界，这又是怎样的伟大！

王国维对《红楼梦》的这一特征还有更具体的论述：

> 《红楼梦》一书，与一切喜剧相反，彻头彻尾之悲剧也。其大宗旨如上章之所述，读者既知之矣。除主人公不计外，凡此书中之人，有与生活之欲相关系者，无不与苦痛相终始……又吾国之文学，以挟乐天的精神故，故往往说诗歌的正义，善人必令其终，而恶人必离其罚，此亦吾国戏曲小说之特质也。《红楼梦》则不然，赵姨凤姊之死，非鬼神之罚，彼良心自己之苦痛也。若李纨之受封，彼于《红楼梦》十四曲中，固已说之曰：
>
> ［晚韶华］镜里恩情，更那堪梦里功名！那美韶华去之何迅！再休提绣帐鸳衾。只这带珠冠，披凤袄，也抵不了无常性命。虽说是，人生莫受老来贫，也须要阴骘积儿孙。气昂昂头戴簪缨，光灿灿胸悬金印，威赫赫爵禄高登——昏惨惨黄泉路近。问古来将相可还存？也只是虚名儿与后人钦敬。（第五回）
>
> 此足以知其非诗歌的正义，而既有世界人生以上，无非永远的正义之所统辖也。故曰《红楼梦》一书，彻头彻尾的悲剧也。[②]

王国维在此解释《红楼梦》是“彻头彻尾的悲剧”，一是指书中的人，只要是“与生活之欲相关系者”，竟是“无不与苦痛相终始”，指出了《红

① 俞晓红：《王国维〈红楼梦评论〉笺说》，中华书局2004年版，第86—87页。

② 同上书，第92—93页。

楼梦》悲剧的普遍性；二是指《红楼梦》打破了“善人必令其终，而恶人必离其罚”的惯例，并特别以李纨为例，说她虽然受封，但依然不能算是“善终”，这就进一步深化了小说的悲剧性。

儿子中举，自己受封，这在封建王朝是非常荣耀的，但在《红楼梦》作者眼中，这依然是悲剧，只不过是另一层次的悲剧而已：所谓的“恩情”，只是“镜里”的；所谓的“功名”，只是梦里的；那“美韶华”去得何等迅疾，那“绣帐鸳衾”又何等短暂；确实，现在自己“带珠冠，披凤袄”，但这珠冠、凤袄无论如何也抵不过“无常性命”；如今是“气昂昂头戴簪缨，光灿灿胸悬金印，威赫赫爵禄高登”，但紧接着就是“昏惨惨黄泉路近”；其实何止是一个李纨，那些古往今来的将相们，不都已如烟散去了吗？也都“只是虚名儿与后人钦敬”而已。

只要是生活中人就与苦痛相终始，繁华背后有凋敝、荣耀背后有辛酸、生命背后有死亡，《红楼梦》写出了这一切，于是《红楼梦》就真的是“彻头彻尾的悲剧”了。

在后文中，王国维进一步分析了《红楼梦》所揭示的悲剧的必然性。他引用叔本华的言论，把悲剧分为三种，其中第三种悲剧是“由于剧中之人物之位置及关系，而不得不然者，非必有蛇蝎之性质，与意外之变故也，但由普通之人物，普通之境遇，逼之不得不如是”①，而《红楼梦》就是第三种悲剧。这种“不得不然”的悲剧，这种“非必有蛇蝎之性质，与意外之变故”的悲剧，这种“由普通之人物，普通之境遇，逼之不得不如是”的悲剧，世间没有人能够例外，无论其高贵还是贫贱，善良还是邪恶，美丽还是丑陋，年长还是年幼。因为，这种悲剧具有必然性和普遍性。所以，王国维称《红楼梦》的这种悲剧，是“悲剧中之悲剧也”②。在这样的悲剧面前，人人难免“悲凉之雾，遍被华林”之凄伤。

虽然《红楼梦》的结构精巧、词曲精绝、文笔精妙、思想深邃，但这“彻头彻尾的悲剧”，这“悲剧之悲剧”，这“大背于吾国人之精神”的勇气，才是《红楼梦》妙绝千古的原因所在。

---

① 俞晓红：《王国维〈红楼梦评论〉笺说》，中华书局2004年版，第96页。

② 同上书，第97页。

第八节　民国初期哀艳文言小说之祖《玉梨魂》

中国古代史的下限一般定于1840年，写作古代小说史的学者们一般不会论及那些1840年之后的作品；而中国现代小说则是开始于五四时期的新文化运动，那些1919年前的小说也不会进入现代小说史的章节之中。能够对1840—1919年期间的小说进行论述或者进行深入研究的，基本上是那些专门研究近代文学的学者；但即使在这些学者眼中，《玉梨魂》这部轰动一时的小说所得到的评语也多是负面的。例如陈子展在1929年出版的《中国近代文学之变迁》中评论五四以前的小说，就认为："这时期旧小说的各派各体都有，尤以玉梨魂派的'鸳鸯蝴蝶体'，聊斋派的'某生某甲体'最为流行，这不过是烂污文人写来糊口，思想形式都陈腐不堪，值不得论及。"① 陈先生的观点在当时很有代表性。20世纪50年代，北京大学中文系编著的《中国文学史》进一步把鸳鸯蝴蝶派定为"反动逆流"："在民国初的七八年中，犹如政治上革命高潮的低落一样，晚清批判现实主义小说的主流也暂时退潮了，当时泛滥文坛的是喧嚣一时的反动逆流——'鸳鸯蝴蝶派'和黑幕小说"②。20世纪90年代，仍然有些小说史大力贬低鸳鸯蝴蝶派的作品，如徐君慧在《中国小说史》中写道："内容千篇一律的写一对陌生男女，在马路上由微笑到点头，进而爱慕。作者着意刻画他们的变态心理，哀伤情怀，庸俗趣味。"③ 鄙夷嘲弄口吻跃然纸上。作者还列举了鸳蝴派的著名作品，第一部就是《玉梨魂》，全然不顾《玉梨魂》中的人物并非那些"在马路上由微笑到点头，进而爱慕"的青年男女。

当然也有少数研究者从正面的角度评价了《玉梨魂》。如郭延礼在《中国近代文学发展史》中就把《玉梨魂》定性为"一出激动人心而又发人深思的爱情悲剧"。④ 陈平原在《二十世纪中国小说史》中客观分析了

① 陈子展：《中国近代文学之变迁》，上海古籍出版社2000年版，第45页。

② 魏绍昌：《鸳鸯蝴蝶派研究资料》（史料部分），上海文艺出版社1962年版，第86页。

③ 徐君慧：《中国小说史》，广西教育出版社1991年版，第567页。

④ 郭延礼：《中国近代文学发展史》，高等教育出版社2001年版，第336页。

《玉梨魂》的一些优点，比如以书信入小说[①]，“不能真骈”的小说语言，甚至认为作者对故事情节的不重视也是一种大胆的尝试[②]。还有一些论文也对《玉梨魂》进行了正面的评价，例如袁进的《过渡时代的投影——论〈玉梨魂〉》（《社会科学战线》1988年第4期）、邓伟的《论民初小说〈玉梨魂〉的骈散文学语言》（《北方论丛》2011年第1期）、李宗刚的《〈玉梨魂〉：爱情悲剧和人生哲理的诗化表现》（《文艺争鸣》2010年第11期）等。另外，海外著名学者夏志清的长篇论文《〈玉梨魂〉新论》，从社会价值、小说中的书信文体等多个方面对《玉梨魂》进行了积极的评价。

民国著名报人张静庐在《出版界二十年》中曾说：“我们如果替民国以来的小说书销数做统计，谁都不会否认这部《玉梨魂》是近二十年来销得最多的一部。”[③] 此文发表于1938年，由此可见即使是饱受文学史家偏爱的五四作家们创作的小说，在民国成立后的二十多年的时间里，其受欢迎程度也不能与《玉梨魂》相比。那么《玉梨魂》何以在漫长的时间里独负盛名？对此，不仅那些贬低《玉梨魂》的研究著作不能解释清楚其中的原因，即使那些肯定《玉梨魂》的研究成果也未能充分挖掘出《玉梨魂》能够独领风骚的独特魅力。

《玉梨魂》的独特魅力，就在于它是用抒情法以叙事；而且这一抒情特征对《玉梨魂》而言，不仅是创作方法，更是创作目的。也就是说，作者创作《玉梨魂》，其意不在创作小说，而在于抒情。只有从这一角度来考查《玉梨魂》，才能明白它畅销不衰的原因，才能确定它的艺术特色，才能重新审查它的社会影响，从而才能真正确定它的小说史地位。

就影响而言，《玉梨魂》绝不只是在文学上导致了一批骈文小说和鸳鸯蝴蝶派小说的产生，它对当时以及以后的社会都具有既深且远的影响。《玉梨魂》首先提出了寡妇追求爱情的问题，也提出了不自由的婚姻对人的戕害问题，这些问题虽然没有答案，但是随着小说主人公的一个个殉情而死，这些问题就引起了全社会的思索。而作者对自由、美满婚姻的倾向性是很明确的，于是《玉梨魂》就成了一部具有思想启蒙意义的小说：

① 陈平原：《二十世纪中国小说史》（第一卷），北京大学出版社1989年版，第103—104页。

② 同上书，第219—220页。

③ 同上书，第211页注④。

它迫使人们思考婚姻问题，考虑妇女解放的问题，思考自由的爱情和固有的传统道德的矛盾冲突的问题。夏志清认为《玉梨魂》是一部“深入探索当代社会与家庭制度的哀情小说”[1]，“可痛切地反映出即将倒垮的封建制度之残忍与不人道”[2]，“梨娘自我牺牲的个人悲剧，却反映出一个陷于瘫痪的社会”[3]，可见它在当时的出现，确实是具有思想启蒙意义的。

而《玉梨魂》之所以能够产生如此大的社会影响，也是由它的抒情特征所决定的。感情对于一个人的影响，虽然很难量化，但它是潜移默化的，是非常深刻的。这潜藏于心灵深处的感情，具有能够改变一个人的思想的力量；而如果社会上很多人都被一种感情所感染，那就会产生改变整个社会的巨大力量。《玉梨魂》风靡天下，使得无数读者都经受着感情的冲击，而且这感情的冲击随着小说在二三十年的时间里的一次次重印、随着读者的一遍遍阅读而在当时社会中得到了最大限度的强化。可以说，自《玉梨魂》出，孀妇可以恋爱，就获得了人们感情上的普遍认同；婚姻要自由、婚姻要尊重人性，也在社会上获得了广泛的共鸣。当全社会的读者都为了梦霞和梨影的爱情而欷歔不已并深感不平时，一场巨大的社会变革的土壤就在读者心中形成了。辛亥革命导致了政权的更迭，但它很难改变那些根深蒂固的社会陋习，特别难以改变人心深处的积弊。但《玉梨魂》可以。《玉梨魂》被讥讽为“眼泪鼻涕小说”[4]，但眼泪鼻涕自有它的威力，它可以洗涤去一些尘土，可以洗亮人的眼睛，可以点亮人的心灵，可以在潜移默化中改变或者坚定人的意志。夏志清认为，虽然徐枕亚“对中国的旧文学和旧道德忠心耿耿”，但《玉梨魂》“却引发了读者对中国腐败面的极大恐惧感，其撼人程度，超越了日后其他作家抱定反封建宗旨而写的许多作品”。[5] 此言可以扫除以前小说史中对《玉梨魂》社会作用的负面评价，也能有助于我们重新确定《玉梨魂》的小说史地位。

---

① 夏志清：《〈玉梨魂〉新论》，载《台湾·香港·海外学者论中国近代小说》，百花洲文艺出版社 1991 年版，第 341 页。

② 同上书，第 343 页。

③ 同上书，第 363 页。

④ 平襟亚：《“鸳鸯蝴蝶派”命名的故事》，载魏绍昌《鸳鸯蝴蝶派研究资料》（史料部分），上海文艺出版社 1962 年版，第 128 页。

⑤ 夏志清：《〈玉梨魂〉新论》，载《台湾·香港·海外学者论中国近代小说》，百花洲文艺出版社 1991 年版，第 382 页。

第五章

需要重新进行文学史定位的重要小说作品

鲁迅说《汉志》“所录小说，今皆不存”①，似乎先秦汉代的小说今天都看不到了，当然更无法研究了。此章反其意，所论皆先秦两汉小说作品。

确定一部大家公认为是小说的作品作为标杆，以此来衡量古代的一切文学作品；或者以此标杆总结归纳出一个小说的定义，以此定义来衡量古代的一切文学作品；符合此标准的就是小说，不符合此标准的就不是小说，这是符合逻辑的做法。违背此原则的一切变通，都是不符合逻辑的，也就是不讲理的。

本书在第一章第五节“小说内涵和外延的确定方法”中以公认为小说的《世说新语》作为小说的标杆，根据它的文体特征，总结出如下的小说定义：

> 小说就是通过记言记事来塑造人物形象的具有虚构特征的散文性的非剧本的文学作品。

以此标准来衡量先秦汉代以及后世的所有文学作品，无论这些作品是经是史是子是集，都把符合此定义的确定为小说作品。符合这个小说定义的作品有很多，下面对其重要者进行具体分析。

---

① 鲁迅：《中国小说史略》，人民文学出版社2006年版，第27页。

第一节　中国小说的开山之作《尚书》

本书第二章第三节“中国小说起源的确切时间”已分析了《尚书》中的《五子之歌》和《金縢》，认为《尚书》中的这些记言、记事文符合小说的定义，而成文于西周时期的《金縢》是中国小说的起点。因而《尚书》是中国小说的开山之作。

《尚书》是我国上古时期最早的历史文献汇编，作为“五经”之一，《尚书》对后世的中国文学产生了巨大影响。但《尚书》所记载的事远及尧舜禹，中乃夏商，截至春秋中期，它虽早在孔子之前就已成书，但后世屡有改动。尧舜禹时期的事迹本来就有传说色彩，其中虚构的成分居多，特别是尧舜和大臣们的对话部分，肯定是后世人根据历代传说整理成文的，这就使得它们具有虚构的特征。《夏书》《商书》所记载的言语事迹，距离孔子的时代，少则五六百年，多则一千五六百年，岁月邈远，文献难征，其中记载的事件和言论，虚构和传说也占了很大比例。即使周代的事迹，也难免虚构之作，比如《金縢》一篇，当周公受到误解之时，“天大雷电以风，禾尽偃，大木斯拔，邦人大恐”；当成王了解到周公的忠心之后，“王出郊，天乃雨，反风，禾则尽起”，其笔法已类似于志怪小说了。因而总体来看，《尚书》中的记言记事之文，其虚构性不下于《世说新语》。

下面以《虞书》为例来具体分析《尚书》的小说特征。

古今对《虞书》颇有争议，认为它可能成文较晚，应该晚于《周书》。一般认为，《古文尚书》中的《虞书》五篇，也就是《尧典》《舜典》《大禹谟》《皋陶谟》《益稷》，其中的《舜典》是从《今文尚书·尧典》中分出来的，《益稷》是从《今文尚书·皋陶谟》中分出来的，它们都不是伪作；只有《大禹谟》是晋代梅赜的伪作。但《大禹谟》即使是伪作，也不是梅赜杜撰出来的，应是他根据当时流传的先秦文献加工而成的。所以从这一意义上看，《虞书》五篇都可以当作中国早期的文献来看待。鉴于它们被置于《尚书》最前面，而且古今论小说者多把它们排除在外，因而选择它们作为《尚书》的小说代表作进行分析。

《虞书》五篇可以当作一个整体来看待，小说的主题线索是后代小说中常见的改朝换代。《尧典》首先介绍了尧帝的主要事迹，然后就是他和大臣们讨论接班人的问题。在讨论中，丹朱、共工都被否定了，尧虽然也反对启用鲧，但由于大臣们的坚持，他只好放弃自己的意见。9 年之后，鲧治水不成功，考察失败，尧和大臣们商定启用穷困的舜。尧为了考察舜，还把自己的两个女儿嫁给了他。舜通过考察之后，尧要把地位让给他，舜没有同意。这是《尧典》的内容。之后在《舜典》中，舜接受了尧的禅让。他四处巡视，考察各地诸侯的政绩，实行自己的政治制度。他还把共工、驩兜、三苗、鲧都进行了处罚，把他们流放到外地。舜执政 28 年后，尧才去世。尧去世之后，舜提拔禹、弃、契、皋陶、垂、益、伯夷、夔、龙等 22 人担任要职，很像后世新即位的皇帝分封功臣。《大禹谟》主要记载的是舜和禹、益、皋陶三位大臣的谈话。在谈话的过程中，大禹貌似尊敬舜，实际上却是在卖弄自己的功绩和德行，对舜有时还用教训的口气，舜的权威受到了严重挑战，他只好同意把帝位让给禹。《皋陶谟》主要记载的是皋陶和禹的对话。在《大禹谟》中，大禹曾向舜提议，让皋陶继承帝位，可见皋陶的功绩很大，他是禹的直接竞争对手。《皋陶谟》中，皋陶提出了一些治理国家的策略，使得大禹拜服，可见他的理论水平是很高的。皋陶对禹的口吻也是教训的口气，可知大禹刚刚摄政的时候，皋陶心有不甘。《益稷》篇是《皋陶谟》的续篇，记载的舜、禹、皋陶、夔等人的谈话，但主要是禹和舜的对话。在《益稷》中，禹对舜的口气更为强硬了。但最后夔出现了，在他的音乐声中，君臣互唱颂歌，《虞书》就在一团和气中结束了。

这五篇文章以记言为主，叙事性不强，但通过人物的言语，也表现出了鲜明的人物形象。尧舜禹时期的禅让制虽被后人津津乐道，但也有人指出事实并非如此，尧、舜的让位都是迫不得已，特别是舜，竟然死在南蛮之地苍梧，非常令人生疑。带着这些说法细读《虞书》，会发现舜的让位确实是被迫无奈的。

我们可以对比一下《尧典》和《大禹谟》。这两篇文章记载的都是君主和大臣讨论继承人，但其过程很不相同。在《尧典》中，尧和大臣们讨论的三个潜在继承人丹朱、共工、鲧，都不在讨论的现场；而这三个人选都是大臣提出的，尧都进行了否定。尽管他最后对鲧的否定不成功，但鲧最后也没通过试用期的考察。舜被提议做接班人也是相同的模式，尧为了考察他，甚至直接把两个女儿嫁给了舜。最后舜不负所望，通过了考察，接替了帝位。因而尧的禅让，尽管也有可能是被迫的，但他当时还是有决定权的。最后他虽然没有把帝位让给自己的儿子，但也让给了自己的女婿，这也是可以接受的结局。

但《大禹谟》中讨论继位问题就不是这样的模式了。大禹一开始就以居高临下的口吻说“后克艰厥后”，也就是要求舜把当好君王看得很难，这样的口吻，尧的臣子们是没有过的。之后益对舜也不客气，竟然说出“吁！戒哉！儆戒无虞，罔失法度。罔游于逸，罔淫于乐。任贤勿贰，去邪勿疑”这种有教训口吻的话来。禹马上附和，说“於！帝念哉！德惟善政，政在养民”。在禹和益的一唱一和的批评中，舜只好说天下之所以能够得到治理，都是大禹的功绩：“俞！地平天成，六府三事允治，万世永赖，时乃功。”既然维持天下的是大禹，舜就只好承认自己已经懈怠，提出让大禹来管理天下了：“格，汝禹！朕宅帝位三十有三载，耄期倦于勤。汝惟不怠，总朕师。”大禹这时还假惺惺地辞让：“朕德罔克，民不依”，但他也不说让舜继续干下去，反而提出了另一个候选人皋陶，说皋陶“迈种德，德乃降，黎民怀之”，让舜把皋陶作为接班人。之后舜赞美皋陶的功绩，说他应该受到鼓励，也就是希望把帝位让给皋陶；但皋陶反过来说舜帝品德高尚，没有过失，把天下治理得很好，这跟前面大禹和益对舜的批评形成了鲜明的对比。这大概是因为皋陶的势力不能跟禹相比，所以他才不敢接受。

既然皋陶不愿意继承帝位，舜就只好把禹大大夸奖了一番，坚决要求禹当继承人。禹又推让，说应该占卜一下再做决定。舜只好说“朕志先定，询谋佥同，鬼神其依，龟筮协从”。这时的禹依然“拜，稽首，固辞”，舜只好说“毋！惟汝谐”。于是到了正月朔旦，经过了一番仪式，禹就成为舜帝的合法继承人了。

《皋陶谟》中，皋陶对大禹进行了一番劝诫。虽然大禹表面拜服，但也有“咸若时，惟帝其难之”的反问。皋陶于是进一步提出了九德、五典、五礼、五服、五刑等系列主张，最后还咄咄逼人地问大禹：“朕言惠可厎行?”也就是说“我的话可以得到实行吗?”大禹只好说：“乃言厎可绩”，就是说“你的话可以实行，并且肯定能够获得成功”。

《益稷》中，舜让禹发表意见，禹则以退为进，说“予何言？予思日孜孜。”也就是说他“只想着每天努力工作”。皋陶就问他怎么工作，禹说的却是他原来治水时的辛苦和功绩，正是他“决九川，距四海，浚畎浍距川”，才使得“烝民乃粒，万邦作乂”，也就是使得百姓们能够安定生活，各诸侯国得到了治理。在摆出自己的功绩之后，禹又开始教训舜："都！帝，慎乃在位"，舜只好答应："俞！"禹又教训他说："安汝止，惟几惟康。其弼直，惟动丕应。徯志以昭受上帝，天其申命用休"，也就是要求舜安静心意，考虑天下安危。用正直的人辅佐自己，依靠有德的人指导接受上帝的命令，等等。舜只能尴尬地说"臣哉邻哉！邻哉臣哉！"也就是要依靠大臣。禹依然不依不饶，竟然告诫舜："无若丹朱傲，惟慢游是好，傲虐是作。罔昼夜頟頟，罔水行舟。朋淫于家，用殄厥世"，就是要求舜不要像丹朱那样傲慢，只喜欢懒惰逸乐，不论白天黑夜只知道戏谑，还乘船游玩，成群地在家里淫乱。这样的话是一个臣子对君王说的吗？之后禹还夸奖自己，"启呱呱而泣，予弗子，惟荒度土功"，也就是他的儿子启生下来呱呱而泣，他也顾不上孩子，只是忙于治理水土。他要求舜现在要集中精力对付三苗。舜只好顺着他的意思，说用德教让三苗顺从。之后夔开始奏乐，于是"箫韶九成，凤皇来仪"，"击石拊石，百兽率舞"。舜于是唱起了"股肱喜哉！元首起哉！百工熙哉！"皋陶也唱起了"元首明哉！股肱良哉！庶事康哉！""元首丛脞哉！股肱惰哉！万事堕哉！"最后的歌声，既表现了他们君臣的互相鼓励和劝诫，也是对他们这一番谈论的总结。

纵观《虞书》中的这五篇文章，可以发现它们就像一组小说，集中刻画了舜、禹、益、皋陶、夔等性格鲜明的艺术形象。舜一开始大封诸臣时的意气风发，变成了最后任凭禹、益教训而不得不让位的无奈，可谓对比鲜明。禹则是一个心机很深的人物形象，他貌似谦恭、能干，实则心怀野心；他虽然意在帝位，但却不明言，一定让舜提出来；舜说让他继承帝位了，他又推辞再三，但最后还是接受了帝位。益则像是禹的帮凶，他们一唱一和，逼迫舜让位给禹。皋陶也功劳很大，很有才干，但他权势不如禹，虽然他不甘心禹继承帝位，虽然他敢于当众给禹上课，但也不能阻止禹。夔是乐师，他用他的智慧和特长调和了君臣之间的矛盾，使得《虞书》有了一个祥和的结尾。

如果从刻画人物形象的角度来审视《尚书》中的其他文章，就会发现《尚书》中的记言、记事文在这方面具有很大的成就。例如《金縢》篇所塑造的舍己为公、任劳任怨的周公形象，《盘庚》篇中所塑造的具有忧患意识、深谋远虑、苦口婆心、意志坚定的盘庚形象，都令人印象深刻。再如《微子》中也塑造了微子这一形象丰满的人物形象。文章通过微子之口抒发了一种悲愤苍凉之情。“今殷其沦丧，若涉大水，其无津涯。殷遂丧，越至于今！”自己的国家就要灭亡了，“若涉大水，其无津涯”，没有一点希望了，其中包含着何等的绝望与伤心；在这样的情境下，痛苦的微子无法作出选择，他只好去求助于父师、少师：“我其发出狂（远行）？吾家耄逊于荒？今尔无指告，予颠隮，若之何其？”是出逃在外呢？还是在家直到年老而隐退荒野？你们快些指点我吧，殷商就要灭亡了，我该怎么去做呢？这样的徘徊、发问，这样的痛苦选择，极似后世《离骚》中的屈原。所以蔡沈《书经集传》中说：“微子上陈祖烈，下述丧乱，哀怨痛切，言有尽而意无穷。数千载之下，犹使人伤感悲愤。”①

第二节　最早的片段式语体小说集《论语》

《论语》以记言为主，其文体特征与《世说新语》相似。《论语》中也不乏虚构，蒋伯潜在《十三经概论》中曾指出《阳货》篇中的“孺悲欲见孔子，孔子辞以疾”就是虚假的，而《阳货》篇中的“公山弗扰”章和“佛肸”章、《微子》篇中的“齐景公”章、“齐人归女乐”章等，也是虚构之作。其实《论语》有虚构是很容易理解的。《论语》是孔子去世之后，由其弟子和再传弟子编纂而成，而且编纂的时间较长。《论语》中记载了曾子病重在床所说的“而今而后，吾知免夫”的话，曾子死于孔子之后44年，则《论语》必成书于此后，此时孔子的弟子已基本去世了。成书时间如此之晚，那么编纂《论语》的人虽有孔子弟子的一些记载可供参考，但这些记载肯定残缺不全。一是孔子当时的弟子们上课时恐怕没有记笔记的习惯，因为用刀子在竹简上记笔记太困难了；二是孔子上课的形式很灵活，是散谈式的教学形式，学生们记笔记也不容易；三是《论语》中的内容，很多不是讲课的内容，而是孔子的嘉句或者逸事，这些主要是根据学生们的追忆而成文，那就难免有虚构了。如果是再传弟子的追忆，那就虚构成分更强了，甚至加入了传说的成分。另外《论语》的语言风格非常统一，生动活泼且雍容典雅，生动形象且韵味悠长，显然经过了编纂者的细致加工。在语言加工过程中，孔门师弟的言语也肯定有所变动。

---

①《文渊阁四库全书》第58册，台湾商务印书馆影印本，第65页。

因而《论语》无论在内容上还是虚构上，都与《世说新语》相似。如果以《世说新语》作为小说标准，那么《论语》也应该是小说。

《论语》成功塑造了孔子和他的弟子们的生动形象。华中师范大学2006届毕业生吴竹芸的硕士论文《〈论语〉中的孔子形象》，对《论语》中的孔子形象特征及写作手法进行了具体分析；陕西师范大学2005届毕业生阳清的硕士论文《〈论语〉文学研究》不仅分析了孔子形象，还分析了孔子弟子以及隐者的形象特征。其中阳清的论文分析较为细致，它把孔子的形象分为矢志不渝的进取精神、乐观自信的人生态度、温文尔雅的儒者风范、博学聪睿的智者神貌以及平凡世俗化的孔子五个方面进行了论述，对子路则分析了他的性格爽直、敢于直言、鲁莽有勇、谋道不谋身、爱学习、有国士风范等特点，对颜回着重分析了他好学、安贫乐道等特点。

《论语》全书只有15900字，在万余字的篇幅之内，刻画了如此众多、如此成功的人物形象，这在中国文学史上是非常罕见的。其成功之处，就在于用诗化的、哲理化、片段化的人物语言，来突出表现人物的精神风貌。后世的《世说新语》之所以成功，在于承继了这一手法。

《论语》人物塑造方面的意义非常重大，可惜很多小说史对此不置一词。这些文质彬彬的人物形象，不仅给后世小说提供了一个经典范本，而且成为后世中国知识分子毕生追求的目标。在这一点上，中国的其他任何典籍都不能与之相比。

从唐代的《游仙窟》开始，中国小说中的男主人公就往往是“文质彬彬”的君子形象，《李章武传》中的李章武、《莺莺传》中的张生、《步飞烟》中的赵象是书生，宋人传奇《流红记》中的于祐、《王幼玉记》中的柳富，元人小说《春梦录》中的郑禧也不例外。后来出现了《娇红记》《贾云华还魂记》《钟情丽集》等一批文言中篇传奇小说，其男主人公全都是书生才子；明末清初出现了一批才子佳人小说，甚至《红楼梦》中的贾宝玉也难免才子之名，民国时期徐枕亚的《玉梨魂》、张恨水的《金粉世家》等小说，依然是才子佳人的传统。这条线索上的小说男主人公形象，最早可以追溯到《论语》，追溯到《论语》中的孔子和他的弟子们。

岂止是小说中的人物形象，即使在现实中，后世的士大夫们也把文质彬彬作为自己修养的目标，他们都希望自己通读诗书、会弹古琴、道德高尚、风度翩翩，也就是以孔子和他的弟子们作为典范。

孔子和他的弟子们之所以能令后人景仰，原因很多，其中一个重要原因是他们具有诗人的内在气质。这种内在的气质，主要表现为高洁的品格、哲人的情思。孔子说“君子坦荡荡，小人长戚戚”，他要做的当然是君子而不是小人；“三军可夺帅也，匹夫不可夺志也”，这是孔子对坚持操守的赞美；“饭疏食，饮水，曲肱而枕之，乐亦在其中矣。不义而富且贵，于我如浮云”，这样的话激励了后世多少高洁之士；孔子说颜回“贤哉回也！一箪食，一瓢饮，在陋巷，人不堪其忧，回也不改其乐。贤哉回也！”这是对颜回安贫乐道的肯定；“岁寒，然后知松柏之后凋也”，这里面包含了深刻的人生哲理；子在川上曰：“逝者如斯夫，不舍昼夜”，这里面又有多少人生感慨。翻开《论语》，随处可见体现人物形象内在品质的论述。后世中国人特别重视气质的培养，这与《论语》中人物形象的典范作用是有直接关系的。

中国的文化特点是诗性文化，中国人的思维特征也是诗性思维，中国人和诗歌的关系，比世界上其他国家的人都更为密切。这一特点也与《论语》密切相关。《论语》中的孔子是直接把《诗三百》作为教材来教学生的，他和他的弟子们对《诗三百》都非常熟悉。在《学而》篇中，子贡就引用了《诗经·卫风·淇奥》中的“如切如磋，如琢如磨”来比喻学问道德的提高。孔子对子贡的这一比喻非常欣赏，夸奖说：“赐也，始可与言诗已矣。告诸往而知来者。”类似的夸奖还出现在了子夏身上。《八佾》篇中记载了孔子和子夏的一段对话：

> 子夏问曰：“‘巧笑倩兮，美目盼兮。素以为绚兮。’何谓也？”子曰：“绘事后素。”曰：“礼后乎？”子曰：“起予者商也，始可以言诗已矣。”

在这里，子夏用《诗经·卫风·硕人》中描写美人的诗句引导出孔子的“绘事后素”，然后进一步得出“礼后”的结论。

上面这两个例子都是孔子和他的弟子们的对话，从中我们可以看出《诗经》在孔门师弟中的实际应用情况。孔子和他的学生们在这里并没有像后世的学者那样研究讨论某句诗某个字的本义，他们只是结合自己的实际，充分利用自己的求异性思维，去挖掘发现这些诗句的引申义和比喻义。他们就在阐述这些诗句的引申义和比喻义时，显示出自己的学习心得和人生见解。

子贡、子夏之所以能够这样做，是因为受了孔子的启发。在《子罕》篇中，孔子对“唐棣之华，偏其反而。岂不尔思，是室远而”这几句诗的评价是“未之思也。夫何远之有!”杨伯峻认为孔子的意思可能是“仁远乎哉？我欲仁，斯仁至矣”的意思。可见孔子在这里用的也是这四句诗的比喻义。而孔子说：“诗三百篇，一言以蔽之，曰：‘思无邪。’”用《诗经·鲁颂·駉》中的“思无邪”来概括《诗经》的特点，也不是用的“思无邪”本义。

相对来说，曾子在临终时引用的《诗经·小雅·小旻》中的“战战兢兢，如临深渊，如履薄冰”这三句诗则更接近其本义：《小旻》一诗，是“大夫刺幽王也”之作，这三句诗就是写这位大夫胆战心惊唯恐祸事临头的生活状态的，这与曾子此时的心态基本是一致的。

从上面的分析可以看出，孔子和他的弟子们对《诗经》中的诗篇是很熟悉的，他们可以用《诗经》中的诗句来自如地表达自己的思想感情。虽然他们侧重于这些诗句的比喻义和引申义，但也不排斥这些诗句的本义。这与当时的文化环境是相符合的，因为在当时的社会交往中，《诗经》发挥着重要的作用，甚至孔子都对孔鲤说“不学诗，无以言”，孔子也对《诗经》进行了修订，并把它传授给弟子们。从上面的分析中，我们可以看到孔子和他的弟子们对《诗经》的研究、揣摩，而曾子在弥留之际，还引用《诗经》中的诗句来表达自己的感受，可见《诗经》对他的影响之大。《诗经》在《论语》中的广泛运用，无疑更好地塑造了孔子及其弟子们的诗人气质。

《论语》中还出现了一个隐士楚狂接舆，他故意从孔子车前经过，唱了一首歌给孔子听。那首诗是：“凤兮凤兮，何德之衰。往者不可谏，来者犹可追。已而已而，今之从政者殆而。”（《微子》）这首隐士之歌也常被后人引用，这位隐士也成为后世隐士们向往的形象。

比兴手法是诗歌常用的手法，善用比兴手法是诗人的重要标志。《论语》中的孔子和他的弟子们多是灵活运用比兴手法的妙手。例如孔子赞美仲弓，就用了“犁牛之子”来作“比”：“犁牛之子骍且角，虽欲勿用，山川其舍诸?”（《雍也》）；再如孔子要表达自己“为政以德”的思想，他用了一个明喻：“为政以德，譬如北辰居其所而众星共之。”（《为政》）

在今天，我们要说明“为政以德”之类的政治思想，一般会采用论述题或论文的形式，但孔子却形象地用“譬如北辰居其所而众星共之”就完成论述了。从这里可以看到孔子对“比”这一手法运用得非常娴熟。再如孔子要表达“人而无信，不知其可也”的观点，就用了“大车无輗，小车无杌，其何以行之哉?”（《为政》）这一暗喻；而当宰予昼寝时，孔子牛气地说：“朽木不可雕也，粪土之墙不可圬也。”（《公冶长》）到了武城，听到弦歌之声，孔子则莞尔而笑，开口就说了一句“割鸡焉用牛刀”（《阳货》）；当认真的子游提出异议，孔子只好承认“前言戏之耳”——“戏之”二字，说明孔子对于“比”的运用已经到了随口而出的地步，几乎成了下意识的了。

孔子和他的弟子们朝夕相处，无所不谈，谈话中孔子经常用“比”来教育或评价学生，例如下面孔子和子贡的两段对话：

> 子曰：“予欲无言。”子贡曰：“子如不言，则小子何述焉?”子曰：“天何言哉?四时行焉，百物生焉，天何言哉?”（《阳货》）
>
> 子贡问曰：“赐也何如?”子曰：“女，器也。”曰：“何器也?”曰：“瑚琏也。”（《公冶长》）

在这两个问答中子贡都是主动者，由此可见子贡的主动好学。第一个问题是当孔子说“予欲无言”时，子贡主动发现了问题：“子如不言，则小子何述焉?”于是孔子就借机用“天”作比来回答他：“天何言哉?四时行焉，百物生焉，天何言哉?”第二个问题是子贡想知道老师对自己的评价，孔子就以“瑚琏”来作“比”。

在孔子的熏陶下，孔门弟子们对“比”的应用也是炉火纯青。善于言语的子贡在《论语》中经常与老师进行讨论，在这些讨论中就有很多精彩的“比”，例如：

> 子贡曰：“有美玉于斯，韫匵而藏诸?求善贾而沽诸?”子曰：“沽之哉！沽之哉！我待贾者也。”（《子罕》）
>
> 子贡曰：“诗云：‘如切如磋，如琢如磨’，其斯之谓与?”子曰：“赐也，始可与言诗已矣，告诸往而知来者。”（《学而》）

前一个对答是子贡以匮中美玉来作“比”，问孔子对于出世、入世的态度；后一个对答是用制玉来比喻学业德行的养成。我们从这几个例子中可以看到“比”在孔门师弟的教学过程中的重要作用。

孔子对子贡的评价并不是很高[①]，明显不如颜渊[②]，子贡甚至不止一次受过孔子的批评[③]，但子贡没有丝毫怨言，总是推崇孔子。在《论语》中子贡两次反驳了别人认为他贤于孔子的议论，这两个反驳都是用了“比”的方法：第一次是反驳叔孙武叔，子贡说：“譬之宫墙，赐之墙也及肩，窥见室家之好。夫子之墙数仞，不得其门而入，不见宗庙之美，百官之富。得其门者或寡矣。夫子之云，不亦宜乎！”（《子张》）第二次子贡反驳陈子禽，他说：“夫子之不可及也，犹天之不可阶而升也。”（《子张》）另外当叔孙武叔诋毁孔子时，子贡自信地说：“无以为也！仲尼不可毁也。他人之贤者，丘陵也，犹可踰也。仲尼，日月也，无得而逾焉。人虽欲自绝，其何伤于日月乎？多见其不知量也。”（《子张》）子贡这三次作“比”所用的物象，一是墙高数仞一般人不得其门而入的宫室，一是不可阶而升的天，一是不得逾越的日月，这些都是高高在上的一般人不能达到的物象，它们共同体现出了孔子的伟大形象，也显示出了子贡对孔子的发自内心的敬仰。除此之外，子贡所说的“君子之过也，如日月之食焉：过也，人皆见之；更也，人皆仰之。”虽然不知此处“君子”之所指，但以“日月之食”来比喻“君子之过”，指出其“过也，人皆见之；更也，人皆仰之”的特点，也是“比”法的成功运用。

当然孔门弟子中善于用“比”的高手还有很多，例如曾子病重时以“鸟之将死，其鸣也哀”来比“人之将死，其言也善”，从而引出他后面说的“君子所贵乎道者三：动容貌，斯远暴慢矣；正颜色，斯近信矣；出辞气，斯远鄙倍矣。笾豆之事，则有司存。”（《泰伯》）这几句话。因为前面已经用“比”来说明这些话是“善言”了，这样就能使这些话得到前来问病的孟敬子的重视。而曾子去世前说的话是：“启予足！启予

---

① 子贡曰：“我不欲人之加诸我也，吾亦欲无加诸人。”子曰：“赐也，非尔所及也。”（《公冶长》）

② 子谓子贡曰：“女与回也孰愈？”对曰：“赐也何敢望回，回也闻一以知十，赐也闻一以知二。”子曰：“弗如也；吾与女，弗如也。”（《公冶长》）

③ 子贡欲去告朔之饩羊。子曰：“赐也！尔爱其羊，我爱其礼。”（《八佾》）子贡方人。子曰：“赐也贤乎哉？夫我则不暇。”（《宪问》）

手！诗云‘战战兢兢，如临深渊，如履薄冰。’而今而后，吾知免夫！小子！”一个在弥留之际的老人，竟然以《诗经》中的“战战兢兢，如临深渊，如履薄冰”来比喻他一生的谨慎恐惧，可见《诗经》已经成为他生命的一部分，而且可知“比”这种《诗经》中常用的表现手法已成为他最拿手的表情达意的手法了，由此，其诗人气质更加浓郁。

孔子说：“质胜文则野，文胜质则史，文质彬彬，然后君子。”后世的中国人，无论在小说中还是在现实中，都以文质彬彬作为君子的标准，而这也是《论语》中人物形象的主要特征。

第三节　中国叙事文学的奠基之作《左传》

中国的叙事文学传统是由《左传》奠定下来的。很难想象，在两千多年以前，中国已经有了如此成熟的叙事文学——性格鲜明的人物形象、曲折紧张的故事情节在《左传》中处处可见，激烈有序的战争描写、精美睿智的人物语言让人赞不绝口。诚如刘知幾《史通·外篇·杂说》所言：

> 左氏之叙事也，述行师则簿领盈视，咙聒沸腾；论备火则区分在目，修饰峻整；言胜捷则收获都尽，记奔败则披靡横前；申盟誓则慷慨有余，称谲诈则欺诬可见；谈恩惠则煦如春日，纪严切则凛若秋霜；叙兴邦则滋味无量，陈亡国则凄凉可悯。或腴辞润简牍，或美句入咏歌。跌宕而不群，纵横而自得。若斯才者，殆将工侔造化，思涉鬼神，著述罕闻，古今卓绝。

《左传》这部“工侔造化，思涉鬼神，著述罕闻，古今卓绝”的著作，具有当代小说的一切特征，但我们自设藩篱，拒之于小说之外。

《左传》具有散文性、叙事性的特征，阻碍它被公认为小说的原因，似乎是它的虚构性。但《左传》的虚构性非常明显，其虚构的程度不下于《世说新语》。下面是《成公十年》中的一段记载：

> 晋侯梦大厉，被发及地，搏膺而踊曰：“杀余孙，不义！余得请于帝矣！”坏大门及寝门而入。公惧，入于室；又坏户。公觉，召桑

田巫。巫言如梦，公曰："何如？"曰："不食新矣。"

公疾病，求医于秦，秦伯使医缓为之。未至，公梦疾为二竖子，曰："彼良医也，惧伤我，焉逃之？"其一曰："居肓之上、膏之下，若我何？"医至，曰："疾不可为也。在肓之上、膏之下，攻之不可，达之不及，药不至焉，不可为也。"公曰："良医也！"厚为之礼而归之。

六月丙午，晋侯欲麦，使甸人献麦，馈人为之。召桑田巫，示而杀之。将食，张；如厕，陷而卒。小臣有晨梦负公以登天；及日中，负晋侯出诸厕，遂以为殉。

在这段记载中，冤杀赵同、赵括的晋景公梦见一个大鬼，长发垂地，来向他索命。晋景公醒来后，召来桑田巫，桑田巫说他吃不到新麦子了。之后景公病得厉害，派人到秦国求医。医生还没来到，景公梦见疾病变成了两个小孩子，一个说："来的是良医呢，害怕他伤到我们，我们逃到哪里去呢？"另一个说："我们居住在肓之上、膏之下，他能把我们怎么样呢？"医生来了，也说疾病在肓之上、膏之下，没法医治。因为医生说的跟梦境相符，景公就夸奖他是良医，给了他很多礼物送他走了。到了六月，新麦收获了，景公让厨子做好了新麦饭，又召来了桑田巫，把新麦饭给桑田巫看，说你不是预言我吃不到新麦吗？我现在吃到了，你的卜筮不准。于是把桑田巫杀了。景公正要吃饭，忽然肚子发胀，只好去了厕所，结果掉到厕所里死了。一个小奴隶那天早晨梦到他背着景公登天，等到中午，就是他背着死了的景公出了厕所，后来就让他殉葬了。这个故事按照唯物论的观点，完全是虚构的，而且情节非常离奇，不仅三个梦与现实完全相符，而且桑田巫说景公吃不到新麦子的预测都是惊人的准确。这则小品文即使置于志怪小说中，也堪称精品。

钱锺书在《管锥编》中对《左传》的虚构性已有详细论述，而《左传》的虚构性随着钱锺书的论述也广为流传，并得到了公认，只是大多数人总是能够找出别的不正当理由，不承认《左传》的小说性质而已。

《管锥编》用了一千多字来论述《左传》的虚构性①。概括说来，其论述可分为以下几个层次：

① 钱锺书：《管锥编》，中华书局1986年版，第164—166页。

第一，把《左传》中的记言，分为“公言”和“私语”，“左史记言，右史记事”所记的只能是“公言”，不能是“私语”，所以“私语”是虚构的。钱氏所举例证，分别是“僖公二十四年介之推与母偕逃前之问答”，以及“宣公二年鉏麑自杀前之慨叹”，二者都是“生无傍证、死无对证”，并引用了纪昀《阅微草堂笔记》、李元度《天岳山房文钞》、李伯元《文明小史》中的记载加以证明。

第二，明确提出了“记言也，乃代言也”的主张。认为《左传》中的记言，如同“后世小说、剧本中之对话独白也”，是左丘明“设身处地，依傍性格身份，假之喉舌，想当然耳”。如此一来，《左传》中的记言皆为虚构。

第三，提出了“言语之无征难稽，更逾于事迹也”的观点。之后以“陈涉读《国语》骊姬夜泣事”“《左传》成公二年晋使巩朔献捷于周之私贿”事为例，证明言语之无史官记载，或者史官的记载不准确。确实，事迹可以考证，也不易造假，但言语难以考证，容易造假。因而单纯叙事之文易真，杂以言语之文多假。本书在第一章第五节曾以《郑伯克段于鄢》为例对此进行分析。

第四，引用了方中通的言论，认为“《左》《国》所载，文过其实者强半”，也就是《左传》《国语》的文字，有一多半是虚构的。这一比例超过了《三国演义》的“七实三虚”。虽然方中通的结论未必可信，章学诚“七实三虚”的说法也难说准确，但二者确实都具有很大的虚构性。

第五，明确提出了正史与小说具有“意匠经营，同贯共规”的共性。钱氏认为在史家追叙真人实事时，“每须遥体人情，悬想事势，设身局中，潜心腔内，忖之度之，以揣以摩，庶几入情合理”，这样的创作过程，“盖与小说、院本之臆造人物、虚构境地，不尽同而可相通”。

第六，从《韩非子·解老》中的“人希见生象也，而得死象之骨，案其图以想其生也；故诸人之所以意想者，皆谓之象也”展开类比，认为“作史者据往迹、按陈编而补阙申隐，如肉死象之白骨，俾首尾完足，则至当不可易矣”。

第七，最后进一步强调：“《左传》记言而实乃拟言、代言，谓是后世小说、院本中对话、宾白之椎轮草创，未遽过也。”

历史是真实的，小说是虚构的，这是小学生都知道的道理。那么当历史是虚构的，它就不是历史了，成为小说了，这个道理也容易理解。

《左传》的全称是“春秋左氏传”，它是与《春秋》相配的：《春秋》的文字被称为“经”，《左传》的文字被称为“传”。我们把《左传》的文字与它相对应的《春秋》的文字进行对比，就能明显地看出《左传》的小说特征。下面以《鞌之战》为例进行说明。

《鞌之战》是发生于鲁成公二年（公元前589）的一场大战。《春秋》中关于这场战争的文字是：

> 六月癸酉，季孙行父、臧孙许、叔孙侨如、公孙婴齐帅师会晋郤克、卫孙良夫、曹公子首及齐侯战于鞌，齐师败绩。

《春秋》中的这段记载简练而明确，战争发生的时间、地点、人物，以及战争的结果，这些战争要素都明白确切，很难是虚假的。如果它有虚假之处，那也可以根据别的文献来指出它的虚假。

但《左传》中对这场战争的描写就不是如此明确了，特别是里面大量的人物语言，很难令人相信这是那些历史人物说的原话。也就是说，那些话基本上是作者“遥体人情，悬想事势，设身局中，潜心腔内，忖之度之，以揣以摩”的“代言、拟言”，其性质相当于“后世小说、院本中对话、宾白”而已。

《左传》中增加了大战前一天齐顷公派人与郤克的对话。这些对话看似客客气气，很有礼节，其实各不相让，都表达了第二天决战的愿望。这些两军战前的对话可能还有记载，那么第二天他们在激烈的战斗中所说的话就不可能有左史、右史们在现场了：

> 齐侯曰：“余姑翦灭此而朝食。”不介马而驰之。郤克伤于矢，流血及屦，未绝鼓音，曰：“余病矣！”张侯曰：“自始合，而矢贯余手及肘，余折以御，左轮朱殷，岂敢言病？吾子忍之！”缓曰：“自始合，苟有险，余必下推车，子岂识之？然子病矣！”张侯曰：“师之耳目，在吾旗鼓，进退从之。此车一人殿之，可以集事，若之何其以病败君之大事也？擐甲执兵，固即死也。病未及死，吾子勉之！”左并辔，右援枹而鼓，马逸不能止，师从之。齐师败绩。逐之，三周华不注。

春秋时候的一辆战车上只有三个人，齐顷公的战车上除了他自己之外，还有一个御者、一个车右，都是武将，车上不可能有史官现场记载。郤克和解张、郑丘缓在一辆战车上，战斗到了生死关头，郤克、解张都受了重伤，在这箭雨之中，绝不可能有什么记言记事的史官，那么他们三人的对话，就只能是作者“遥体人情，悬想事势”的代言、拟言了。他们三人在当时的对话，刻画出了他们当时团结一致、拼死争胜的人物形象，但这些对话既然只是作者的代言，那么这些人物形象的特征，也就只能是作者用文学创作出来的人物形象特征了，和历史上真正的郤克、解张的形象可能并不一致。而且这段记载中细节描写的真实性也很令人怀疑：“郤克伤于矢，流血及屦”，谁能证明？解张“左并辔，右援枹而鼓，马逸不能止”，又是谁向史官描述的？如果是粗线条的叙事，只有时间、地点、人物，那很难造假；但如果是细节描写，恐怕就多是作者的臆想之词了：在这战场之上，谁能在旁边一刀一刀地在竹简上刻画记录呢？

但接下来的描写更是标准的小说语言：

> 韩厥梦子舆谓己曰：“旦辟左右！”故中御而从齐侯。邴夏曰：“射其御者，君子也。”公曰：“谓之君子而射之，非礼也。”射其左，越于车下。射其右，毙于车中，綦毋张丧车，从韩厥，曰：“请寓乘。”从左右，皆肘之，使立于后。韩厥俛定其右。

这段话中的小说性，一是韩厥的梦，梦中他死去的父亲告诫他不要坐在车左或者车右，结果车左和车右都被齐侯射中了，于是父亲的梦救了韩厥的命；对父亲的话深信不疑的韩厥为了不让綦毋张送死，还坚决让綦毋张站在他身后。二是齐侯和邴夏的对话。邴夏对齐侯说：“你射那个中间驾车的，他是个君子。”齐侯说：“既然知道他是君子，却去射他，这不合礼。”于是齐侯搭箭射韩厥兵车的车左，那人掉到了车下；齐侯又射车右，那个人也倒在了车上。齐侯他们在狼狈的逃跑过程之中，已经三周华不注了，他们的对话也只有他们自己知道，因而这也是左丘明的拟言。相传左丘明是鲁国人，此战中的齐顷公是鲁国的敌人，但左丘明给齐侯设置的这段对话，却表现出了齐侯可敬的一面：从齐侯的表现来看，他无疑是个神射手；当敌人追来时，他本来能射杀敌人，却因为觉得敌人是君子，而不射杀，结果导致自己差点被擒。这样的君子之风，是非常难得的。

后面的小说文笔依然精彩：

> 逢丑父与公易位。将及华泉，骖絓于木而止。丑父寝于轏中，蛇出于其下，以肱击之，伤而匿之，故不能推车而及。韩厥执絷马前，再拜稽首，奉觞加璧以进，曰："寡君使群臣为鲁卫请，曰：'无令舆师陷入君地。'下臣不幸，属当戎行，无所逃隐。且惧奔辟而忝两君，臣辱戎士，敢告不敏，摄官承乏。"丑父使公下，如华泉取饮。郑周父御佐车，宛伐为右，载齐侯以免。韩厥献丑父，郤献子将戮之。呼曰："自今无有代其君任患者，有一于此，将为戮乎！"郤子曰："人不难以死免其君，我戮之不祥，赦之以劝事君者。"乃免之。齐侯免，求丑父三入三出。

韩厥追上了齐侯，要来活捉齐侯时，却来这么一套繁缛的礼节：拿着表示奴仆身份的绊马索来到齐侯马前，再拜稽首之后，捧着酒杯和玉璧献上来。韩厥说的话也非常客气，说我们国君让我们这些臣子来替鲁国和卫国提出请求，让我们不要进入齐国，我韩厥不幸当了兵，也没办法逃避，而且我也怕逃避之后，会让两国国君出丑，让战士蒙羞。我这个人太迟钝，只是因为人才缺乏才代理了这个官职。这番话太精妙了，充分显示出春秋时期贵族的极高素养。但当时逢丑父跟齐顷公已掉了包，最后韩厥捉住的不是齐侯，而是丑父。丑父被带到郤克面前时，郤克要杀掉他，丑父说："从今以后没有代替国君承受患难的人了，因为现在有一个在这里，就要被杀了！"郤克也很有风度："一个人不怕用一死来救他的国君，我杀死这样的人不吉祥，放掉他吧，这样可以劝勉那些事君的人。"于是就没杀丑父。这时已经逃跑出去的齐侯，为了来救逢丑父，竟然在晋军中杀了个三进三出。一个国君，为了救自己的臣子，如此勇猛，非常难得。

从以上分析可以看出，《左传》的这段《鞌之战》生动地刻画了齐侯、郤克、解张、韩厥、逢丑父等艺术形象，而这些形象之所以能够成功塑造，主要在于其中精彩的人物语言描写。如果把这些人物语言去掉，这些人物形象就不再栩栩如生。但这些人物语言只能是作者的拟言、代言，是作者的揣测之语，具有明显的虚构特征。

返回来再看《春秋》中的相关记载，上述这些鲜活的人物形象，在《春秋》中，只是"齐侯"和"郤克"这两个名字各出现了一次而已，一切的战斗细节、人物语言全无踪影，当然也就谈不上人物形象的塑造了。

通过以上分析可知，《左传》的这段《鞌之战》，其艺术成就完全可以和后世最优秀的小说相媲美。但我们所分析的仅仅是《左传》中的四五百字而已，《左传》全书约十八万言，其中所刻画的像齐顷公、郤克、韩厥这样成功的人物形象数不胜数，例如郑庄公、晋文公、秦穆公、赵盾、曹刿、叔向、晏婴、弦高，等等。这些形象的塑造，都离不开它的小说笔法，也就是离不开虚构的语言描写和细节描写。

《左传》以时间为序，介绍了从鲁隐公元年（公元前722）至鲁哀公二十七年（公元前468）共254年间中国大地上的政治变幻、战争风云、君主将相。虽然其骨架为史实，但筋肉肤发多为虚构，符合小说的定义。因而如果说《论语》是中国现存最早的成熟的片段式语体小说集，那么《左传》就是最早的成熟的连续性故事小说集了。

第四节　刻意塑造人物形象的《国语》

《国语》的成书时间可能比《左传》稍晚。《国语》被称为“语”，书中的人物语言所占比例也确实大于《左传》，而恰如钱锺书所言，“言语之无征难稽，更逾于事迹也”，记言之文的虚构性要大于记事，所以《国语》的虚构性也大于《左传》。因而总体来看，《国语》的小说性要在《左传》之上。下面以钱锺书所举的例子“陈涉读《国语》骊姬夜泣事”来分析《国语》的小说性质。

骊姬夜泣见于《国语·晋语》。《国语》共21卷，其中《晋语》就有9卷，骊姬夜泣见于《晋语一》。不过骊姬夜泣并不是一个孤立的事件，《晋语一》和《晋语二》中所记载的事件，都跟“骊姬夜泣”具有密切关系，它们共同构成一个有机的整体。《国语》在记载这些事件时，按照时间顺序，娓娓道来，形象生动。其中的人物语言明显是作者的拟言，甚至一些事迹也有志怪色彩。

《晋语一》开篇就是“武公伐翼，杀哀侯”，交代了晋献公的父亲武公杀掉国君自立之事，这是晋献公能够继承君位的前提。继承了君位的晋献公要去伐骊戎，让史苏占卜，史苏占卜的结果是“胜而不吉”。这四个字具有预叙的功能，后来献公伐骊戎取得胜利，娶了骊姬，但骊姬使得晋国大乱，太子申生死，公子夷吾、重耳逃，新即位的国君奚齐被杀。因而“胜而不吉”这个看似矛盾的预言成了《晋语一》和《晋语二》所有故事的总纲，使得小说具有志怪小说的特点。

《晋语一》和《晋语二》中出现了很多人物对话，这些人物对话大多是不可证明的。如果说献公在酒宴上让史苏“饮而无肴”、史苏劝告献公要“乐其吉而备其凶”这些话还可能有史官在现场记载，那么史苏在酒宴之后和里克、郭偃、士蔿等大夫们讨论骊姬之害时所说的话，是不可能被现场记载下来的。那么这些能够表现出每个人不同政治预见的话，就是作者的代言了。之后骊姬生奚齐，其妹生卓子，献公将黜申生而立奚齐之时，里克、丕郑、荀息三位大夫相见，讨论如何应对，荀息主张“君立臣从”，丕郑主张“事君者，从其义，不阿其惑”，里克则说他“吾其静也”。这是三种截然不同的态度，表达了三人不同的立场，但他们三人这些话是私密语，不可能让别人听到。之后冬祭之时，献公使奚齐莅事，这时猛足让太子申生采取措施，太子不同意，这也是两人密语。

也许上面这些话还不够私密，那么骊姬优施的对话是绝不可能被别人知道的：骊姬乃是献公之妃，她和优施私通，他们两人秘密商量如何除掉申生、重耳、夷吾，这样的话怎么可能让任何人知道呢？老奸巨猾、心狠手辣的优施针对申生“小心精洁，而大志重，又不忍人”的特点，认为申生“不忍人，必自忍也”，建议骊姬先在献公面前说申生的坏话，先除掉申生。

当申生在献公处失宠之后，“优施教骊姬夜半而泣谓公曰”，既然是骊姬夜半而泣，离间献公和申生的关系，她是不会让别人知道她所说的话的。夫妻俩这番夜半对话较长，首尾完整，条理清楚，语言整饬，也不可能是当时的口头语。陈涉怀疑这段话的真实性，是很有道理的。

后来骊姬又在献公面前说申生的坏话，并威胁献公说“君若不图，难将至矣”，献公这时已被她说服了，回答她说：“吾不忘也，抑未有以致罪焉。”这样的密谋也不可能告诉别人。之后骊姬没有立即制造罪名杀害申生，而是找到优施，说：“君既许我杀太子而立奚齐矣，吾难里克，奈何?”优施成竹在胸：“吾来里克，一日而已。”然后优施和里克一起喝酒，优施起舞唱歌，暗示里克应该投靠骊姬。里克当时没有回应，但到了夜半之时叫来优施，打听到献公要杀太子而立奚齐的消息。里克不忍心杀太子，为了自保，他要求中立。此处宴席之间优施唱歌、他跟里克夫妇所说的话，以及夜半时他跟里克的谈话，都是极端秘密的，别人不可能知道。第二天里克跟丕郑见面，两人的交谈也是秘密进行的。

上述《晋语》中的这些谈话，都是密谈，别人不可能知道，无疑是作者的代言；而这些密谈是作者的代言，其他那些话也很可能是代言：史海茫茫，我们虽然很难证明它们一定是假的，但也很难证明它们一定是真的。

《晋语一》和《晋语二》中的人物语言，大致占了全部文字的十分之九。在其他卷中，人物语言所占比例也大致如此。如果这些人物语言是虚假的拟言、代言，那么整部《国语》的虚构性就可以确定了。

在《国语》的人物对话中出现了很多韵语。两个人在对话时，仓促之间，言自口出，不可能是韵语，那么这些韵语只能是作者的加工之语或者传说之词，具有虚构的特征。《越语下》以勾践和范蠡的交谈构成了文章的主体，而两人的对话多有韵语。例如勾践说的“吾年既少，未有恒常，出则禽荒，入则酒荒”自是押韵，而范蠡的韵语更多，例如“得时无怠，时不再来，天予不取，反为之灾”，纯为四字韵语；“圣人之功，时为之庸。得时不成，天有还形。天节不远，五年复反，小凶则近，大凶则远”也是纯四字韵语，但是中间换韵；“上帝不考，时反是守，强索者不祥。得时不成，反受其殃。失德灭名，流走死亡”，虽以四字句为主，但有所变化；再如“王其且驰骋弋猎，无至禽荒；宫中之乐，无至酒荒；肆与大夫觞饮，无忘国常。彼其上将薄其德，民将尽其力，又使之望而不得食，乃可以致天地之殛”，虽然这段话中四、五、六、七、八字句纷纷出现，但都是韵语，甚至在句意变化之时还能够换韵，使得句型、韵脚、句意三者和谐一致，变化自如；再如“天道皇皇，日月以为常，明者以为法，微者则是行。阳至而阴，阴至而阳；日困而还，月盈而匡。古之善用兵者，因天地之常，与之俱行。后则用阴，先则用阳；近则用柔，远则用刚”，这段话以四字句居多，又杂以五字句四个，又用“古之善用兵者”这一六字句把这段文字分为两部分，但这两部分却是一韵到底，与上段有异。

我们可以从另外一个角度来证明《国语》的小说性。

历史应是记载客观事实的，作者在记载历史时不允许有主观倾向性。但我们只要考察一下《国语》的最后两卷，也就是《越语上》和《越语下》，就可以发现作者在写作这两卷时，存在明显的主观倾向：《越语上》

的主人公是越王勾践，看了这一卷，会发现灭吴几乎全是勾践一个人的功绩，与范蠡毫无关系，因为范蠡在这一卷中根本就没出现，是勾践求得贤才（这个贤才还是大夫种，不是范蠡）、卑事夫差、制定措施、激励士民，到了最后关头是勾践不同意夫差投降，而灭掉了吴国。但在《越语下》中，灭吴的功绩几乎都是范蠡一人的，勾践要做的，只是听从范蠡的计谋而已：《越语下》一开始，勾践不听范蠡的进谏，执意进攻吴国，结果不胜而回。失败后的勾践对范蠡说："吾不用子之言，以至于此，为之奈何?"从此对范蠡言听计从，先是入吴为臣，回来后对范蠡说"不穀之国家，蠡之国家也，蠡其图之"，自己心甘情愿成了范蠡的傀儡。于是越国大力发展人口和生产，国势强盛之后，才开始伐吴。到了最后关头，夫差跟勾践讲和，勾践"弗忍，欲许之"，是范蠡的相劝，才让他"不许"；夫差的使者又来讲和，勾践"又要许之"，范蠡以"十年谋之，一朝弃之"相劝；勾践虽然被范蠡说服，但他对范蠡说："吾欲勿许，而难对其使者，子其对之。"于是范蠡"左提鼓，右援枹，以应使者"，以决绝的口吻和态度，不仅拒绝了讲和的请求，而且拒绝了使者见勾践的请求。使者走了之后，范蠡"不报于王，击鼓兴师以随使者，至于姑苏之宫，不伤越民，遂灭吴"，从而完成了灭吴大业。

从《越语上》和《越语下》可以看出，《国语》的作者根本没有客观真实地记载历史，他是在按照每篇文章主题的需要，按照自己的主观意愿，随意地剪裁加工历史材料。这当然不是历史记载，已经是明显的小说创作了。在读《国语》中其他文章的时候，也要作如是观。

《国语》中塑造了众多的人物形象。它的人物形象塑造艺术，突出表现在以下三个方面。

第一，在对比中表现人物形象。

这一特点在上文对《晋语一》《晋语二》的分析中已经提及。例如史苏在献公酒宴之后与里克、郭偃、士蔿们分析骊姬之害，这时史苏和郭偃的分析并不相同。这种对同一事件的不同预见、不同反应，能够表现出人物对事件不同的认识程度。更典型的例子是当得知献公要黜申生而立奚齐时，里克、丕郑、荀息三位大夫的不同主张。作者让他们聚在一起发表意见，三个人恰好是三种不同的态度，恰好显示出三人不同的人生观。后来里克对优施承诺中立之后，他把自己的态度告诉了丕郑，丕郑马上就说："惜也！不如曰不信以疏之"，然后分析了里克中立的危害，使得里克后悔地说“往言不可及也”。里克问丕郑怎么办，丕郑说“我无心”，“君位我心，制不在我”。里克分析了形势和自己的性格特点，最后做出的选择是称疾不朝。里克和丕郑的这段谈话，表明里克对自己所作所为的后果认识不透彻，但丕郑却非常清楚；他们各自表明了立场，对此事所采取的应对思想、应对措施都不同。用对同一事件的不同反应来刻画不同人物形象特征的写作方法，是一种高明的写作方法，因为它描写集中，对比鲜明，用有限的笔墨写出了不同人物的不同特点，令人印象深刻。

第二，为了突出人物的性格特征，不惜扭曲事实，以偏概全。

这一方法在《越语一》和《越语二》中表现得最为明显。作者在《越语一》中为了写勾践的光辉形象，竟然直接把范蠡忽略不写；《在越语二》中为了表现范蠡的足智多谋，就把勾践写成了范蠡的傀儡，懦弱不堪，与《越语一》中的勾践形象形成鲜明对比。《国语》的作者当然知道没有范蠡，勾践不可能灭吴，但他故意在《越语一》中不提范蠡；作者也知道《越语二》中那个懦弱不堪的勾践不是真实的勾践，但他为了突出范蠡的高明，而故意那样写。这种写法，绝不是历史学家的写法，只能是小说家的写法。

第三，脸谱化的人物性格特征。

脸谱化是一种只突出人物的某个主要特征，而不顾其性格复杂性的艺术手法。中国后世的小说有脸谱化倾向，这一手法在《国语》中就有突出表现了。例如申生的愚忠愚孝，在小说中就被一再强调而被脸谱化了。他明知伐霍可能对自己不利，但他不逃避，听从了父亲的安排，说：“为人子者，患不从，不患无名；为人臣者，患不勤，不患无禄。”他被派去伐狄时，也是明知不利于己，但仍然去了，理由是：“虽蝎谮，焉避之？不若战也。不战而反，我罪滋厚；我战死，犹有令名焉。”最后申生遭骊姬陷害，有人劝他说：“非子之罪，何不去乎？”申生坚决不逃走，理由是：“去而罪释，必归于君，是怨君也。章父之恶，取笑诸侯，吾谁乡而入？”在他看来，“若罪不释，去而必重。去而罪重，不智。逃死而怨君，不仁。有罪不死，无勇”，既然“去而厚怨，恶不可重，死不可避”，他就只好“伏以俟命”。最后骊姬来到曲沃逼申生自杀，申生自杀之前，还让人对狐突说国君已经老了，要求狐突出来帮助献公，倘能如此，“申生受赐以至于死，虽死何悔”！

申生的愚忠愚孝形象，是作者有意为之的。与此相反，则是骊姬的歹毒形象，优施老奸巨猾的形象。另外《越语二》中范蠡足智多谋的形象，也是作者刻意创作出来的。作为陪衬，《越语二》中的勾践形象与《越语一》中的勾践相比，就完全换了一张脸谱。

第五节　最早的专人小说集《晏子春秋》

《晏子春秋》共8卷，215章，每章都记载了一个小故事，而这些小故事的主人公都是晏子，可见作者是有意把与晏子的相关故事汇为一编，因而《晏子春秋》是中国现存最早的专人故事集。现在一般认为《晏子春秋》成书于战国，依当时的书写条件和载体条件，这部近五万字的作品堪称巨著了。

《晏子春秋》具有明显的虚构特征。今本《晏子春秋》8卷是刘向所定，刘向整理时，就已经怀疑其中有些篇章是虚构之作：

> 其书六篇皆合六经之义；又有重复，文辞颇异，不复遗失，复列为一篇；又有颇不合经术，似非晏子言，疑后世辩士所为者，故亦不敢失，复以为一篇。（刘向《晏子叙录》）

那些有所重复但文辞颇异的作品，已未免虚构；而“似非晏子言，疑后世辩士所为者”，当然更是虚构之作。当然这只是刘向的意见。到了今天，学者们已经认为《晏子春秋》中的八篇都不是晏子的作品了。

《晏子春秋》中的很多故事具有传说性质。例如《晏子使楚》是《晏子春秋》中广为人知的故事，王绪霞有专文《晏子未使楚考——兼论〈晏子春秋〉的俳优小说性质》[1]，专门论述晏子未曾使楚。其实玩味《晏子春秋》为文的口吻，会发现作者的态度绝不是为了记载历史事实，而是在津津乐道于一些民间传说，当然这些民间传说的主人公都是晏子。既然是传说，就不可避免有加工成分，甚至移花接木、无中生有。杨毅在其硕士论文《〈晏子春秋〉与史、子诸书之比较》中，既分析了《晏子春秋》把《左传》中的故事进行了再加工的现象，又列举了一些纯属虚构

① 王绪霞：《晏子未使楚考——兼论〈晏子春秋〉的俳优小说性质》，《新乡学院学报》（社会科学版）2012年第4期，第78—81页。

的故事。例如“晏子治东阿”的故事，记载的是齐景公在任命晏子为齐相之前，先让晏子当了六年东阿宰，而事实是齐景公五年时，晏子已经相齐三年了；再如晏子见吴王夫差之事，夫差即位吴王时，是齐景公五十三年，而在此前五年，晏婴已经去世；再如孔子相鲁时，晏婴已经去世，但《晏子春秋》中却有晏子评价孔子相鲁的故事。这样的虚构之作，在《晏子春秋》中比比皆是。另外《晏子春秋》中除了有这些虚构之作，还有一些志怪之作。例如卷一中的“景公将伐宋梦二丈夫立而怒晏子谏”，就具有志怪小说的色彩。

高亨认为《晏子春秋》的“性质接近历史小说”①，董治安说《晏子春秋》是一部“接近历史小说的散文作品”②，未免有些保守。《晏子春秋》所写的不是历史，写作时有大量的虚构，因而《晏子春秋》是当之无愧的中国最早的专人短篇小说集。

《晏子春秋》最大的成就，是用小说笔法塑造了晏婴这一艺术形象。高亨先生概括了晏子的形象特点，说他是“同情人民、反对暴政、效忠齐国、坚持正义、敬礼贤士、生活朴素、态度谦虚、智慧充溢、谈辩锋利的政治家形象”③。晏子的形象是齐国传说的产物，而传说则具有民众性，所以晏子实际上是齐国普通民众理想人物的化身，他身上集中体现了齐国人的优点。这些优点历两千年而未改，至今犹存。例如前些年热播的电视剧《宰相刘罗锅》，剧中的主人公刘墉，其形象特征跟晏婴非常相似，而他们两人恰好都是宰相，也都是今天的山东高密人。

晏婴的形象特点，是通过一个个故事表现出来的。下面通过具体的例子来分析晏子的形象特征。

> 景公疥且疟，期年不已。召会谴、梁丘据、晏子而问焉，曰：“寡人之病病矣，使史固与祝佗巡山川宗庙，牺牲珪璧，莫不备具，数其常多先君桓公，桓公一则寡人再。病不已，滋甚，予欲杀二子者以说于上帝，其可乎？”会谴、梁丘据曰：“可。”晏子不对。公曰：“晏子何如？”

① 高亨：《高亨著作集林》（第9卷），清华大学出版社2004年版，第309页。

② 董治安：《说“晏子春秋”》，《山东大学学报》1959年第4期，第21页。

③ 高亨：《高亨著作集林》（第9卷），清华大学出版社2004年版，第310页。

晏子曰："君以祝为有益乎？"公曰："然。""若以为有益，则诅亦有损也。君疏辅而远拂，忠臣拥塞，谏言不出。臣闻之，近臣嘿，远臣喑，众口铄金。今自聊摄以东，姑尤以西者，此其人民众矣，百姓之咎怨诽谤诅君于上帝者多矣。一国诅，两人祝，虽善祝者不能胜也。且夫祝直言情，则谤吾君也；隐匿过，则欺上帝也。上帝神，则不可欺；上帝不神，祝亦无益。愿君察之也。不然，刑无罪，夏商所以灭也。"

公曰："善解余惑，加冠！"命会谴毋治齐国之政，梁丘据毋治宾客之事，兼属之乎晏子。晏子辞，不得命，受相退，把政，改月而君病悛。公曰："昔吾先君桓公，以管子为有力，邑狐与穀，以共宗庙之鲜，赐其忠臣，则是多忠臣者。子今忠臣也，寡人请赐子州款。"辞曰："管子有一美，婴不如也；有一恶，婴不忍为也，其宗庙之养鲜也。"终辞而不受。（《晏子春秋》卷一第 12 条）

这则故事较长，所表现的晏子特征也多。景公生病一年多了，他让史固与祝佗巡山川宗庙祭祀以求病愈，结果病情不仅不好转，反而加重，于是他想杀掉史固与祝佗，问会谴、梁丘据、晏子是否可以。祭祀不能如愿，杀掉祭祀之人，在常人看来，顺理成章，所以会谴、梁丘据表示同意，但晏子不同意。他说如果祭祀有用，那么诅咒也有用；祭祀的人只有两个，但因为国君疏远忠臣，百姓诅咒国君，诅咒者是全国人民，两个人的祝福远不如全国人的诅咒，所以他们两人是没有罪的。景公赞同晏子的意见，把会谴、梁丘据的权力都转交给晏婴，让晏婴执政，一个月后景公的病就好了。景公要给晏婴赏赐，晏婴推辞不受。

晏子在这则故事中，一是表现出他超出常人的推断能力。确实，两个人的祝福比不上全国人的诅咒，他们两人是没有罪的。他的这一推断能力在会谴、梁丘据的衬托下，表现得非常明显。二是表现出他非同寻常的进谏能力。事件的起因是景公的生病，但晏子能够由此引申出国君疏远股肱之臣等过失，使得国君心悦诚服，并改变措施，使得齐国走上正路。三是表现出他超强的治国才能。执掌齐国才一个月，国君的病就好了，说明齐国这一个月被晏婴治理得很好。四是表现出他有功不受赏的高尚品质。这些品质都是老百姓所喜闻乐道的。

晏子善于进谏的特征在《晏子春秋》中作了特别强调。《晏子春秋》

共8卷，其中前两卷都是关于晏子进谏的故事。在这些进谏中，晏子阻止国君虐杀无辜、要求国君救济饥民、要求国君疏远佞臣、要求国君勤劳为政、要求国君不要大兴土木，等等。与其说是晏子在进谏，毋宁说是百姓希望能有晏子这样一个人物，能够向国君表达他们的愿望，能够规范国君的言行，从而使得国家富庶强盛、人民安居乐业。晏子的形象要作如是观。

晏子超强的进谏能力是他综合能力的体现。例如：

> 景公使圉人养所爱马，暴死，公怒，令人操刀解养马者。是时晏子侍前，左右执刀而进，晏子止而问于公曰："尧舜支解人，从何躯始？"公矍然曰："从寡人始。"遂不支解。
>
> 公曰："以属狱。"
>
> 晏子曰："此不知其罪而死，臣为君数之，使知其罪，然后致之狱。"公曰："可。"
>
> 晏子数之曰："尔罪有三：公使汝养马而杀之，当死罪一也；又杀公之所最善马，当死罪二也；使公以一马之故而杀人，百姓闻之必怨吾君，诸侯闻之必轻吾国，汝杀公马，使怨积于百姓，兵弱于邻国，汝当死罪三也。今以属狱。"
>
> 公喟然叹曰："夫子释之！夫子释之！勿伤吾仁也。"（《晏子春秋》第一卷第25条）

因为圉人把马养死了，爱马的齐景公勃然大怒，要肢解圉人。这是国君的暴行，但国君已经决定了，谁能阻止呢？如果晏子怒气冲冲地指责国君，那么其下场可能跟这圉人一样。这时晏子没有直接阻止，而是问景公："尧舜支解人，从何躯始？"言外之意，尧舜这样的圣君，是不肢解人的；肢解人的国君，只能是暴君。景公马上意识到了这一点，于是吩咐把圉人送到监狱。这时如果晏子直接阻止，那也是很困难的。晏子顺着国君的意思，对国君说：这个人恐怕不知道自己的罪就死了呢，我为您数落一下他的罪吧，让他知道自己的罪，然后再送到监狱去处置他。国君当然同意，于是晏婴就对圉人说：国君让你养马，你把马养死了，这是你的第一个死罪；你养死的是国君最喜欢的马，这是你的第二个死罪；你让国君因为一匹马而杀死了一个人，全国百姓听了后就会怨恨国君，别的国家听到后就会轻视我国，这是你的第三个死罪。现在把你送到监狱去吧。这些话虽然是对圉人说的，但实际上是说给景公听的。道理说得如此明白，景公只能把那个圉人放掉了。

圉人是一般百姓，晏子救了这个圉人，表现出了他对百姓的爱护；晏子在救人时，举重若轻，反言若正，似乎在谴责圉人，实则是责备国君；他的话，也确实是既挽救了圉人，也使得国君免于骂名。当然最为精妙的是晏子在人命关天的紧急情况下，依靠他的智慧和敏捷，选择了最为恰当的处理方式。

晏子不仅敏捷有智慧，他还有大无畏的精神。例如：

> 崔杼既弑庄公而立景公，杼与庆封相之，劫诸将军大夫及显士庶人于太宫之坎上，令无得不盟者。为坛三仞，坎其下，以甲千列环其内外，盟者皆脱剑而入。维晏子不肯，崔杼许之。有敢不盟者，戟拘其颈，剑承其心，令自盟曰："不与崔庆而与公室者，受其不祥。"言不疾，指不至血者死。所杀七人。
>
> 次及晏子，晏子奉杯血，仰天叹曰："呜呼！崔子为无道，而弑其君，不与公室而与崔庆者，受此不祥。"俛而饮血。崔子谓晏子曰："子变子言，则齐国吾与子共之；子不变子言，戟既在脰，剑既在心，维子图之也。"
>
> 晏子曰："劫吾以刃，而失其志，非勇也；回吾以利，而倍其君，非义也。崔子！子独不为夫《诗》乎！诗云：'莫莫葛藟，施于条枚，恺恺君子，求福不回。'今婴且可以回而求福乎？曲刃钩之，直兵推之，婴不革矣。"崔杼将杀之，或曰："不可！子以子之君无道而杀之，今其臣有道之士也，又从而杀之，不可以为教矣。"崔子遂舍之。
>
> 晏子曰："若大夫为大不仁，而为小仁，焉有中乎！"趋出，授绥而乘。其仆将驰，晏子抚其手曰："徐之！疾不必生，徐不必死，鹿生于野，命县于厨，婴命有系矣。"按之成节而后去。诗云："彼已之子，舍命不渝。"晏子之谓也。（《晏子春秋》第五卷第3条）

这是一则精彩的短篇小说。在"以甲千列环其内外，盟者皆脱剑而入"的情形下，晏子带剑而入，已表现出他的勇气；在"戟拘其颈，剑承其心”的窒息气氛下，在已经杀了七人的情况下，晏子依然谴责“崔子为无道，而弑其君”，偏偏说“不与公室而与崔庆者，受此不祥”。在崔杼的威逼利诱下，晏子依然不改其志，依然大义凛然地斥责他。最后崔杼没敢杀他，晏子出来后，他的车夫想赶着马尽快逃离，晏子按着他的手说：“徐之！疾不必生，徐不必死，鹿生于野，命县于厨，婴命有系矣”，此时的晏子竟然如此镇定。之后他们才“按之成节而后去”。晏子“抚其手”这样的细节，他们“按之成节而后”的从容，对于刻画晏子的性格特征很有帮助，但它们都是作者的虚构之词。

晏子的清贫也是《晏子春秋》中重点强调的内容。在卷六中，有多则故事用来写晏子虽然清贫但不接受赏赐，例如“梁丘据言晏子食肉不足景公割地将封晏子辞”“景公以晏子食不足致千金而晏子固不受”“景公以晏子衣食弊薄使田无宇致封邑晏子辞”“田桓子疑晏子何以辞邑晏子答以君子之事也”“景公欲更晏子宅晏子辞以近市得求讽公省刑”等，都是这样的文章。古代物质条件不足，百姓生活都比较困难，他们也希望朝廷的官员们都是清官。后世小说中的清官情结，在《晏子春秋》中就已经存在了。

第六节　妙绝千古的哲理小说《庄子》

《庄子》是中国文学史上一个绚丽的存在。我们都承认它的虚构性、散文性、叙事性，它也塑造出了一个个鲜活的人物形象，但很少有人认为它是小说，小说史上更是难觅《庄子》的踪影。其中理由，不外乎《庄子》中的文章是说理之文。小说是世界上形式最为灵活、手法最为丰富的文学体裁，难道就不能用它来说理吗？如果不能，为什么现在有一类小说叫做哲理小说呢？

从哲理小说的角度来看《庄子》，会发现它是古往今来最好的哲理小说集，无论其哲理的深度还是人物形象的鲜明度。当然，哲理的深度不属于本文的论述范围，我们主要从虚构和人物形象两个角度来分析《庄子》的小说特点。

第一，《庄子》中几乎所有的故事都是虚构，甚至虚构程度到了荒诞的地步。

《庄子》全书中都充斥着“谬悠之说，荒唐之言，无端崖之辞”。他所讲的故事或者纯为虚构，故事中的人名和事迹现实中皆无；或者部分虚构，故事中的人虽然真有，但其事迹、语言多是假的。

《庄子》中纯虚构的故事比比皆是。例如在《逍遥游》中，蜩与学鸠这些会飞的小动物竟然嘲笑大鹏："我决起而飞，枪榆枋而止，时则不至而控于地而已矣，奚以之九万里而南为？"斥鴳也有类似的嘲笑："彼且奚适也？我腾跃而上，不过数仞而下，翱翔蓬蒿之间，此亦飞之至也，而彼且奚适也？"在《秋水》中，河伯望洋而叹，北海若娓娓而谈，夔、蚿、蛇、风都纷纷开口说话；在《应帝王》中，中央之帝浑沌头上七窍皆无，南海之帝、北海之帝为了报答浑沌之德，给浑沌日凿一窍，结果第七天七窍凿成，浑沌却死了。

在《庄子》中，就连鲋鱼也能与庄子对话，也能"忿然作色"：

> 庄周家贫，故往贷粟于监河侯。监河侯曰："诺，我将得邑金，将贷子三百金，可乎？"庄周忿然作色曰："周昨来，有中道而呼者。周顾视车辙中，有鲋鱼焉。周问之曰：'鲋鱼来！子何为者耶？'对曰：'我，东海之波臣也。君岂有斗升之水而活我哉？'周曰：'诺，我且南游吴越之土，激西江之水而迎子，可乎？'鲋鱼忿然作色曰：'吾失我常与，我无所处。我得斗升之水然活耳，君乃言此，曾不如早索我于枯鱼之肆！'"（《外物》）

庄周与鲋鱼的这段有声有色的对话，只能是虚构的。

最荒诞的是庄子能让髑髅开口说话：

> 庄子之楚，见空髑髅，髐然有形，撽以马捶，因而问之，曰："夫子贪生失理，而为此乎？将子有亡国之事，斧钺之诛，而为此乎？将子有不善之行，愧遗父母妻子之丑，而为此乎？将子有冻馁之患，而为此乎？将子之春秋故及此乎？"于是语卒，援髑髅，枕而卧。夜半，髑髅见梦曰："子之谈者似辩士。视子所言，皆生人之累也，死则无此矣。子欲闻死之说乎？"庄子曰："然。"髑髅曰："死，无君于上，无臣于下；亦无四时之事，从然以天地为春秋，虽南面王乐，不能过也。"庄子不信，曰："吾使司命复生子形，为子骨肉肌肤，反子父母妻子闾里知识，子欲之乎？"髑髅深矉蹙额曰："吾安

能弃南面王乐而复为人间之劳乎!”(《至乐》)

一个空了的髑髅，该是令人惊惧吧，庄子却上前用马鞭敲着它，向它发问。到了晚上，庄子枕着它睡了。于是髑髅就在梦中来和他说话了，说了一番“死，无君于上，无臣于下；亦无四时之事，从然以天地为春秋，虽南面王乐，不能过也”的话，令活着的人羡慕不已。

庄子思想迥异于俗，他也不屑于客观地叙述一件实事，他在以“超现实的虚构、神奇怪异的想象、荒唐无稽的言辞编造虚妄荒诞的寓言故事”①。所以《庄子》中的故事或者是神话传说，或者是加工过的实事。所以《逍遥游》中就有由几千里的鲲化成的水击三千里的鹏，有姑射之山上不食五谷、吸风饮露、乘云气、御飞龙的神人，《秋水》中就有河伯和北海若的对话，《至乐》中就有髑髅之语，这些构思都是无中生有；而《盗跖》篇中的孔子见盗跖，《养生主》中的庖丁解牛，虽然都是人事，却是明显的杜撰。所以黄震说庄子“创为不必有之人，设为不必有之物，造为天下必无之事”，可谓中的之语；而刘熙载说“《庄子》寓真于诞，寓实于玄”(《文概》)，也指出了《庄子》的虚构特征。陆永品认为庄子小说种类较多，大致可分“寓言小说、志怪小说、历史小说和社会小说四类”②，这四类小说没有一类不是虚构的。《聊斋志异》是中国古代小说的巅峰之作，其中谈鬼说狐之作纯为虚构，但《聊斋》中还有一些纪实之作，例如《折狱》《地震》等。所以单纯就虚构而言，完全虚构的《庄子》要胜于还有纪实之作的《聊斋志异》。

但《聊斋志异》的作者一再声明自己的小说出自何人，乃是何人所亲见，以证明小说的真实性，《阅微草堂笔记》的作者更是如此。而庄子在其文章中却从不遮掩他的虚构性。后人往往以作者是否有意识地进行虚构来鉴别一篇文章是否小说，以至于干宝在《搜神记》中声明自己是在实录，于是就说《搜神记》的小说性应该大减，而唐人始有意为小说，于是中国小说在唐代才成熟。其实庄子就已经有意为小说，甚至专意为小说了，只不过他的小说是哲理小说而已。

第二，《庄子》中成功塑造了庄子这一个性鲜明、超然物外、不以名

① 褚斌杰：《先秦文学史》，人民文学出版社1998年版，第282页。

② 陆永品：《庄子是中国小说之祖》，《河北大学学报》1993年第3期，第41页。

利荣辱穷困萦怀的人物形象。

《庄子》中性格最为鲜明的人物形象是庄周。例如：

> 庄子钓于濮水。楚王使大夫二人往先焉，曰："愿以境内累矣！"庄子持竿不顾，曰："吾闻楚有神龟，死已三千岁矣。王以巾笥而藏之庙堂之上。此龟者，宁其死为留骨而贵乎？宁其生而曳尾于涂中乎？"二大夫曰："宁生而曳尾涂中。"庄子曰："往矣！吾将曳尾于涂中。"（《秋水》）

"愿以境内累矣"，也就是要把楚国的国政交给庄子，意为让庄子来当楚国一人之下万人之上的国相。对于这个别人垂涎三尺的职位，正在濮水边拿着钓鱼竿钓鱼的庄子连头都不回，却给两个使者讲了个故事："我听说楚国有只神龟，死了已经三千年了。楚王把它用布巾包裹起来放在竹盒里，藏在庙堂上。对于这只乌龟来说，他是愿意死了后如此尊贵呢？还是愿意拖着尾巴在泥里爬呢？"那两个使者说："希望活着拖着尾巴在泥中爬吧。"庄子就对他们说："你们回去吧。我要拖着尾巴在泥中爬。"把一个当时超级大国的相位，比喻为死了后却被尊贵的乌龟，这样的认识太深刻了，太出人意料了，同时也令人有醍醐灌顶的清醒。这就是庄子形象的不可及处，也正是哲理小说独有的艺术魅力。

这类绝妙的文笔在《庄子》中随处可见，下面这则故事就是上面故事的延续：

> 惠子相梁，庄子往见之。或谓惠子曰："庄子来，欲代子相。"于是惠子恐，搜于国中三日三夜。庄子往见之，曰："南方有鸟，其名鹓鶵，子知之乎？夫鹓鶵，发于南海而飞于北海，非梧桐不止，非练实不食，非醴泉不饮。于是鸱得腐鼠，鹓鶵过之，仰而视之曰：'吓！'今子欲以子之梁国而吓我邪？"（《秋水》）

在这则故事中，庄子把魏国的相位比作腐鼠之肉，它虽然是猫头鹰的美食，但"非梧桐不止，非练实不食，非醴泉不饮"的鹓鶵，对它却不屑一顾。现实生活中，很多人把名和利看得非常重要，但这些东西对于一个人来说都是外在的。它们不仅无益于提高一个人的精神境界，反而成为提高精神境界的累赘。名利之高，能高过一国的相位吗？能高过尧的帝位吗？在《庄子》中，这些不仅是等而下之的，而且是不屑一顾的。

对于名位，庄子是如此的态度，那么对于生死呢？请看下面的这段故事：

> 庄子妻死，惠子吊之，庄子则方箕踞鼓盆而歌。惠子曰："与人居，长子、老、身死，不哭，亦足矣，又鼓盆而歌，不亦甚乎！"庄子曰："不然。是其始死也，我独何能无概然！察其始而本无生，非徒无生也而本无形，非徒无形也而本无气。杂乎芒芴之间，变而有气，气变而有形，形变而有生，今又变而之死，是相与为春秋冬夏四时行也。人且偃然寝于巨室，而我噭噭然随而哭之，自以为不通乎命，故止也。"（《至乐》）

妻子死了，庄子不仅不哭，反而箕踞鼓盆而歌。这不是因为庄子和妻子没有感情，而是因为庄子的通达：他看透了人是"本无生"的，不仅无生而且无形，不仅无形而且无气。后来才变而有气，变而有形，变而有生。现在死了，这是"相与为春秋冬夏四时行也"，也就是和四季的运行是一样的。现在她安息在天地之间，而我要是哭泣，那样也太不通达生命的道理了吧。所以我就不哭了。

庄子对妻子的死是这样的态度，他对自己的死又是如何呢？

> 庄子将死，弟子欲厚葬之。庄子曰："吾以天地为棺椁，以日月为连璧，星辰为珠玑，万物为赍送。吾葬具岂不备邪？何以如此！"弟子曰："吾恐乌鸢之食夫子也。"庄子曰："在上为乌鸢食，在下为蝼蚁食，夺彼与此，何其偏也！"（《列御寇》）

这就是他对自己死的态度：死了之后，他是"以天地为棺椁，以日月为连璧，星辰为珠玑，万物为赍送"。他的弟子说，我们恐怕你的身体被乌鸦老鹰吃了啊。这样的担心是确实存在的，但庄子回答说："在上为乌鸢食，在下为蝼蚁食，夺彼与此，何其偏也！"尸体在地面上，会被乌鸦老鹰吃；可是埋在地下，也会被蝼蚁吃掉，何必偏心地"夺彼与此"呢。他这样的说法，跟我们心中根深蒂固的"入土为安"的信条很不相同，但我们不能不承认他说的有道理。

庄子非常讨厌那些一阔脸就变的人：

> 宋人有曹商者，为宋王使秦。其往也，得车数乘；王说之，益车百乘。反于宋，见庄子，曰："夫处穷闾阨巷，困窘织屦，槁项黄馘者，商之所短也；一悟万乘之主而从车百乘者，商之所长也。"庄子曰："秦王有病召医，破痈溃痤者得车一乘，舐痔者得车五乘，所治愈下，得车愈多。子岂治其痔邪，何得车之多也？子行矣！"（《列御寇》）

得到了秦王百乘车的赏赐之后，曹商得意洋洋地来见庄子，当然是为了炫耀自己的财富，讥讽庄子的穷困："庄子啊，住在贫民巷里，穷得只能编个鞋子，面黄肌瘦的，这方面确实是我曹商的短处；可是一旦让大国的国君觉悟，马上就有百辆车子跟随着我，这却是我的长处呢。"庄子的回答是："我听说秦王有病，召来医生，那些能够治好毒疮的，能够得到一辆马车；而如果用舌头去舔他痔疮的，能够得到五辆马车。你是去治他痔疮的吧？怎么得到这么多马车呢？你走吧。"这样骂谄媚庸俗之辈，真是太痛快了。

超然世外、思想深邃的庄子有时候会嘲笑惠施，例如庄子的腐鼠之论就是如此；但惠施不仅是一个政治家，他还是一个哲学家，他是庄子辩论的对手：

> 庄子与惠子游于濠梁之上。庄子曰："鲦鱼出游从容，是鱼之乐也。"惠子曰："子非鱼，安知鱼之乐？"庄子曰："子非我，安知我不知鱼之乐？"惠子曰"我非子，固不知子矣；子固非鱼也，子之不知鱼之乐，全矣！"庄子曰："请循其本。子曰'汝安知鱼乐'云者，既已知吾知之而问我，我知之濠上也。"（《秋水》）

这场"子非鱼，安知鱼之乐"的争论，是纯理论的推演。在一般人看来，这样的争论是没有现实意义的，但在哲学家庄子和惠施看来，这样的争论却是其乐无穷。这个争论是惠施挑起来的，由此可见惠施思维的活跃。当然这个争论实际上是惠施赢了，庄子最后是被迫偷换了命题。

惠施先于庄子而死，庄子再无辩论的对手，这时候的庄子是寂寞的：

> 庄子送葬，过惠子之墓，顾谓从者曰："郢人垩漫其鼻端，若蝇翼，使匠石斲之。匠石运斤成风，听而斲之，尽垩而鼻不伤，郢人立不失容。宋元君闻之，召匠石曰：'尝试为寡人为之。'匠石曰：'臣则尝能斲之。虽然，臣之质死久矣。'自夫子之死也，吾无以为质矣，吾无与言之矣！"（《徐无鬼》）

庄子总是能够用生动的故事来形象地表达他的思想，惠施死后，他用匠石运斤成风以削掉郢人鼻端白垩的故事，来说明惠施死后他没有了辩论的对手。一代哲学大家，一位超然世外不以名利荣辱穷困为忧的人，他在讲这个故事时，内心该是多么的寂寞，多么的伤痛！

无论是虚构手法的运用，还是人物形象的鲜明，还是说理的透彻和深刻，《庄子》所达到的成就都非一般的小说所能及。

第七节　含有短篇小说集的《韩非子》

先秦时期还没有文学分类的观念，一个作者的各种不同文体汇聚于一书是正常现象，其中夹杂有小说也是正常的。有些学者认为先秦时期的作者们没有创作小说的主观想法，所以他们的文集中即使有小说，也不能算小说。这种观点是值得商榷的。倘若如此，先秦时期也没有当代文体中的散文观念，那时的作者们当然也不可能有创作散文的主观想法，那么是不是他们文集中也就不能有散文了呢？如果把先秦典籍中符合当代散文概念的作品当作散文，就要把这些典籍中符合小说概念的作品当作小说。

作为先秦最为重要的典籍之一，《韩非子》中虽有一些纯粹说理的文章，但其中也有很多故事。这些故事或者是韩非子摘自其他书籍，或者是他自己编造的。他自己编造的故事具有完全虚构性质，而他摘自其他书籍的故事也多经过了他的改编，也具有部分虚构的性质。这些具有完全虚构或者部分虚构的故事，可以当作小说来看待。

这些完全虚构或者部分虚构的故事，就是《韩非子》中的寓言故事。据公木《先秦寓言概论》统计，《韩非子》中的寓言故事是先秦诸子中最多的，其中大大小小的寓言故事多达三百八十多个，去掉重复的仍有约三百四十则[①]。这些寓言故事有些概括力极强，例如：

> 楚人有鬻盾与矛者，誉之曰："吾盾之坚，莫能陷也。"又誉其矛曰："吾矛之利，于物无不陷也。"或曰："以子之矛陷子之盾，何如？"其人弗能应也。夫不可陷之盾与无不陷之矛，不可同世而立。（《难一》）

在这个故事中，"吾盾之坚，莫能陷也"跟"吾矛之利，于物无不陷也"，是不能同时为真的，而这个楚人同时肯定了这两句话，于是当别人问他"以子之矛陷子之盾，何如？"时，他就没法回答了。因为用他的矛去刺他的盾，只有两种可能情况，一是他的矛能够刺穿他的盾，一是他的矛不能刺穿他的盾。如果是前者，那么他说的"吾盾之坚，莫能陷也"就是假的；如果是后者，那么他说的"吾矛之利，于物无不陷也"就是假的。韩非子此处说的"夫不可陷之盾与无不陷之矛，不可同世而立"，概括出了客观世界中普遍存在的自相矛盾的现象。只要人类社会存在，韩非子所说的"自相矛盾"就发挥着它的作用。也就是说，韩非子对"自相矛盾"的概括，突破了时间和空间的限制，普适于古今中外的人类社会。

韩非子往往把多个寓言故事集中在一起，用它们来说明同一个道理。例如《说难》中的武公伐胡和智子疑邻的作用就是如此：

> 昔者郑武公欲伐胡，故先以其女妻胡君以娱其意。因问于群臣："吾欲用兵，谁可伐者？"大夫关其思对曰："胡可伐。"武公怒而戮之，曰："胡，兄弟之国也，子言伐之，何也？"胡君闻之，以郑为亲己，遂不备郑。郑人袭胡，取之。宋有富人，天雨墙坏，其子曰："不筑，必将有盗。"其邻人之父亦云。暮而果大亡其财，其家甚智其子，而疑邻人之父。此二人说者皆当矣，厚者为戮，薄者见疑，则非知之难也，处知则难也。（《说难》）

关其思说"胡可伐"，邻人之父说"不筑，必将有盗"，所说的都是恰当的，但都没有得到好下场。韩非子在这里，用这两个"说者皆当"例子，

① 公木：《先秦寓言概论》，齐鲁书社 1984 年版，第 109 页。

来说明“非知之难也，处知则难也”的道理。当然这两个例子并不重复：关其思所说的“胡可伐”，他提这个建议时，郑武公心中是认同的；但邻人之父预言“不筑，必将有盗”时，宋之富人是不认同的。而且这两人的下场也不同，关其思是被杀，邻人之父是被疑，这就是韩非子所说的“厚者为戮，薄者见疑”。

韩非子经常用寓言故事来说明道理。例如《十过》中论述十种过失，其中没有什么抽象思维的论述，而只是叙述了子反求饮、假道灭虢等十个故事，这是用十个故事来论述十种过失；《喻老》篇中则出现了很多小故事，每个小故事都只是用来解释《老子》的一句话；《难一》《难二》《难三》《难四》中则是先列举了一个个的小故事，然后以“或曰”展开论述，阐发其中的道理，这种体例，很像《聊斋志异》中的故事叙述及其后的“异史氏曰”；但最为典型的是《内储说上》《内储说下》《外储说左上》《外储说左下》《外储说右上》《外储说右下》这六篇文章，文中虽有少量经文，但文章的绝大部分则是介绍这些经文的一百八十多个故事。

《内储说上》等六篇文章，系统阐释了韩非子的政治学说。其体例，是在每篇文章的开始，先系统介绍他的理论，例如《内储说上》中，就先系统介绍了“主之所用也七术，所察也六微”中“七术”的内容，而《内储说下》中，先系统介绍了“六微”的内容；之后对于每一“术”、每一“微”，韩非子都集中了一些小故事进行了分别说明。于是这六篇文章就有理论有实例，有总论有分论，前后呼应，相得益彰，其结构确实精妙。这种文体，被后世誉为连珠体。

《外储说左上》的理论部分共有六条，下面以第六条为例来分析连珠体。

> 六、小信成则大信立，故明主积于信。赏罚不信，则禁令不行。说在文公之攻原与箕郑救饿也。是以吴起须故人而食，文侯会虞人而猎。故明主表信，如曾子杀彘也。患在厉王击警鼓与李悝谩两和也。
>
> ……
>
> 六
>
> 晋文公攻原，裹十日粮，遂与大夫期十日，至原十日而原不下，击金而退，罢兵而去。士有从原中出者，曰：“原三日即下矣。”群

臣左右谏曰："夫原之食竭力尽矣，君姑待之。"公曰："吾与士期十日，不去，是亡吾信也。得原失信，吾不为也。"遂罢兵而去。原人闻曰："有君如彼其信也，可无从乎？"乃降公。卫人闻曰："有君如彼其信也，可无从乎？"乃降公。孔子闻而记之曰："攻原得卫者，信也。"

文公问箕郑曰："救饿奈何？"对曰："信。"公曰："安信？"曰："信名。信名，则群臣守职，善恶不逾，百事不怠；信事，则不失天时，百姓不逾；信义，则近亲劝勉而远者归之矣。"

吴起出，遇故人而止之食。故人曰："诺，今返而御。"吴子曰："待公而食。"故人至暮不来，起不食待之。明日早，令人求故人。故人来，方与之食。

魏文侯与虞人期猎。明日，会天疾风，左右止文侯，不听，曰："不可。以风疾之故而失信，吾不为也。"遂自驱车往，犯风而罢虞人。

曾子之妻之市，其子随之而泣。其母曰："女还，顾反为女杀彘。"适市来，曾子欲捕彘杀之。妻止之曰："特与婴儿戏耳。"曾子曰："婴儿非与戏也。婴儿非有知也，待父母而学者也，听父母之教。今子欺之，是教子欺也。母欺子，子而不信其母，非所以成教也。"遂烹彘也。

楚厉王有警，为鼓以与百姓为戍，饮酒醉，过而击之也，民大惊。使人止曰："吾醉而与左右戏，过击之也。"民皆罢。居数月，有警，击鼓而民不赴。乃更令明号，而民信之。

李悝警其两和曰："谨警！敌人旦暮且至击汝。"如是者再三，而敌不至。两和懈怠，不信李悝。居数月，秦人来袭之，至，几夺其军。此不信患也。

一曰：李悝与秦人战，谓左和曰："速上！右和已上矣。"又驰而至右和曰："左和已上矣。"左右和曰："上矣。"于是皆争上。其明年，与秦人战。秦人袭之，至，几夺其军。此不信之患。（《外储说左上》）

此处一开始就明白地说出了要讲的道理，是"小信成则大信立，故明主积于信。赏罚不信，则禁令不行"。后面一连用了七个小故事为例证，来证明这个道理是正确的。作者唯恐读者不明白这些道理与后面小故事的关系，于是在二者之间添加了一段文字，说明后面的七个故事与这道理之间的关联关系："说在文公之攻原与箕郑救饿也"，也就是"文公攻原"和"箕郑救饿"是上面道理的"说"，而"吴起须故人而食，文侯会虞人而猎"这两个例子，也是符合这个道理的。英明的君主要表明自己遵守信用，就像"曾子杀彘"一样。至于"厉王击警鼓"和"李悝谩两和"这两个例子，则是反面例子，是不信之"患"也。因而这七个例子层次分明，有正例有反例，各有用途。此处的正例和反例很类似古印度因明学中同喻和异喻，由此可见韩非子的逻辑分析能力确实不同寻常。

以上用七个小故事来说明一个分论点，其他的每个分论点也都用相似的小故事来说明。各个分论点又组合成一个大论点，这个大论点就是每篇文章所论述的道理的总和；而这六篇文章结合起来，就构成了韩非子完整的政治思想。因而韩非子就像一个高明的将军，他让《内储说上》等六篇文章中的一百八十多个小故事各司其职，从而形成了一个纪律严明、整齐壮大的队伍。

"储说"系列的众多小故事是按类排列、用来说理的，但这并不能成为我们否认它为小说的理由。《世说新语》中的一个个记言记事之文也是按类排列的，哲理小说都是用来说理的，但我们不能否认《世说新语》和哲理小说是小说。

《韩非子》中还有两篇文章，这两篇文章中也有很多小故事，这些小故事的排列没有一定的顺序。这两篇文章就是《说林上》和《说林下》。

两篇《说林》中的小故事很有小说性。例如：

> 汤以伐桀，而恐天下言己为贪也，因乃让天下于务光。而恐务光之受之也，乃使人说务光曰："汤杀君而欲传恶声于子，故让天下于子。"务光因自投于河。（《说林》上）

在一般的记载中，商汤是个圣君，但这则小说中的商汤工于心计，充分利用了务光的性格弱点，使得务光不仅不敢接受天下，而且还投河自尽。这里的商汤形象与圣君是不沾边的。

再如下面这则：

> 晋人伐邢，齐桓公将救之，鲍叔曰："太蚤。邢不亡，晋不敝；晋不敝，齐不重。且夫持危之功，不如存亡之德大。君不如晚救之以敝晋，齐实利。待邢亡而复存之，其名实美。"桓公乃弗救。（《说林上》）

在弱小的邢国被强大的晋国攻击之时，鲍叔从齐国利益出发，建议齐桓公不要马上去救，等到晋国把邢国攻下来后，晋国受到的损失就很大了，这样晋国就弱了；而邢国灭亡之后，齐国再出兵帮邢国复国，这样的"存亡之德"可比"持危之功"大多了。

这两个故事中的主人公都是工于心计。工于心计虽然能够在现实社会中占到便宜，能够把自己的事功最大化，但在第一个例子中，却导致了务光这个贤者的自杀，第二个例子中，齐桓公按照鲍叔的建议去做，却造成了一个国家的灭亡，而战争时间的延长也必然造成更多的人员伤亡，从而造成了更多的人间悲剧。因而这种不择手段的毫无仁慈心的工于心计，是不值得提倡的。

读《韩非子》中的故事，能够对人生有更深刻的体会，对这个世界有更深的了解。例如：

> 杨朱之弟杨布衣素衣而出，天雨，解素衣，衣缁衣而反，其狗不知而吠之。杨布怒，将击之。杨朱曰："子毋击也，子亦犹是。曩者使女狗白而往，黑而来，子岂能毋怪哉！"
>
> 三虱相与讼，一虱过之，曰："讼者奚说？"三虱曰："争肥饶之地。"一虱曰："若亦不患腊之至而茅之燥耳，若又奚患？"于是乃相与聚嘬其母而食之。彘臞，人乃弗杀。（《说林下》）

杨朱的换位思考，确实说出了一些人类的共性；第四个虱子对自身处境的了解，远远超出那三个在争肥饶之地的虱子。这样的小说，值得再三玩味。

《说林上》和《说林下》中的小故事尽管也是韩非子搜集来以备说理的，但它们究竟没有被赋予多少理论色彩，因而在今人看来，它们更像是短篇小说集。它们跟《内储说上》一样，题目中都有"说"字，因而在韩非看来，这八篇文章都是"说体文"。这八篇文章中的 250 多个小故事，可以组成一部很好的小说集。

第八节　最早的妇女专题小说集《列女传》

刘向是中国小说史上被严重低估的小说家。他不仅撰有《说苑》《新序》这两部部头较大的故事集，而且还撰有《列女传》《列士传》《列仙传》这三部专题人物传记故事集。这五部书中的人物故事多经过了刘向的加工，具有虚构特征，皆可视为小说。这三部专题人物传记故事集，《列士传》已经佚失，《列仙传》虽然《隋书·经籍志》认为是刘向撰，但存在争议。下面单论《列女传》。

《列女传》是中国第一部妇女专题小说集。生活于西汉末，出身皇族、身为大臣的刘向，对大汉王朝怀有强烈的责任心，他的这些小说就是其强烈责任心的具体体现。《说苑》《新序》是他用一篇篇历史故事来说明君道、臣术、建本、立节、贵德、复恩、政理、尊贤等政治思想，是用来规劝帝王的；而《列女传》则是他精心结撰的用于妇女教育课本，是用来规劝后宫妇女的，它也成为后世中国妇女教育的课本，影响深远。

《列女传》作为中国第一部妇女专题小说集，具有体例严整精妙、明显的虚构、突出人物性格特征的艺术特色。

第一，体例严整、精妙。

今本《列女传》分为7卷，共有104个妇女传记。这7卷的卷名，分别是母仪传、贤明传、仁智传、贞顺传、节义传、辩通传、孽嬖传。从卷名中可以看出，刘向根据每个妇女的主要特征，把她们分为7类，每类1卷。这104个人物传记，只有第1卷是14篇（应该是佚失了一篇），其他6卷都是15篇，仅从数量的安排就可知此书结撰的严整。但更为精妙的是，该书每卷都有一个四言十句的韵语小序，每传最后都有一个四言八句的颂语，而且书中的人物传记几乎都引用了《诗经》中的诗句来说明传主的性格特征。例如第1卷母仪传的小序是“惟若母仪，贤圣有智。行为仪表，言则中义。胎养子孙，以渐教化。既成以德，致其功业。姑母察此，不可不法”，这是以诗歌的形式介绍了本卷的主题。

下面以《母仪传》第3条为例说明各传的体例：

契母简狄

契母简狄者，有娀氏之长女也。当尧之时，与其妹娣浴于玄丘之水，有玄鸟衔卵，过而坠之，五色甚好。简狄与其妹娣竞往取之，简狄得而含之，误而吞之，遂生契焉。

简狄性好人事之治，上知天文，乐于施惠。及契长，而教之理顺之序。契之性，聪明而仁，能育其教，卒致其名。尧使为司徒，封之于亳。及尧崩，舜即位，乃敕之曰："契！百姓不亲，五品不逊，汝作司徒，而敬敷五教，在宽。"其后世世居亳，至殷汤兴为天子。君子谓简狄仁而有礼。诗云："有娀方将，立子生商。"又曰："天命玄鸟，降而生商。"此之谓也。

颂曰：契母简狄，敦仁励翼，吞卵产子，遂自修饰，教以事理，推恩有德，契为帝辅，盖母有力。

这则传记的题目是四个字的"契母简狄"，文章在介绍了简狄的主要事件后，又用《诗经》中的诗句"有娀方将，立子生商"和"天命玄鸟，降而生商"来强调简狄的特点，最后用"契母简狄，敦仁励翼"这八句颂语结束了文章。

《列女传》104篇文章都是这样的体例。

《列女传》这些形式上的特点，标志着中国小说从《列女传》开始已经有意识地注重形式方面的统一了。

《列女传》统一的四字标题从形式上看是后世章回小说回目的先声。《列女传》中的每一传都有一个四字标题，这些标题虽然仅仅是点明传主的身份，例如"有虞二妃""弃母姜嫄""契母简狄"等，它们本身并没有诗意，但是把它们排列在一起就具有一种整齐的形式美，或者是闻一多所说的建筑美。众所周知，宋代的《绿窗新话》以及《三国演义》早期版本的篇目多为七言，与《列女传》的四言相比，仅仅是多出三字而已。

今本《列女传》为7卷，在《汉书·刘向传》中却记载为8卷，这多出的一卷就是刘向为《列女传》全书所写的大序、为这7卷所写的小序以及为各篇传记所写的颂。现在大序已佚，存留下来的小序和颂都是四言韵语，这也是当时流行的诗歌形式。7篇小序针对性很强，它们分别以

“惟若母仪”“惟若贤明”“惟若仁智”“惟若贞顺”“惟若节义”“惟若辩通”“惟若孽嬖”开头，后面九句是对各卷主题的精练概括。它们有着统一的形式，其内容有所关联但各有所侧重。

而104篇颂也具有统一的四言八句的诗歌形式，它们在内容上与各篇的正文一一对应。甚至这八句诗的体例也是一致的：它们都是第一句就点明人物身份，例如“元始二妃”“弃母涂山”“周室三母”“卫姑定姜”等，然后在后面或者简述她们的事迹，或者评论她们的行为品德。这种整本书都是一个故事配一首诗的写作方法，在中国文学史上是前无古人的；在刘向之后，这种独具民族特色的文学创作形式则被文学家们变着花样地发扬光大了。例如在民间说唱文学中，往往在一段散文叙事之后，再用韵文来复述、评论或抒情；再如在唐代，小说家和诗人往往配对进行同题文学创作，例如《莺莺传》和《莺莺歌》、《长恨歌传》和《长恨歌》就是如此。

《列女传》引用了《诗经》的诗句，这些引诗不仅数量很大，几乎每篇人物传记都有引诗，而且这些引诗总是在篇末出现。这一特点，与《韩诗外传》非常相似。特别值得注意的是，这些在篇末出现的《诗经》诗句具有程式化的特点：在诗句之前往往有“君子曰”（或“君子谓”、“仲尼谓”等），诗句之后又加上“此之谓也”四字。例如上文中《契母简狄》的结尾“君子谓简狄仁而有礼。诗云：‘有娀方将，立子生商’，又曰：‘天命玄鸟，降而生商’，此之谓也”，就是如此。再如《有虞二妃》颂前的结尾：

> 君子曰：二妃德纯而行笃。诗云：“不显惟德，百辟其刑之。”此之谓也。

这种在篇末出现的“君子曰”，上承《左传》中的“君子曰”、《史记》中的“太史公曰”，下启后世小说篇末的作者议论（例如《聊斋志异》中的“异史氏曰”），是中国小说的鲜明特色之一。

第二，具有明显的虚构特征。

《列女传》中的虚构主要分为两种情况，第一种是原始文献即故事本身的虚构，第二种是刘向在加工时的虚构。

原始文献本身的虚构。刘向是中国目录学的鼻祖，他总校群书，撰成中国最早的目录学著作《别录》，可谓天下之书无不通览，《说苑》《新序》《列女传》等就是他整理改编了的历史资料。但这些历史资料多有虚构之处。例如上面所引的《契母简狄》，说简狄跟她妹妹在洗澡时，有一只燕子衔着一个五色卵，在飞过她们上方时，卵落了下来。简狄跟妹妹一起抢那个卵，简狄抢到了，不小心吞到肚里，就生了契。这一传说当然是虚构的，它体现了远古母系社会“只知有母不知有父”的社会现象，而洗澡、鸟卵，其实都是性交的暗示。当然刘向所节选的原始史料，即使那些没有玄幻色彩的，也可以具有虚构性质。例如那些人物对话，很多是作者们的拟言、代言。

刘向加工时的虚构。刘向编写《列女传》有明确的目的，那就是意在劝诫。为了这个明确的目的，他就要对原始材料进行筛选、加工，也就是去掉原始文献中那些与劝诫无关的材料，放大那些具有教育意义的事例。例如卷2贤明传中的《晋文齐姜》篇：

晋文齐姜

齐姜，齐桓公之宗女，晋文公之夫人也。初，文公父献公纳骊姬，谮杀太子申生。文公号公子重耳，与舅犯奔狄，适齐，齐桓公以宗女妻之，遇之甚善，有马二十乘，将死于齐，曰：“人生安乐而已，谁知其他!”子犯知文公之安齐也，欲行而患之，与从者谋于桑下。蚕妾在焉。妾告姜氏，姜杀之，而言于公子曰：“从者将以子行，闻者吾已除之矣。公子必从，不可以贰，贰无成命。自子去晋，晋无宁岁。天未亡晋，有晋国者，非子而谁？子其勉之！上帝临子，贰必有咎!”公子曰：“吾不动，必死于此矣。”姜曰：“不可。《周诗》曰：‘莘莘征夫，每怀靡及。’夙夜征行，犹恐无及，况欲怀安，将何及矣！人不求及，其能及乎？乱不长世，公子必有晋。”公子不听。姜与舅犯谋，醉，载之以行。酒醒，公子以戈逐舅犯，曰：“若事有济则可，无所济，吾食舅氏之肉，岂有厌哉?”遂行，过曹、宋、郑、楚，而入秦。秦穆公乃以兵内之于晋。晋人杀怀公而立公子重耳，是为文公。迎齐姜以为夫人，遂伯天下，为诸侯盟主。君子谓齐姜洁而不渎，能育君子于善。诗曰：“彼美孟姜，可与寤言。”此之谓也。

颂曰：齐姜公正，言行不怠。劝勉晋文，反国无疑。公子不听，姜与犯谋。醉而载之，卒成霸基。

在上文中，齐姜劝告重耳的两段话，一段是 57 字，一段是 45 字，共 102 字，但在《左传》中，这两段话仅仅有 22 字：

> 姜氏杀之，而谓公子曰："子有四方之志，其闻之者，吾杀之矣。"公子曰："无之。"姜曰："行也！怀与安，实败名。"

两相对比，《列女传》多出了 80 字；而在《国语》中，姜氏的这两段话一共 156 字，《列女传》又比《国语》少了 54 字。由此可见刘向确实对原材料进行了较大的改编。

另外重耳逃亡之时，他身边的大臣，除了子犯，还有赵衰、颠颉、魏犨、胥臣等。作者为了叙述的简洁，也为了突出姜氏，在文章中只提到了跟故事情节密切相关的子犯，其他人物都没写出姓名。

刘向在文章中说晋文公返国之后，"迎齐姜以为夫人，遂伯天下，为诸侯盟主"，把齐姜跟重耳成为霸主联系起来，这就更是突出一点而不及其余了。重耳成为春秋五霸之一，更重要的是依靠了他的那些才能超群的大臣，而齐姜在其中发挥的作用，甚至还不如秦嬴。但作者是给齐姜作传，他就只能强调齐姜，而不管其他。

《晋文齐姜》中的"迎齐姜以为夫人"，此事不见于《左传》，不见于《国语》，也不见于《史记》，因而晋文公迎齐姜为夫人一事，恐怕也是刘向的虚构。从历史的进程来看，晋文公迎不迎齐姜是无关紧要的，因为齐姜不是秦嬴，后来秦嬴放走了孟明等三帅，对秦晋的历史是有影响的。但从小说情节的角度来看，晋文公迎回齐姜为夫人，就使得故事情节完整了，而齐姜的作用也就表现出来了。由此可见，刘向写《列女传》，确实是用了小说笔法。

第三，突出人物的性格特征。

塑造人物形象是小说的主要任务，而《列女传》中的人物具有非常鲜明的特征。为了让读者明确这些特征，刘向让每一卷的主题都相同，例如第 1 卷是母仪传，也就是本卷中所有的妇女都具有贤母的性质。后面几卷分别是贤明、仁智、贞顺、节义、辩通、孽嬖，这些特征分别是各卷中所有妇女的共同特征。这 7 卷之中，刘向又各用一首四言十句的诗歌来阐发这些特征。在每篇文章中，刘向为了强调这些特征，还引用了《诗经》中的诗句对人物的这些特征进行了说明，并且在每篇文章的最后又用八句诗的形式点出了这些特征。下面用卷三仁智传中的《曹僖氏妻》为例来说明这一特点。

曹僖氏妻

曹大夫僖负羁之妻也。晋公子重耳亡，过曹，恭公不礼焉。闻其骈胁，近其舍，伺其将浴，设微薄而观之。

负羁之妻言于夫曰："吾观晋公子，其从者三人，皆国相也。以此三人者皆善，戮力以辅人，必得晋国。若得反国，必霸诸侯，而讨无礼，曹必为首。若曹有难，子必不免，子胡不早自贰焉？且吾闻之：'不知其子者视其父，不知其君者视其所使。'今其从者皆卿相之仆也，则其君必霸王之主也。若加礼焉，必能报施矣。若有罪焉，必能讨过。子不早图，祸至不久矣。"负羁乃遗之壶餐，加璧其上。公子受餐反璧。及公子反国，伐曹，乃表负羁之间，令兵士无敢入。士民之扶老携弱而赴其闾者，门外成市。君子谓僖氏之妻能远识。诗云："既明且哲，以保其身。"此之谓也。

颂曰：僖氏之妻，厥智孔白，见晋公子，知其兴作，使夫馈餐，且以自托。文伐曹国，卒独见释。

《列女传》卷3为"仁智卷"，已指明本卷的主题是仁智，这也是曹僖氏妻的形象特点。"仁智卷"的序诗为"惟若仁智，豫识难易。原度天理，祸福所移。归义从安，危险必避。专专小心，永惧匪懈。夫人省兹，荣名必利"，点出了仁智"豫识难易"的特点，而仁智的结果是"祸福所移"、"危险必避""荣名必利"。这样的序诗，加深了人们对仁智的了解。《曹僖氏妻》在介绍了僖负羁妻的事迹后，又引用了《诗经》中的"既明且哲，以保其身"强调了僖氏妻的仁智特点，最后又以"僖氏之妻，厥智孔白，见晋公子，知其兴作，使夫馈餐，且以自托，文伐曹国，卒独见释"这八句诗对主人公进行了赞美，把她的智慧和事迹又进行了概括，从而使得人物的形象特点更为鲜明了。

当然为了突出人物形象，仅仅这些形式上的一再强调还是不够的，行文中也必须采取有效的手法。在《晋文齐姜》中，作者删去了赵衰等重耳从者的姓名，虚构了晋文迎齐姜并以之为夫人的情节，就是强调人物形象的手法。在此篇《曹僖氏妻》中，作者又增加了僖氏妻劝说丈夫的内容，文章中的“且吾闻之：‘不知其子者视其父，不知其君者视其所使。’今其从者皆卿相之仆也，则其君必霸王之主也。若加礼焉，必能报施矣。若有罪焉，必能讨过。子不早图，祸至不久矣”，这些话就既不见于《左传》，也不见于《国语》，而在《史记》中，僖氏妻甚至都没出现。所以这几句话可能是作者的虚构之词。作者为了突出人物形象，还特别篡改了故事情节。在《左传》中，晋文公确实下令不让众将进入僖负羁家，但是魏犨和颠颉两人愤愤不平，率兵攻入僖负羁家，把僖家一把火烧了。虽然《左传》中没有介绍僖负羁和其妻子是否死于火中，但从晋文公大怒，要杀掉忠心耿耿地跟随他受尽艰苦流亡19年的大将来看，大概这夫妻俩凶多吉少。这个结局，即使僖氏妻再有“远识”，她也是意料不到的。如果刘向把这个结局写进文章中，就会损坏僖妻的形象，所以刘向就直接不提这个悲剧了。不仅不提，还说“士民之扶老携弱而赴其间者，门外成市”，也就是僖家成了避难所，救了很多人，使得僖氏妻的形象更加高大了。

第九节　最早的历史演义《吴越春秋》

东汉赵晔的《吴越春秋》是中国小说史上的一个奇迹。这是一部完全符合最严苛的小说定义的作品，但因为不符合唐前小说“粗陈梗概”的“标准”，在小说史上一直没有获得应有的地位。实则它的语言非常优美，亦雅亦俗，韵散相间；它塑造的人物形象不仅鲜明丰满，而且具有浓郁的抒情化悲剧色彩；它的故事情节不仅跌宕起伏，而且波澜壮阔，令人惊心动魄。而从它的语言、人物、情节三方面看来，它的虚构性更是毋庸置疑。下面以几个典型情节为例，分析上述几个特征。

在《吴越春秋》卷3中，楚平王听信佞臣无忌之言，逮捕了忠臣伍奢，之后又派使者诱捕他的两个儿子伍尚和伍子胥。使者先见到了伍尚，伍尚深信不疑；之后伍尚来见子胥，两人就有下面的对话：

尚乃入报子胥，曰：“父幸免死，二子为侯。使者在门，兼封印绶，汝可见使。”

子胥曰：“尚且安坐，为兄卦之。今日甲子，时加于巳，支伤日下，气不相受。君欺其臣，父欺其子。今往方死，何侯之有？”

尚曰："岂贪于侯，思见父耳。一面而别，虽死而生。"

子胥曰："尚且无往，父当我活。楚畏我勇，势不敢杀。兄若误往，必死不脱。"

尚曰："父子之爱，恩从中出。徼幸相见，以自济达。"

于是子胥叹曰："与父俱诛，何明于世？冤仇不除，耻辱日大。尚从是往，我从是决。"

尚泣曰："吾之生也，为世所笑；终老地上，而亦何之？不能报仇，毕为废物。汝怀文武，勇于策谋。父兄之仇，汝可复也。吾如得返，是天祐之；其遂沉埋，亦吾所喜。"

胥曰："尚且行矣，吾去不顾，勿使临难，虽悔何追？"

这段对话语言整饬，纯为四言，甚至夹杂着韵语，因而绝不可能是伍尚和伍子胥当时的原话，只能是作者根据相关资料和民间传说创造出来的。而作者让人物的对话全是四言句和韵语，这就表明了他的态度：他创作的作品是虚构的文学，绝不是历史。这段文字的用韵并不规则，但这不规则更能体现出当时情境的险恶。这段对话节奏铿锵、紧凑，与当时的紧急情况颇为相称，可见作者具有高超的语言驾驭能力，能够娴熟地根据具体情境选择合适的人物对话。

在如此紧张的对话中，作者用对比的手法刻画出了伍尚和伍子胥截然不同的性格特征。伍尚听了楚王使者的话后，深信不疑，兴冲冲地来见伍子胥，说"父幸免死，二子为侯，使者在门，兼封印绶"；而伍子胥则是马上怀疑，并通过卦象得出了"君欺其臣，父欺其子。今往方死，何侯之有"的结论；伍尚在知道危险之后，依然认为应该去和父亲见面，说"一面而别，虽死而生"；而伍子胥则断然说"尚且无往"，认为"兄若误往，必死不脱"；这时伍尚还是不改变自己的主意，依然怀有幻想，说"徼幸相见，以自济达"；伍子胥则说"与父俱诛，何明于世？冤仇不除，耻辱日大"；伍尚只好同意伍子胥逃走，一旦他们遇害，就为他们报仇，但他自己还是去和父亲见面，甚至还有"得返"的想法。

紧急关头，两人截然不同的反映，截然不同的话语，截然不同的选择，预示了两人截然不同的命运。这样的对比写法，当是作者有意为之。

像伍尚、伍子胥这样经过明显加工的人物语言，在《吴越春秋》中还有很多。例如当勾践要入吴为臣的时候，文种开口所说的祝词就是韵语：

> 皇天祐助，前沉后扬。祸为德根，忧为福堂。威人者灭，服从者昌。王虽牵致，其后无殃。君臣生离，感动上皇。众夫哀悲，莫不感伤。臣请荐脯，行酒二觞。

而当夫差听信谗言，疏远伍子胥，而厚待勾践之时，伍子胥据地垂涕而曰：

> 於乎哀哉！遭此默默。忠臣掩口，谗夫在侧；政败道坏，谄谀无极；邪说伪辞，以曲为直；舍谗攻忠，将灭吴国；宗庙既夷，社稷不食；城郭丘墟，殿生荆棘。

这匆忙之间的落泪之语，竟然都是四字句，而且两句一韵，声调紧促，充分反映出当时伍子胥的悲哀、愤怒、急切和无奈。

伍子胥的爷爷伍举也有一段精彩的谏语。当楚灵王大兴土木建章华台时，伍举的谏词是：

> 臣闻国君服宠以为美，安民以为乐，克听以为聪，致远以为明，不闻以土木之崇高、虫镂之刻画、金石之清音、丝竹之凄唳以之为美。前庄王为抱居之台，高不过望国氛，大不过容宴豆，木不妨守备，用不烦官府，民不败时务，官不易朝常。今君为此台七年，国人怨焉，财用尽焉，年谷败焉，百姓烦焉，诸侯忿怨，卿士讪谤，岂前王之所盛，人君之美者耶？

这段话虽不是韵文，其中却有不少骈俪文、排比文，使这段话显得雄壮华丽，读起来声调铿锵，很有气势。当然这样的话也不可能是伍举进谏时的原话，只能是作者的创作。

《吴越春秋》中还出现了不少诗歌，这些诗歌是小说的有机构成部分，在小说的情节发展、人物塑造方面都发挥了重要作用。

下面是卷3伍子胥逃跑路上的一个片段：

（子胥）与胜行去，追者在后，几不得脱。至江，江中有渔父乘船从下方溯水而上。子胥呼之，谓曰："渔父渡我！"如是者再。渔父欲渡之，适会旁有人窥之，因而歌曰：

"日月昭昭乎寖已驰，与子期乎芦之漪。"

子胥即止芦之漪。渔父又歌曰：

"日已夕兮予心忧悲，月已驰兮何不渡为？事寖急兮当奈何？"

子胥入船。渔父知其意也，乃渡之千浔之津。

子胥既渡，渔父乃视之有其饥色，乃谓曰："子俟我此树下，为子取饷。"渔父去后，子胥疑之，乃潜身于深苇之中。有顷，父来，持麦饭、鲍鱼羹、盎浆，求之树下，不见，因歌而呼之，曰：

"芦中人，芦中人，岂非穷士乎？"

如是至再，子胥乃出芦中而应。渔父曰："吾见子有饥色，为子取饷，子何嫌哉？"子胥曰："性命属天，今属丈人，岂敢有嫌哉？"

此段中的渔父唱歌三次，每次都推动了故事情节的发展：第一次是唱"日月昭昭乎寖已驰，与子期乎芦之漪"，和逃犯伍子胥约定了渡江的地点；第二次是唱"日已夕兮予心忧悲，月已驰兮何不渡为？事寖急兮当奈何？"于是伍子胥从藏身之地芦之漪中出来，上了渡船；第三次是伍子胥渡江之后，饥饿不堪，渔父给他取饭，回来时因为子胥多疑藏了起来，他于是一再唱"芦中人，芦中人，岂非穷士乎？"伍子胥就出来吃饭了。因而这三首歌不仅是情节的构成部分，还都推动了情节的发展。

这三首歌也具有塑造人物形象的作用。一开始因为旁边有人偷窥，渔父不敢马上渡伍子胥过江，他就用诗歌和伍子胥约好了渡江的地点，显示出渔父的小心和机智；第二次唱歌，"日已夕兮""月已驰兮"表明时间已是晚上，"心忧悲""何不渡为""事寖急兮当奈何"，表现出了渔父忧急的心情；第三次唱歌，他一再呼唤"芦中人"，表明了他救人救到底的品质。当然他的这三次唱歌，也写出了伍子胥当时的穷困不堪，但他即使在困境中，也仍然小心翼翼。

这三首歌都是这个渔父唱的，因而在这个情节中，渔父的形象特别鲜明，他的无私、主动、机智、勇敢，都给人留下深刻的印象。这使得渔父成为这个情节的主角。正因为他的形象特别鲜明，因而在渔父自沉于江底之时，这一形象就特别令人感慨、难忘。

《吴越春秋》中的越王夫人，在被迫离开越国到吴国为奴之时，据船而哭，顺口而歌，于是就有了下面这两首悲愤哀切的骚体诗：

> 越王夫人乃据船而哭，顾见乌鹊啄江渚之虾，飞去复来，因哭而歌之，曰："仰飞鸟兮乌鸢，凌玄虚号翩翩。集洲渚兮优恣，啄虾矫翮兮云间。任厥兮往还。妾无罪兮负地，有何辜兮谴天？飒飒独兮西往，孰知返兮何年？心惙惙兮若割，泪泫泫兮双悬。"
>
> 又哀吟曰："彼飞鸟兮鸢乌，已回翔兮翕苏。心在专兮素虾，何居食兮江湖？徊复翔兮游飏，去复返兮於乎！始事君兮去家，终我命兮君都。终来遇兮何幸，离我国兮入吴。妻衣褐兮为婢，夫去冕兮为奴。岁遥遥兮难极，冤悲痛兮心恻。肠千结兮服膺，於乎哀兮忘食。愿我身兮如鸟，身翱翔兮矫翼。去我国兮心摇，情愤惋兮谁识？"

本为一国之君的夫人，因为丈夫的战败而不得不到异国他乡为奴，身份上的巨大落差必然引起心理上的巨大伤痛。就要上船离开祖国时，不愿离开祖国的她据船而哭。这时那自由地飞去复来的乌鹊触动了她，于是她先是表达了对乌鹊"集洲渚兮优恣，啄虾矫翮兮云间，任厥兮往还"的羡慕之情，然后直接发问："妾无罪兮负地，有何辜兮谴天？""飒飒独兮西往，孰知返兮何年？"当然在命运的不公面前，无奈的她只能"心惙惙兮若割，泪泫泫兮双悬"。在第二首诗中，她依然以乌鹊起兴，也依然抱怨"离我国兮去吴"，同时她也想象到了即将到来的"妻衣褐兮为婢，夫去冕兮为奴"的悲惨生活，并且知道那时她会有"岁遥遥兮难极"这样度日如年的感觉，知道她会有"冤悲痛兮心恻""肠千结兮服膺"的哀痛，甚至她会"於乎哀兮忘食"。然后她的思绪又回到了现在，"愿我身兮如鸟，身翱翔兮矫翼"，希望自己能够成为一只自由翱翔的乌鹊；最后她以"去我国兮心摇，情愤惋兮谁识？"结束了她的哀唱，从而完成了她的形象塑造。

在中国古代小说中，这样一个即将离国为奴而据船且哭且歌的国君夫人形象，是非常罕见的。她的这两首诗，不仅深刻表现出了她自己的悲惨命运，也深刻表现出了一切战败为奴者的共同命运，因而她的这些悲苦之词具有普遍意义。此时她越是悲苦，越能增加小说的可读性，越能放大后来勾践灭吴的成功，越能令人感慨人生的无常。

《吴越春秋》中的诗歌，还有伍子胥灭吴退却后乐师扈子的《穷劫曲》，还有勾践回到越国后采葛之妇所作的《苦诗》，还有勾践率兵伐吴时国人所作的《离别相去词》，还有越兵渡河攻秦时所作的《河梁诗》。这些诗歌中，《穷劫曲》最有文学史价值。

秦军救了楚国，楚昭王回到了郢，乐师扈子在昭王面前“援琴为楚作穷劫之曲，以畅君之迫厄之畅达也”。其词曰：

> 王耶王耶何乖烈，不顾宗庙听谗孽，任用无忌多所杀，诛夷白氏族几灭。二子东奔适吴越，吴王哀痛助忉怛，垂涕举兵将西伐，伍胥、白喜、孙武决。三战破郢王奔发，留兵纵骑虏荆阙，楚荆骸骨遭发掘，鞭辱腐尸耻难雪！几危宗庙社稷灭，严王何罪国几绝。卿士凄怆民恻悷，吴军虽去怖不歇。愿王更隐抚忠节，勿为谗口能谤亵。

这首诗回顾了楚国所遭受到的灭顶之灾，并对昭王进行批评，使得“昭王垂涕，深知琴曲之情”。在诗歌研究史上，它具有两方面的意义：一是它是现在所见到的最早的非骚体的七言诗。一般的文学史家多认为张衡的《四愁诗》或曹丕的《燕歌行》是最早的七言诗，但《吴越春秋》是东汉时赵晔所编撰，赵晔大约生活于明帝、章帝之时，也就是公元 1 世纪，他的生活年代早于张衡，而曹丕走上文坛当在公元 3 世纪了。而且这首诗很可能是赵晔采之于前人著作，或者是他所录的民间说唱之曲，那它的出现就更早了。二是这首诗是乐师扈子一边弹琴一边唱的，这样的艺术搭配形式与至今仍然流传的弹词非常相似，因而它对于研究古代通俗文学有重要参考价值。

以上分析多是从语言的角度，或者从故事情节设置、人物形象塑造的角度进行的。但《吴越春秋》最为突出的特征，也就是使得它成为伟大文学作品的特征，应该是其人物形象的集体性悲剧。悲剧的人物形象更能够感染读者，而《吴越春秋》中的主要人物几乎都有浓郁的悲剧色彩，这也是它流传千古感人至深的最重要的原因。

《吴越春秋》中的悲剧人物很多，忠君而死的伍奢，为了父亲而自投罗网的伍尚是悲剧人物，而流落异国成就了一番事业的伍子胥，最后也是因为忠君爱国而被杀，更是悲剧人物；吴王僚被专诸所杀，但专诸又被吴王僚的兵士所杀，他们的下场同样悲惨；体弱力微的要离刺死了“筋骨果劲，万人莫当，走追奔兽，手接飞鸟”的公子庆忌，但要离为此而家破人亡，他们两人都是悲剧人物；功绩盖天又忠心耿耿的文种不听范蠡之劝而被勾践赐死，当然是悲剧，而范蠡作为智者洞知勾践的性格而被迫离去，也是悲剧；夫差刚愎自用，听信谗言，自毁长城，最后被勾践所杀，固然是悲剧人物，但勾践自己身为一国之君，却不得不跟妻子一起沦为他人奴婢，其中悲苦，从其夫人的两首《乌鹊歌》中可以清晰知晓；即使在他打败吴国之后，我们从他自己在去世时所说的“夫霸者之后，难以久立”之中，也能感受到一个英雄的悲哀。其他如渔父的沉舟自杀、溧阳女子的投井自杀、公孙圣的明知故死、申包胥七日七夜的哭泣、楚昭王的失国之痛和妻辱之恨、钩师在吴王面前呼其二子之名，这些也都令人感伤、哀叹和痛惜。

第十节　最早的音乐专题小说集《琴操》

《琴操》两卷，相传是蔡邕所作。书中或详或略地记述了四十多个小故事，这些小故事具有明显的虚构性质，使得《琴操》成为中国最早的音乐专题小说集。

《琴操》中的故事多具有虚构成分，郑樵《通志·乐略》对此曾有如下议论：

> 《琴操》所言者何尝有是事？琴之始也，有声无辞，但善音之人欲写其幽怀隐思而无所凭依，故取古之人悲忧不遇之事而以命操，或有其人而无其事，或有其事又非其人，或得古人之影响又从而滋蔓之，君子之所取者但取其声而已，取其声之义而非取其事之义。

《琴操》中故事，大多是“善音之人欲写其幽怀隐思而无所凭依”，所以“取古之人悲忧不遇之事而以命操”，它们或者“有其人而无其事”，或者“有其事又非其人”，当然也有一些是“得古人之影响又从而滋蔓之”，这就使得《琴操》所记之人之事具有虚构性。例如《龟山操》：

> 《龟山操》者，孔子所作也。齐人馈女乐，季桓子受之，鲁君闭门不听朝。当此之时，季氏专政，上僭天子，下畔大夫，贤圣斥逐，

谗邪满朝。孔子欲谏不得，退而望鲁，鲁有龟山蔽之。辟季氏于龟山，托势位于斧柯；季氏专政，犹龟山蔽鲁也。伤政道之凌迟，闵百姓不得其所。欲诛季氏，而力不能，于是援琴而歌云："予欲望鲁兮，龟山蔽之。手无斧柯，奈龟山何？"

此段开篇就是"《龟山操》者，孔子所作也"，但《龟山操》是否真是孔子所作的呢？文中介绍，孔子作《龟山操》的起因是"齐人馈女乐，季桓子受之，鲁君闭门不听朝"，使得孔子"孔子欲谏不得"，于是"退而望鲁"，但"鲁有龟山蔽之"，于是心有感触，觉得"季氏专政，犹龟山蔽鲁也"，于是就作《龟山操》以明志。这是《琴操》中的记载。

"齐人馈女乐"一事见于《论语·微子》，原文为：

齐人归女乐，季桓子受之，三日不朝，孔子行。

这段话据杨伯峻《论语译注》的解释，是季桓子接受了女乐，因为耽于女乐，作为执政的季桓子三天不理政事，于是孔子就离职走了。所以因为女乐而"闭门不听朝"的不是"鲁君"，而是季桓子，由此可见这段《琴操》是不符合事实的。当然更为不符合事实的应该是孔子作《龟山操》，这在《论语》中没有记载。因而《龟山操》的"予欲望鲁兮，龟山蔽之"等词，实际上是后人拟孔子而歌而已。史上有孔子其人，但无孔子作《龟山操》之事，此所谓"有其人而无其事"之例。另外《琴操》中的这段文字中有"季氏专政，上僭天子"之语，周代的"天子"特指周天子，季氏专政，他应该是"上僭鲁君"，而不应是"天子"。蔡邕博学，不应该犯此错误，因而有人认为《琴操》不是蔡邕所作，是有道理的。

《琴操》所载，皆为琴曲本事，这就使得《琴操》中的故事也具有琴曲的美学特征。琴曲有不同的美学特征，《初学记》卷16引《风俗通》云：

凡琴曲，和乐而作，命之为畅；忧愁而作，命之曰操。

《琴操》既然以"操"为名，就是选择了"忧愁"。纵观《琴操》，只有

《仪凤歌》《文王思士》等少数几篇有欢娱之音，其他都是幽怨之作。例如《箜篌引》篇：

> 《箜篌引》者，朝鲜津卒霍里子高所作也。子高晨刺船而濯，有一狂夫，被发提壶，涉河而渡。其妻追止之，不及，堕河而死。乃号天嘘唏，鼓箜篌而歌曰："公无渡河，公竟渡河，公堕河死，当奈公何！"曲终，自投河而死。子高闻而悲之，乃援琴而鼓之，作《箜篌引》以象其声，所谓《公无渡河》曲也。

此章具有明显的虚构性质，因为那位狂夫的妻子绝不可能在追她丈夫时手中还拿着箜篌，也不可能在她丈夫堕河而死后在河边"鼓箜篌而歌"。但作者和读者都不关心这些细节的合理性，大家关心的是丈夫堕河而死时妻子的悲痛，关心的是她在悲痛之时所歌的"公无渡河，公竟渡河，公堕河死，当奈公何！"关心的是她唱完之后也投河而死的结局。故事的整个过程都具有伤感色彩，使得这个故事跟《箜篌引》的琴曲一样，都具有幽怨的风格。

人类的感情是多种多样的，但中国古代小说所抒发的感情以幽怨为主，与中国诗歌所抒发的感情基本一致。幽怨的感情在《穆天子传》《洛神赋》《吴越春秋》《琴操》中都有明显表现。这种题材的幽怨化是作者对小说题材进行诗化处理的结果。如果对比一下"漆室女"在《列女传》和《琴操》中文字的不同，就能发现作者在构筑幽怨风格上的努力。两书中的记载分别如下：

> 漆室女者，鲁漆室邑之女也。过时未适人。当穆公时，君老，太子幼。女倚柱而啸，旁人闻之，莫不为之惨者。其邻人妇从之游，谓曰："何啸之悲也？子欲嫁耶？吾为子求偶。"漆室女曰："嗟乎！始吾以子为有知，今无识也。吾岂为不嫁不乐而悲哉！吾忧鲁君老，太子幼。"邻妇笑曰："此乃鲁大夫之忧，妇人何与焉！"漆室女曰："不然，非子所知也。昔晋客舍吾家，系马园中。马佚驰走，践吾葵，使我终岁不食葵。邻人女奔随人亡，其家倩吾兄行追之。逢霖水出，溺流而死，令吾终身无兄。吾闻河润九里，渐洳三百步。今鲁君老悖，太子少愚，愚伪日起。夫鲁国有患者，君臣父子皆被其辱，祸

及众庶，妇人独安所避乎！吾甚忧之。子乃曰妇人无与者，何哉！”邻妇谢曰：“子之所虑，非妾所及。”三年，鲁果乱，齐楚攻之，鲁连有寇。男子战斗，妇人转输不得休息。君子曰：“远矣漆室女之思也！”诗云：“知我者，谓我心忧，不知我者，谓我何求。”此之谓也。颂曰：漆室之女，计虑甚妙，维鲁且乱，倚柱而啸，君老嗣幼，愚悖奸生，鲁果扰乱，齐伐其城。（《列女传》卷3）

《贞女引》者，鲁漆室女所作也。漆室女倚柱悲吟而啸，邻人见其心之不乐也，进而问之曰：“有淫心欲嫁之念耶？何吟之悲？”漆室女曰：“嗟乎，嗟乎，子无志，不知人之甚也。昔者，楚人得罪于其君，走逃吾东家。马逸，蹈吾园葵，使吾终年不厌菜；吾西邻人失羊不还，请吾兄追之，雾浊水出，使吾兄溺死，终身无兄，政之所致也。吾忧国伤人，心悲而啸，岂欲嫁哉？”自伤怀结，而为人所疑，于是褰裳入山林之中，见女贞之木，喟然叹息，援琴而弦歌以女贞之辞云：“菁菁茂木，隐独荣兮。变化垂枝，合秀英兮。修身养行，建令名兮。厥道不移，善恶并兮。屈躬就浊，世彻清兮。怀忠见疑，何贪生兮。”遂自经而死。（《琴操》卷上）

与《列女传》相比，《琴操》中的文字要简短得多，但也要悲戚得多：《琴操》中漆室女“自伤怀结”，独入山林，见女贞之木而“喟然叹息，援琴而弦”等情节，都不见于《列女传》，她所唱的长达十二句的悲歌也不见于《列女传》，她自经而死的结局也被《列女传》中的“三年，鲁果乱，齐楚攻之，鲁连有寇。男子战斗，妇人转输不得休息”所代替了；特别是《列女传》中的“邻妇笑曰”这个对悲哀的气氛而言相当刺眼的字眼儿，在《琴操》中也被去掉了。《列女传》中多出的漆室女“忧鲁君老，太子幼”以及最后的鲁国战乱，都使得故事情节更为完整合理，也更能够表现出漆室女的“计虑甚妙”，但是这些都与文章幽怨的风格关系不大，于是它们就被删掉了。至于《列女传》中最后的“君子曰”“诗云”“颂曰”这些评论性的文字，它们与故事本身的抒情性无关，也就不见于《琴操》了。

《琴操》对小说题材的这种幽怨化处理，增强了《琴操》的抒情效果，是唐前文言小说题材幽怨化处理的一个范例。

《琴操》中有散文也有韵文，散文是用来交代事件整个过程的，韵文则是歌曲。中国的小说具有文备众体的特点，但韵文在小说中一般要服从于小说中的情节、人物，是第二性的；《琴操》则相反，《琴操》中的散文要服务于韵文。或者可以这样说，《琴操》中的韵文是整篇小说的重心和中心，散文的存在目的，只是为了引出韵文。例如在《箜篌引》中，一切散文都是围绕着《箜篌引》的歌词展开的："朝鲜津卒霍里子高所作也"，是介绍《箜篌引》的作者；"有一狂夫，被发提壶，涉河而渡。其妻追止之，不及，堕河而死"，这是韵文"公无渡河"出现的背景；"乃号天嘘唏，鼓箜篌而歌曰"直接引出韵文"公无渡河"；"曲终，自投河而死"是故事的结尾。在整个过程中，韵文前的散文是韵文出现的背景和前奏，韵文后的散文是韵文的余波。而在整个叙述过程中，韵文出现的时刻，正是故事情节的高潮，更是作品感情的高潮。《箜篌引》是如此，《履霜操》也是如此：

> 《履霜操》者，尹吉甫之子伯奇所作也。吉甫，周上卿也，有子伯奇。伯奇母死，吉甫更娶后妻，生子曰伯邦。乃谮伯奇于吉甫曰："伯奇见妾有美色，然有欲心。"吉甫曰："伯奇为人慈仁，岂有此也？"妻曰："试置妾空房中，君登楼而察之。"后妻知伯奇仁孝，乃取毒蜂缀衣领，伯奇前持之。于是吉甫大怒，放伯奇于野。伯奇编水荷而衣之，采花而食之，清朝履霜，自伤无罪见逐，乃援琴而鼓之曰："履朝霜兮采晨寒，考不明其心兮听谗言，孤恩别离兮摧肺肝，何辜皇天兮遭斯愆。痛殁不同兮恩有偏，谁说顾兮知我冤。"宣王出游，吉甫从之，伯奇乃作歌，以言感之于宣王。宣王闻之，曰："此孝子之辞也。"吉甫乃求伯奇于野而感悟，遂射杀后妻。

篇中伯奇援琴而歌"履朝霜兮采晨寒，考不明其心兮听谗言"，是全文叙事的高潮，也是抒情的高潮。开篇中介绍伯奇、吉甫的身份，介绍伯奇的母亲去世，吉甫娶了后妻，这是叙事、抒情的开端；后妻谮伯奇、陷害伯奇，吉甫放逐伯奇，是叙事、抒情的发展；在高潮之后，宣王和吉甫认识到伯奇是冤枉的，射杀后妻，这是文章的结束。

在《琴操》中，小说的叙事和抒情不一定有结尾，但肯定有一个高潮，例如《辟历引》中，商梁子援琴而歌"疾雨盈河，辟历下臻，洪水浩浩滔厥天。鉴隆愧，隐隐阗阗，国将亡兮丧厥年"，文章就此而止，浑然不管前文中提到的“国之大变”是什么，是否发生，大变发生时商梁子如何应对，等等。小说如此安排，说明作者只关心是否表达出了感情的强度，但对叙事的结果并不重视。

主要参考文献

北京大学中文系1955级：《中国小说史稿》，人民文学出版社1973年版。

北京大学中文系：《中国小说史》，人民文学出版社1978年版。

程毅中：《宋元小说研究》，江苏古籍出版社1998年版。

程毅中点校：《燕丹子》，中华书局1985年版。

程毅中：《唐代小说史话》，文化艺术出版社1990年版。

程毅中：《唐人小说中的“诗笔”与“诗文小说”的兴衰》，《文学遗产》2007年第6期。

陈大康：《古代小说研究及方法》，中华书局2006年版。

陈大康：《论元明中篇传奇小说》，《文学遗产》1998年第3期。

陈洪：《中国小说理论史》（修订本），天津教育出版社2005年版。

陈乐素：《宋史艺文志考证》，广东人民出版社2002年版。

陈平原：《二十世纪中国小说史》（第一卷），北京大学出版社1989年版。

陈平原：《中国小说叙事模式的转变》，北京大学出版社2003年版。

陈平原、夏晓虹：《二十世纪中国小说理论资料》（第一卷），北京大学出版社1997年版。

陈平原：《小说史：理论与实践》，北京大学出版社1993年版。

陈平原：《进化观念与小说史研究》，《文艺研究》1985年第5期。

陈文新：《文言小说审美发展史》，武汉大学出版社2002年版。

陈子展：《中国近代文学之变迁》，上海古籍出版社2000年版。

褚斌杰：《先秦文学史》，人民文学出版社1998年版。

党月异、侯桂运：《用抒情法以叙事——论〈玉梨魂〉的艺术特色及其小说史地位》，《蒲松龄研究》2013年第1期。

董乃斌：《中国古典小说的文体独立》，中国社会科学出版社1991年版。

董乃斌、黄霖：《古代小说鉴赏辞典》，上海辞书出版社2004年版。

董乃斌、陈伯海、刘扬忠：《中国文学史》，河北人民出版社 2003 年版。
董治安：《说“晏子春秋”》，《山东大学学报》1959 年第 4 期。
丁锡根：《中国历代小说序跋集》，人民文学出版社 1996 年版。
傅修延：《赋与中国叙事的演进》，《江西社会科学》2007 年第 9 期。
范烟桥：《中国小说史》，苏州秋叶社 1927 年版。
郭箴一：《中国小说史》，中国社会科学出版社 2010 年版。
郭延礼：《中国近代文学发展史》，高等教育出版社 2001 年版。
郭英德：《悬置名著——明清小说史思辨录》，《文学评论》1999 年第 2 期。
郭英德：《小说史的叙述视角、叙述体例和叙述方法——兼评陈大康〈明代小说史〉》，《文学遗产》2001 年第 5 期。
高亨：《高亨著作集林》（第九卷），清华大学出版社 2004 年版。
公木：《先秦寓言概论》，齐鲁书社 1984 年版。
侯忠义：《中国文言小说史稿》（上册），北京大学出版社 1990 年版。
侯忠义：《中国文言小说史稿》（下册），北京大学出版社 1993 年版。
侯忠义：《中国文言小说参考资料》，北京大学出版社 1985 年版。
胡怀琛：《中国小说研究》，中国书籍出版社 2006 年版。
黄霖、韩同文：《中国历代小说论著选》，江西人民出版社 1982 年版。
黄霖等：《中国小说研究史》，浙江古籍出版社 2002 年版。
韩进廉：《中国小说美学史》，河北大学出版社 2004 年版。
姜亮夫：《姜亮夫全集》（六），云南人民出版社 2002 年版。
康金声：《改写中国小说史》，《山西大学学报》2005 年第 2 期。
李悔吾：《中国小说史漫稿》，湖北教育出版社 1992 年版。
李剑国：《唐前志怪小说史》，南开大学出版社 1984 年版。
李剑国：《唐五代志怪传奇叙录》，南开大学出版社 1993 年版。
李剑国：《文言小说的理论研究与基础研究——关于文言小说研究的几点看法》，《文学遗产》1998 年第 2 期。
李剑国、陈洪：《中国小说通史》，高等教育出版社 2007 年版。
李汉秋：《儒林外史研究资料》，上海古籍出版社 1984 年版。
李劼：《历史文化的全息图像——论红楼梦》，新星出版社 2006 年版。
李宗为：《唐人传奇》，中华书局 2003 年版。
陆永品：《庄子是中国小说之祖》，《河北大学学报》1993 年第 3 期。

林辰、钟离叔：《古代小说与诗词》，辽宁教育出版社 1992 年版。
林辰：《古代小说概论》，春风文艺出版社 2006 年版。
林庚：《中国文学史》，清华大学出版社 2009 年版。
凌郁之：《走向世俗——宋代文言小说的变迁》，中华书局 2007 年版。
鲁迅：《鲁迅全集》（6），人民文学出版社 2005 年版。
鲁迅：《中国小说史略》，人民文学出版社 2006 年版。
鲁迅校录：《唐宋传奇集》，齐鲁书社 1997 年版。
刘开荣：《唐代小说研究》，商务印书馆 1947 年版。
刘叶秋：《魏晋南北朝小说》，上海古籍出版社 1978 年版。
刘叶秋：《历代笔记概述》，北京出版社 2003 年版。
刘勇强：《中国古代小说史叙论》，北京大学出版社 2007 年版。
刘勇强：《一种小说观念及小说史观的形成与影响——20 世纪“以西例律我国小说”现象分析》，《文学遗产》2003 年第 3 期。
马振方：《聊斋艺术论》，上海文艺出版社 1986 年版。
马振方：《小说艺术论》，北京大学出版社 2004 年版。
马振方：《〈韩诗外传〉之小说考辨》，《北京大学学报》2007 年第 3 期。
孟昭连、宁宗一：《中国小说艺术史》，浙江古籍出版社 2003 年版。
苗壮：《笔记小说史》，浙江古籍出版社 1998 年版。
宁宗一：《中国小说学通论》，安徽教育出版社 1995 年版。
宁稼雨：《中国文言小说总目提要》，齐鲁书社 1996 年版。
欧阳健：《〈中国小说史略〉批判》，山西人民出版社 2008 年版。
浦江清：《无涯集》，百花文艺出版社 2005 年版。
齐裕焜：《中国古代小说演变史》，敦煌文艺出版社 1999 年版。
齐裕焜：《明代小说史》，浙江古籍出版社 1997 年版。
钱锺书：《管锥编》，中华书局 1986 年版。
秦川：《明清拟话本章回本小说中七言标题回目形式溯源》，《光明日报》2002 年 9 月 11 日。
沈复：《浮生六记》，杭州霜枫社 1924 年版。
石昌渝：《中国小说源流论》，三联书店 1994 年版。
石昌渝：《中国古代小说总目》，山西教育出版社 2004 年版。
谭家健：《先秦散文艺术新探》（增订本），齐鲁书社 2007 年版。
谭家健：《先秦诸子散文中的小说因素》，《聊城师范学院学报》1993 年第 4 期。
谭正璧:《中国小说发达史》,上海光明书店 1935 年版。
汪辟疆:《唐人小说》,上海古籍出版社 1978 年版。
王齐洲、毕彩霞:《〈新唐书·艺文志〉著录小说集解》,岳麓书社 2009 年版。
王恒展:《中国小说发展史概论》,山东教育出版社 1996 年版。
王国良:《魏晋南北朝志怪小说研究》,台北文史哲出版社 1984 年版。
王国伟:《对骈文小说奇作〈玉梨魂〉的文化解读》,《蒲松龄研究》2004 年第 1 期。
王瑶:《中国现代文学史论集》,北京大学出版社 1998 年版。
王瑶:《中国现代文学与古典文学的历史联系》,《北京大学学报》1986 年第 5 期。
王绪霞:《晏子未使楚考——兼论〈晏子春秋〉的俳优小说性质》,《新乡学院学报》(社会科学版)2012 年第 4 期。
王梦鸥:《唐人小说研究》,台北艺文印书馆 1971 年版。
王枝忠:《汉魏六朝小说史》,浙江古籍出版社 1997 年版。
王平:《中国古代小说叙事研究》,河北人民出版社 2001 年版。
王运熙、杨明:《唐代诗歌与小说的关系》,《文学遗产》1983 年第 1 期。
王晓昀:《中国小说诗化性格新论》,《天津师范大学学报》1988 年第 1 期。
魏绍昌:《鸳鸯蝴蝶派研究资料》(史料部分),上海文艺出版社 1962 年版。
吴志达:《唐人传奇》,上海古籍出版社 1981 年版。
吴志达:《中国文言小说史》,齐鲁书社 1994 年版。
吴士余:《中国小说思维的文化机制》,华东师范大学出版社 1990 年版。
吴九成:《聊斋美学》,广东高等教育出版社 1998 年版。
《文学遗产》编辑部、黑龙江大学:《百年学科沉思录——二十世纪古代文学研究回顾与前瞻》,人民文学出版社 1998 年版。
萧统:《文选》,上海古籍出版社 1986 年版。
萧相恺:《宋元小说史》,浙江古籍出版社 1997 年版。
萧相恺:《中国文言小说家评传》,中州古籍出版社 2004 年版。
徐君慧:《中国小说史》,广西教育出版社 1991 年版。

薛洪勣、王汝梅：《稀见珍本明清传奇小说集》，吉林文史出版社 2007 年版。
杨义：《中国古典小说史论》，中国社会科学出版社 1995 年版。
俞晓红：《王国维〈红楼梦评论〉笺说》，中华书局 2004 年版。
袁行霈、侯忠义：《中国文言小说书目》，北京大学出版社 1981 年版。
叶朗：《中国小说美学》，北京大学出版社 1982 年版。
张国风：《中国古代小说史话》，商务印书馆 1996 年版。
张静庐：《中国小说史大纲》，南开大学出版社 2014 年版。
张锦池：《论〈儒林外史〉的纪传性结构形态》，《文学遗产》1998 年第 5 期。
张舜徽：《广校雠略·汉书艺文志通释》，华中师范大学出版社 2004 年版。
张兵：《中国小说史的研究要从最基本的问题突破》，《复旦学报》（社会科学版）2008 年第 4 期。
张蕊青：《〈浮生六记〉艺术魅力浅谈》，《明清小说研究》1988 年第 4 期。
张纯一校注：《晏子春秋校注》，上海书店 1986 年版。
张群：《诸子时代与诸子文学》，齐鲁书社 2008 年版。
张卫东：《论汉语的诗性》，博士学位论文，南京大学，2007 年。
张稔穰：《“假象寄兴”与〈聊斋志异〉的意境创造》，《齐鲁学刊》1986 年第 4 期。
赵俪生：《读〈聊斋志异〉札记》，《蒲松龄研究集刊》（第二辑），齐鲁书社 1981 年版。
赵尔巽等：《清史稿》，中华书局 1977 年版。
郑振铎：《郑振铎全集》（第四卷），花山文艺出版社 1998 年版。
周先慎：《论〈聊斋志异〉的意境创造》，《蒲松龄研究》1995 年 Z1 期。
（周）庄周著、陈鼓应注译：《庄子今注今译》，中华书局 1983 年版。
（周）韩非著、张觉译：《韩非子全译》，贵州人民出版社 1992 年版。
（汉）韩婴撰、许维遹校释：《韩诗外传集释》，中华书局 1980 年版。
（汉）刘向：《列女传》，辽宁教育出版社 1998 年版。
（汉）桓谭：《新辑本桓谭新论》，中华书局 2009 年版。
（汉）赵晔著、张觉校注：《吴越春秋校注》，岳麓书社 2006 年版。

（汉）班固：《汉书》，中华书局1962年排印版
（晋）王嘉：《拾遗记》，中华书局1981年版。
（南朝宋）刘义庆撰、余嘉锡笺疏：《世说新语笺疏》，上海古籍出版社1993年版。
（南朝梁）刘勰著、陆侃如牟世金译注：《文心雕龙译注》，齐鲁书社1995年版。
（唐）魏征等：《隋书》，中华书局1973年版。
（唐）张鷟撰、李时人詹绪左校注：《游仙窟校注》，中华书局2010年版。
（唐）张读：《宣室志》，中华书局1983年版。
（唐）薛用弱：《集异记》，中华书局1980年版。
（唐）唐临：《冥报记》，中华书局1994年版。
（后晋）刘昫等：《旧唐书》，中华书局1975年版。
（宋）李昉：《太平广记》，中华书局1961年版。
（宋）赵令畤：《侯鲭录》，中华书局2002年版。
（宋）欧阳修等：《新唐书》，中华书局1975年版。
（宋）刘斧：《青琐高议》，上海古籍出版社1983年版。
（宋）皇都风月主人：《绿窗新话》，上海古籍出版社1991年版。
（宋）赵彦卫：《雲麓漫抄》，中华书局1996年版。
（宋）罗烨编、周晓薇校点：《新编醉翁谈录》，辽宁教育出版社1998年版。
（元）脱脱等：《宋史》，中华书局1977年版。
（元）陶宗仪：《说郛》，上海古籍出版社1988年版。
（元）辛文房撰、傅璇琮等校笺：《唐才子传校笺》，中华书局1990年版。
（元）虞集：《道园学古录》，四部丛刊初编本。
（明）桃源居士：《唐人小说》，上海文艺出版社1992年版。
（明）胡应麟：《少室山房笔丛》，上海书店出版社2001年版。
（明）瞿佑：《剪灯新话》，古典文学出版社1957年版。
（明）李昌祺：《剪灯余话》，古典文学出版社1957年版。
（明）郎瑛：《七修类稿》，上海书店出版社2001年版。
（清）蒲松龄著、张友鹤辑校：《聊斋志异》（会校会注会评本），上海古籍出版社1978年版。
（清）蒲松龄著、朱其铠主编：《全本新注聊斋志异》，人民文学出版社

1989 年版。
（清）刘廷玑：《在园杂志》，中华书局 2005 年版。
（清）张廷玉等：《明史》，中华书局 1974 年版。
（清）纪昀：《阅微草堂笔记》，上海古籍出版社 1980 年版。
（清）永瑢等：《四库全书总目》，中华书局 1965 年版。
（清）吴敬梓：《儒林外史》，齐鲁书社 1994 年版。
（清）沈复、蒋坦：《浮生六记·秋灯琐忆》，作家出版社 1996 年版。
（清）章学诚著、叶瑛校注：《文史通义校注》，中华书局 1985 年版。
[美] 夏志清：《〈玉梨魂〉新论》，《台湾·香港·海外学者论中国近代小说》，百花洲文艺出版社 1991 年版。
[美] 夏志清：《中国古典小说史论》，江西人民出版社 2001 年版。
[日] 盐谷温著、孙俍工译：《中国文学概论讲话》，开明书店民国十九年版。
[英] 艾略特：《小说的艺术》，中国社会科学出版社 1999 年版。
[英] 珀西·卢伯克：《小说技巧》，上海文艺出版社 1990 年版。
[英] 爱·福斯特：《小说面面观》，上海文艺出版社 1990 年版。
[苏格兰] 爱·缪尔：《小说结构》，上海文艺出版社 1990 年版。